DU MÊME AUTEUR

Romans

TERRE ARRACHÉE, Saint-Denis, Chez l'auteur, 1982 (Prix de Madagascar).

MADAME DESBASSAYNS, Saint-Denis, Éditions Jacaranda, 1985
(Prix des Mascareignes).

POUR LES BRAVOS DE L'EMPIRE, Saint-Denis, Éditions Jacaranda, 1987.

ZOURA, FEMME BON DIEU, Paris, Éditions Caribéennes, 1988.

LA NUIT CYCLONE, Paris, Éditions Grasset, 1992 (Prix Charles Brisset).

L'ARBRE DE VIOLENCE, Paris, Éditions Grasset, 1994
(Prix de la Société des Gens de Lettres ; Le Livre de Poche, 1966).

DANSE SUR UN VOLCAN, Jarry, Ibis Rouge Éditions, 2001.

LE NÈGRE BLANC DE BEL AIR, Paris, Éditions Le Serpent à Plumes, 2002.

L'EMPREINTE FRANÇAISE, Paris, Éditions Le Serpent à Plumes, 2005.

Essais

ANTHOLOGIE DU ROMAN RÉUNIONNAIS, Paris, Éditions Seghers, 1991.

LE DÉFI D'UN VOLCAN, Paris, Éditions Stock, 1993.

ENTRE CIEL ET MER, L'ÎLE, Lyon, Éditions Paroles d'Aube, 1993.

LES MOTS À NU, Éditions Udir, 2000.

LA CRISE DE L'OUTRE-MER FRANÇAIS (en collaboration avec Suzanne Dracius
et Gérard Théobald), Éditions L'Harmattan, 2009.

Ouvrages pédagogiques (collectif)

LITTÉRATURE RÉUNIONNAISE AU COLLÈGE, Saint-Denis,
CRDP/Océan Éditions, 2003.

ANTHOLOGIE DE LA LITTÉRATURE RÉUNIONNAISE, Paris, Éditions Nathan,
2004.

Photos

L'ÎLE INSOLITE D'UN JARDIN CRÉOLE, Saint-Denis, Éditions Surya, 2011.

CONTINENTS NOIRS

Collection dirigée par Jean-Noël Schifano

Les littératures dérivent de noirs continents.
Manfred Müller

JEAN-FRANÇOIS SAMLONG

Une guillotine dans un train de nuit

roman

CONTINENTS NOIRS *nrf* GALLIMARD

Rancune et colère sont aussi des choses détestables où l'homme pécheur est passé maître.

LE SIRACIDE

La vengeance est un besoin, le plus intense et le plus profond qui existe.

CIORAN

À la mémoire d'Ernestine Généreuse,
voyante extralucide.

Cette histoire tisse des liens
avec des faits réels et des personnages
qui ont réellement existé, certes,
mais tout le reste est littérature.

1

Fusil et poudre jaune

Il se peut qu'il y ait un homme, un animal, un arbre pour barrer le passage à ce train spécial de nuit. Ou une panne pour l'arrêter, c'est possible aussi. Et pourquoi pas un déraillement sur la voie étroite, sur les pentes fortes ou dans les courbes serrées. Il se peut qu'il y ait quelqu'un, dans le tunnel du cap Bernard ou sur la montagne, pour faire basculer des rochers sur les rails, pensait Sitarane, dit le Nègre africain. Alors il ne se ferait plus aucun souci pour son compagnon de voyage et lui. Il ne s'inquiéterait plus de savoir si au bout de la nuit, devant la porte de la prison de Saint-Pierre, la foule grouillante attendait de voir tomber le couperet avant le lever du soleil, avec ce qu'il faudrait dans le regard pour que les larmes ne jaillissent pas de joie ou de tristesse, et qu'on ne s'évanouisse pas devant l'aube blessée à mort. Il y aurait une intervention des âmes errantes en sa faveur, se disait-il, parce qu'il n'avait pas terminé sa mission ici-bas, et le dieu des ancêtres, il s'en souvenait, lui avait confié dans un rêve qu'avec des pouvoirs diaboliques inventés pour lui seul il se couvrirait de gloire à perpétuité.

La première page de cette histoire fut écrite il y a plus d'un siècle. Aucun mot n'ayant été perdu, elle continue de s'écrire dans les cimetières, à la croisée des chemins, dans les ronds de sorcière, même si on n'en parle pas dans les journaux. C'est dans le silence des ténèbres que le mal prospère, dit-on. Mais le mal était-il là avant l'homme? Nul n'en sait rien. Nul n'a fait un commentaire à ce sujet. Nul n'a prétendu tout divulguer de l'Obscur qui, durant l'an 1909, se répandit dans le sud du pays. À l'époque, la ville de Saint-Pierre, qui longeait la mer avec mairie, port, gare, hangars, prison, église, tombeaux, avait abandonné l'arrière-pays aux forêts, aux ravines, aux grottes, aux hurlements de bêtes. Que ce fût aux abords de la gare routière, le long du pont de l'embarcadère ou sur la plage, ces créoles aimaient à discuter, à se divertir, à se héler, l'air était doux, et le regard posé sur l'horizon ils épiaient la proue d'un bateau arborant le drapeau tricolore, ils regrettaient en effet que l'île soit comme une épave antique aux yeux de la France, une terre lointaine colonisée, pacifiée, oubliée dans son isolement si bien que les échos de la civilisation arrivaient assourdis.

Pendant que l'on flânait sur le quai inondé de soleil, l'arrière-pays accueillait un régiment de malfaiteurs ; les grottes en grouillaient, comme des vers amoureux de cadavres. On marchait à la ruse. Pour survivre on jouait des coudes, du bâton, du couteau, sa réputation. On se bagarrait pour un fusil rouillé, une vieille femme acariâtre. On accusait le chien du voisin de la rage. On s'insultait d'une bande rivale à l'autre. On se plaisait également à réunir les hommes aux épaules de lutteur et à provoquer une échauffourée à mains nues parce qu'on attendait qu'un chef se révèle et s'impose par la témérité, la hideur morale, dès l'instant où un retour à la lumière ne serait possible qu'avec le secours des mauvaises âmes dont on sentait la présence dans la pénombre. Se fiant aux présages, aux croyances, aux superstitions (dont les propriétés échappent au réel), on ne cessait de les prier, de les invoquer, de les honorer, malgré tout l'attente devenait insupportable à mesure que le temps fuyait. L'insatisfaction était toujours là. Sans laquelle il n'y a pas de criminel, pas de crime, rien de tout cela.

Les traîne-savates, pareils à des meutes résolues à défendre leur territoire, se toléraient de moins en moins. L'attente empirait la haine. On ne supportait plus les frustrations. On se frottait à l'autre, énervés. On aggravait son tort par la hargne. On vivait sur le pied de guerre avec le voisinage. Coups de tête et de poing le matin. Coups de sabre qui blessaient la fierté, le soir. Le sang coulait à la lisière des champs, parfois. On évoquait un lieu où le crime existait, un lieu où pourrait être écrit le premier mot d'une histoire à lire avec des yeux puissants, aussi puissants que le phare qui guidait les bateaux, la nuit, quand ils se rapprochaient de la barrière de corail ; mille paires d'yeux capables de déchiffrer l'obscurité. On se disait que le sang appelle le sang, que la misère qui proliférait le long du sentier n'avait plus de raison d'être. Et l'impuissance des gendarmes qui patrouillaient à cheval dans les parages, une fois l'an, était si flagrante qu'il suffirait d'un monstre (toute société en cache au moins un) pour que l'île bien-pensante tremble de peur, et que se déchaînent les cyclones, les bas instincts, le mal qu'on portait en soi avec une impitoyable lucidité.

Ce serait leur histoire, une épopée barbare.

Ce serait une invitation aux vols, aux incendies meurtriers, aux mutilations des corps jeunes et vieux, tous confondus.

Un jour, devant la grotte baptisée « la Chattoire », injures et bruits d'armes déchirèrent le silence, c'était un formidable accrochage tel qu'on n'en avait plus vu depuis longtemps entre les bandes rivales. Mêlée confuse, générale.

On donnait et recevait des horions. Grossièretés et jurons accablaient les oreilles de ceux qui, les poings fermés, immobiles, faisaient cercle autour des belligérants teigneux, avec le sentiment qu'un événement de premier ordre allait se produire sous les regards ahuris. C'est ce qu'il advint. Au milieu d'un ballet de faces ornées d'ecchymoses, de lèvres tuméfiées, d'yeux pochés, de nez sanguinolents, de crânes déplumés, de genoux désaxés, deux hommes s'affrontaient. Sans temps mort.

Les spectateurs se sentaient proches d'une suite de rebondissements imprévus et retenaient leur souffle. Ils espéraient, priaient, pronostiquaient un meilleur avenir pour eux, des crève-la-faim. Ils s'impatientaient de voir naître le chef qui les ferait grandir dans la cruauté. Ce chef, à bien regarder les lutteurs, n'aurait pas la peau blanche. Sinon l'histoire se répéterait, bafouillerait, balbutierait. Soudain le silence. Dans ce silence, ils surent que le combat ne cesserait que lorsque l'un des deux prétendants au titre courberait le front sous un talon d'hirondelle (coup de talon lancé à la volée, les mains plaquées au sol) à tordre les mâchoires et à tourner la tête devant derrière. Vlan. On tomberait. On se relèverait. On ricanerait. On rirait jaune. On rirait rouge à cause des lèvres éclatées. Et quoi d'autre? Mais de quoi d'autre que de violence se nourrissent les miséreux? D'un semblant d'espoir. Comme tous les hommes sur la terre. Le drame commencerait ici, à cette heure-ci... de la perte de l'humain en eux.

Tout à coup, comme pour exhorter les deux jouteurs à conclure l'empoignade, car le regard voilé de lassitude, de sueur, de sang, les bras pesants, ils flageolaient sur leurs jambes, c'était l'évidence même, tout à coup vibra le son d'un tambour. C'était le signal qu'attendaient les femmes pour pénétrer dans le rond, qu'elles se préparent à secourir le vaincu qui le restant de sa vie n'aurait plus à la bouche que le goût amer de la défaite.

Puis un cri étouffé. Han !

Le tambour se tut.

L'homme gisait par terre, les jambes brisées, hagard. Il s'était laissé surprendre par un de ces sauts en ciseaux qui ne pardonnent pas. Quand son adversaire, bombant le torse, ôta un couteau de la ceinture de son pantalon, la foule recula d'un pas sans quitter des yeux le pauvre diable qui grimaçait de douleur, haletait, suait, tremblait. C'était terminé pour lui, qu'il meure ou pas. Ces bandits de grand chemin admettaient volontiers qu'ils étaient malveillants, fielleux, pourtant ils avaient l'air de penser que ce n'était pas le sang de l'un des leurs qui devait couler mais celui des fils, petits-fils et arrière-petits-fils des conquérants blancs, responsables selon eux de leur dénuement.

Si le vainqueur commettait son geste, la malédiction retomberait sur eux. Cette petite victoire (celle d'un faible) aurait d'incalculables conséquences, avec la folie et le danger de perdre la vie.

À l'instant où, peu avant la brune, le tambour annonça la mise à mort, les gens ne manifestèrent aucun signe de désapprobation, ni ne témoignèrent un engouement pour l'égorgement de l'un des leurs ; le chef qu'ils avaient vu en songe était absent du cercle, ils en avaient la conviction.

Alors, le Nègre africain sortit de la grotte.

Il marchait avec des roulements d'épaules, les pieds nus, vêtu d'un pantalon et d'une chemise de toile grise, on voyait qu'il était homme à fasciner la foule qui se berçait de l'espérance de vivre plus dignement demain. « Il avait un petit quelque chose d'un animal sauvage, écrivit à l'époque le journaliste Aldo Leclerc dans *La Patrie créole*, disons une magnifique panthère à la peau noire et luisante, dont le regard volait par-dessus la racaille. » Il avançait avec lenteur, calme, manœuvrait avec la ruse et la souplesse de l'un de ces esprits les plus supérieurs, parce que, à l'âge de quarante ans, il avait déjà beaucoup galéré avant d'échouer ses rêves au fond de la grotte. Il marchait comme s'il caressait l'écume de la réalité des êtres et des choses. Le plus troublant pour les gredins, c'était ce sentiment de voir rappliquer celui qui avait un tempérament de chef, plus âgé que les deux combattants, moins conciliant. Comment s'appelait-il encore ? Sitarane. Il n'était pas très grand mais costaud, et son heure était venue. Du moins, il le pensait. Car, condamné à languir dans le désœuvrement à la Chattoire, on ne sait depuis combien de mois, qu'importe, depuis trop longtemps, et qu'il se mette à remâcher le passé, à se raidir contre l'adversité, il escomptait jouer un rôle digne d'un nègre de sa carrure, mais n'était-ce pas le démon qui le tentait ?

Ce soir-là s'offrait à lui la chance de se soustraire à son destin et d'entrer dans l'histoire sous des salves d'applaudissements.

Bouffée d'ivresse.

Il se fraya un passage parmi les gens.

Puis il déclara que le dieu des ancêtres (était-ce Dieu ?) venait de lui révéler la raison pour laquelle il avait atterri dans la grotte, et cette façon qu'ils avaient de le regarder, de lui parler avec les yeux, qu'il les préserve de la faim, de la peste, du choléra ; qu'il les rejoigne avec ses antipathies, ses rancœurs, sans jamais apaiser sa soif de vengeance ; qu'il rejette ses craintes, le doute, avec horreur ; qu'il garde la méfiance, et accepte sans restriction les opportunités qui se présenteraient à lui. Peut-être lui faudrait-il tuer sans pitié, sourd aux sanglots, aux suppliques, s'il désirait les ramener à la lumière, vraiment.

C'était écrit, qu'il le veuille ou non.

Levant les bras, Sitarane ajouta qu'il se moquait du sauter en ciseaux, du talon d'hirondelle, du couteau, du fusil, du prêtre, du gendarme, de la prison, de la mort. C'était fini, les querelles entre les bandes. Il allait faire la guerre aux injustices, et fondre sur tous ceux qui ne dormaient que d'un œil, de peur qu'on leur vole leur argent volé aux plus démunis (les gens continuaient à rêver tout haut pendant son discours improvisé mais percutant). Ou encore sur ceux qui avaient des armes, des armoires à vêtements, des boîtes à bijoux, des greniers à riz, des tonneaux de vin de France, du pain, de la confiture, du beurre, du café, du sucre, une insolente richesse étalée au soleil. Dans le regard de ses adulateurs, petits et grands, dans leur attente pénible, anxieuse; dans leur attitude un peu gauche, celle de l'éveil d'une convoitise effrénée; soudain le vent qui gémit dans les arbres et les roquets qui aboient; dans le bourdonnement des mouches et la stridulation des grillons, dans le meuglement des bœufs, oui, dans tout cela était gravée cette chose incroyable : l'invulnérabilité du Nègre africain.

Ainsi donc, le vaincu était par terre dans une extrême souffrance; et le vainqueur debout, le couteau à la main. Atmosphère tendue. Grincements de dents. Le temps pressait. La mort bouillait d'impatience. Nul doute qu'en cette occasion le Nègre africain avait envisagé l'idée que, dans une île livrée à elle-même en ce début de siècle, il pourrait devenir le chef de la poignée de malandrins qui vivaient d'expédients, et se venger de je ne sais quoi ou de je ne sais qui, certainement des propriétaires terriens dont l'orgueil ravivait en lui le sentiment détestable d'une société qui se passait d'eux, oubliés de tous. Lui, il ne voulait plus être cet individu sans visage, qui erre d'une caverne à l'autre, incapable de fournir une raison de vivre à ceux-là qui lui ressemblaient tant.

Afin de leur montrer que rien, absolument rien, n'avait été écrit au hasard, en tout cas pas en ce qui concernait sa destinée, il porta la main gauche à ses lèvres, la paume tournée vers le ciel, puis, après avoir rempli d'air ses poumons, il souffla énergiquement, et une poudre jaune s'envola vers la figure du briseur de jambes qui n'eut pas le temps de réaliser ce qui lui arrivait; en moins d'une minute, ses yeux se fermèrent, s'ouvrirent, se fermèrent, ses doigts se desserrèrent sur l'arme. Pris d'une torpeur, il tituba et s'écroula dans la poussière. Oh! s'exclama la foule. Cela tenait du sortilège ou de quelque chose d'analogue, plein d'alléchantes promesses. La foule est crédule par nature; son approche du futur est simple, et tout fait qui sort de l'ordinaire est un miracle.

Le tambour envoya un roulement joyeux, tandis que serviteur d'entre les serviteurs, pivotant sur ses talons avec élégance, s'enorgueillissant d'avoir prouvé qu'il était l'héritier d'une puissance occulte, le Nègre africain remercia humblement le dieu des ancêtres les bras levés au ciel, il rêvait de maisons à piller, et dans la nuit légère tous les regards s'étaient tournés vers lui, émerveillés, comme si quelques victoires éclatantes, connues de lui seul, qu'il appelait de ses vœux, accouraient déjà en direction de la grotte. Il avait eu cette vision au sein de la foule en liesse, de lui, de son avenir; une vision partielle, car, si on lui avait accordé le privilège d'entrevoir tout ce que le destin lui préparait en douce, il aurait pris l'escampette comme on disait naguère dans l'île.

Dans le cercle, il y avait maintenant trois hommes. Celui qui s'était évanoui de douleur s'appelait Frontin, baptisé Crabe la Boue, et malheureusement pour lui il n'y avait pas un médecin à vingt lieues à la ronde. Bientôt les femmes le transporteraient à l'intérieur de la grotte où, à l'aide de morceaux de bois et de lianes, elles tenteraient de maintenir en place les fragments d'os fracturés de ses jambes, et, si elles échouaient, il trépasserait cette nuit. Celui qui dormait telle une brute (c'était une brute derrière des gestes civilisés) s'appelait Pierre Élie Calendrin, dit Saint-Ange Gardien. Qu'il dorme ou pas, mieux valait se méfier de lui, l'ange tentateur dénué de scrupules qui jouissait d'une belle popularité parmi les gredins ; il venait régulièrement à la Chattoire et, habillé proprement, toujours là où il fallait, il réussissait à tirer son épingle du jeu et à adopter un maintien conforme à sa notoriété de sorcier-désenvoûteur qui, en interrogeant l'esprit des morts, identifiait les cas de possession et les guérissait séance tenante.

Celui que la foule considérait comme un sauveur (l'emploi le plus passionnant qu'il ait occupé à ce jour !) se nommait Simicoundza Simicourba, dit Sitarane, dit le Nègre africain, et sous peu il deviendrait l'ennemi des descendants des colons, du maître, des prêtres, des bonnes sœurs, des gendarmes, des policiers, des juges. Sitarane : dans le dialecte de son pays d'origine, le Mozambique, ce nom de guerrier signifierait « cœur de pierre » ; il pourrait désigner aussi toute personne qui s'amuserait à jeter la première pierre, ou à poser une pierre sur son cœur ; il pourrait évoquer la pierre qui montre l'ambition de se transformer en rocher, ou illustrer le proverbe « pierre qui roule n'amasse pas mousse », ou posséder un sens caché, d'une étendue rare, comme on le verra. Qu'importaient, au fond, les lectures de son nom si l'on se soumettait à son autorité.

Mais il faut faire un saut dans le passé pour comprendre, d'une part, ce qui avait permis à Sitarane d'entrer, ce soir-là, si promptement et si talentueusement dans la peau de son personnage et, d'autre part, ce qui le pousserait plus tard sur la scène du crime; ce qui l'inciterait ensuite à se dégager d'une existence morne pour faire irruption dans la légende et apparaître comme le « sosie du démon » (*dixit* Aldo Leclerc qui lui consacra plusieurs articles dans son journal); ce qui le conduirait enfin à l'échafaud, ses yeux roulant des peurs ancestrales sous des paupières gonflées par l'insomnie, et le hisserait au rang d'un mort-vivant, la preuve en est faite, c'est qu'on parle de lui encore.

Né au Mozambique, sur la côte est de l'Afrique, à peine âgé de vingt ans il débarqua dans l'île en qualité d'immigrant cultivateur. Son premier employeur, M. Morange, l'attacha aux champs de cannes qui couraient sur les pentes de la ville de Saint-Benoît, de la mer jusqu'aux pitons où naissent les plus beaux arcs-en-ciel. Deux ans après, Simicoundza quitta le pays des arcs-en-ciel; le temps y était toujours à la pluie, une pluie noire et ennuyeuse, il voyagea vers l'ouest, parcourut à pied une centaine de kilomètres, et atterrit dans la ville ensoleillée de Saint-Paul. Sans papiers, sans carte de travail, ni même un trente sous, mais la tête emplie de rêves étranges, il se présenta à différents patrons sous le pseudonyme de Sitarane. On l'embaucha. On le complimenta. « Sérieux, compétent, volontaire », disaient maîtres et contremaîtres, que ce fût comme gardien de nuit ou charretier à l'usine sucrière, il ne rechignait pas à la tâche.

Puis Sitarane marcha à l'aventure, dans la direction du sud, sans savoir qu'il marchait à sa perte. En 1906, il rencontra Saint-Ange à l'usine de Grand-Bois. Le Hasard a le bras si long, dit-on, qu'il s'autorise à mêler les destinées et le résultat est quelquefois tout à fait déraisonnable, d'autant que Saint-Ange était un sorcier-guérisseur qui se déplaçait d'une ville à l'autre, précédé d'une solide réputation et d'un bruit d'os volés dans les tombeaux, non pour la vertu qu'ils contenaient mais pour l'effet qu'ils faisaient : l'effet d'un revenant pour celui qui les portait au cou tel un collier des plus rares. Juste au cas où on ne se serait pas aperçu de quel type d'homme il s'agissait, ajoutons qu'il lui suffisait de regarder, de toucher, de parler aux plantes et aux insectes (y compris aux vers de terre) pour que lui soit dévoilée la recette de mille remèdes aux mille maux dont souffraient les gens du pays. Il ne disait jamais qu'il accomplissait des miracles, mais qu'il possédait un don pour la préparation des tisanes d'herbes, la maîtrise du poison du datura, la manipulation du venin de l'araignée au dos jaune, la pratique de l'imposition des mains, du magnétisme et des envoûtements à distance.

C'est assez pour que Sitarane soit convaincu de lâcher son emploi, une fois de plus. Il enviait Saint-Ange qui avait trouvé sa voie, et rien n'est plus propice à la tragédie que de suivre une voie sans deviner où elle va. On supputait, à une hésitation près, quelle était leur détermination à changer le cours de leur histoire, si ce n'était le cours de l'histoire de ce pays. Le plus stressant, au fond, ce n'était pas Sitarane d'un côté et Saint-Ange de l'autre, mais tous deux marchant vers une même destination, un même but, un même espoir.

Que c'était terrifiant, à croiser leur regard, la peau qui

se hérissait; soudain la stupeur, le silence; les chiens se taisaient.

Un jour, on les vit s'éloigner de l'usine sucrière. Ils s'engagèrent sur la route et tournèrent le dos à la vie des honnêtes gens. Ils projetèrent leur ombre au-devant d'eux comme de vrais filous. Comme une belle paire d'escrocs — et de la pire espèce. On eût dit que l'île s'agitait déjà devant ce danger imminent qu'elle n'avait pu écarter de son rivage parce que, en ce temps-là, c'étaient les petits qui terrorisaient les grands, quoique personne ne fût dupe : s'attaquer aux colonisateurs bardés de fer et de lois revenait à s'acheter une corde pour se pendre, ou à huiler une guillotine pour soi-même.

Sitarane disparut pendant plusieurs mois, sans laisser de traces. Saint-Ange lui avait-il offert l'hospitalité? Probablement. Le temps pour eux d'échafauder, dans le plus grand secret, un plan qui obligerait l'île à mettre un genou à terre, à prier, à pleurer, à gémir, à saigner, à cauchemarder. Mais oui, évidemment. C'était clair comme eau de roche, ils s'étaient donné le temps de s'apprécier mutuellement, de réfléchir, de fourbir leurs armes avant de prendre un essor propre à illustrer leur propension à s'inventer une vie crapuleuse.

Un beau matin, Sitarane réapparut. Il exerçait le métier de commandeur dans l'arrière-pays où, à la tombée de la nuit, aucun poteau électrique ne versait sa pâle lumière dans le chemin, qu'on volât, qu'on violât, qu'on assassinât. C'était sans doute pour lui l'aube d'une nouvelle vie chez M. de Montbrunet, un propriétaire d'un certain âge, un peu névrosé depuis la mort de sa femme. En tout cas, Sitarane se promenait d'un champ à l'autre, et sans pulsion malsaine il exhortait les coupeurs de cannes et les planteurs de manioc à suer, à ne jamais fléchir, le fouet à la main, quoique le travail s'effectuât sans heurt. Ni rabrouement ni colère. Ici et là, il claironnait qu'il n'avait pas à brailler ni à brandir le chabouc pour secouer la fainéantise des haleurs de pioche : il contrôlait, il subjuguait, il domptait les esprits récalcitrants d'un geste ou d'un regard.

Premier fait notable : le Hasard n'a pas seulement le bras long, très long, il voit loin aussi. Sitarane s'était mis en concubinage avec une dénommée Zabèl, dont la fille, Lisette, vivait avec Emmanuel Fontaine dans une paillote, au lieu-dit la Chattoire. C'était à l'époque un coupe-gorge, le bout du monde. Rien d'extraordinaire à signaler jusque-là, sauf que Saint-Ange profitait de la gentillesse des charretiers du coin pour rendre visite à Sitarane, souvent le soir après le retour des champs, et même le dimanche. Il n'était pas rare aussi que la nuit résonnât de leurs éclats de voix, de leurs plaisanteries obscènes. Il y avait entre eux une complicité, laquelle se fortifiait à mesure de leur fréquentation. On pourrait parler, sans faire mentir l'histoire, d'un mariage d'intérêt arrosé de rhum-alambic, un arak de fabrication clandestine à échauffer les lèvres, à fêler le cerveau sous les yeux des femmes qui ne s'entremettaient pas dans les intrigues, mais, partant du principe que celui qui sait attendrir obtient ce qu'il désire, Saint-Ange, à la manière d'un prestidigitateur qui sort un lapin de son chapeau, sortait des sucreries d'un fourre-tout de toile de jute. Ce tour de passe-passe lui permit d'élire domicile à la Chattoire, il buvait, bâfrait, ne renâclait pas à dormir dans une case aux murs en torchis si les moustiques ne s'opposaient pas à sa présence.

Lorsque le repas dégénérait en beuverie, ce qui survenait parfois le dimanche, Zabèl, qui ne savait plus à quel saint, ou plutôt à quel diable se vouer, devait accorder ses faveurs aux deux rustres sans trop regarder ce qui se passait en elle dès lors qu'une montagne d'égoïsme montait la garde dans le cœur de ces hommes-là. C'est un aperçu de sa vie sous un angle peu reluisant, mais, tout au moins pour le moment, elle ne manquait de rien ; elle voyait Lisette tous les jours ; elle l'aimait, sa fille, et ne voulait pas qu'elle souffre.

Deuxième fait notable : rien n'égale l'intelligence obstinée du Hasard. Sitarane devint vite méconnaissable aux yeux de M. de Montbrunet, son employeur, lequel s'alarma au point d'aggraver sa névrose. Son commandeur, très assidu à l'ouvrage jusqu'à présent, mesuré dans ses remarques envers les travailleurs, du jour au lendemain fut plus enclin à paresser qu'à transpirer, ou alors il se montrait vindicatif, venimeux, il s'irritait pour un rien, aboyait, beuglait, mugissait. On aurait dit une bête aux dents haineuses, comme si de mauvaises âmes visitaient son esprit durant son sommeil. Personne n'osait se plaindre du comportement de celui qui ressemblait à un bagnard en fuite, qui jurait tel un possédé, qui blasphémait par surcroît. On ne le respectait plus, on le craignait ; on ne le regardait plus en face, on l'épiait du coin de l'œil ; on lui tournait le dos, on l'évitait, on le suspectait de sympathies sataniques, et pour cause, il était comme soumis à une armada de démons décidés à rendre le mal pour le mal, sans doute parce qu'il s'était placé lui-même sous le pouvoir maléfique de Saint-Ange qui, susurrait-on, possédait la connaissance pour modeler à son gré le cœur des humains.

Troisième fait notable : le Hasard a toujours le dernier mot. Après l'abandon de son poste de commandeur, Sitarane fut nommé gardien d'habitation chez la dame Hoarau qui vivait seule depuis des années. Elle lui confia un fusil, des cartouches, sa confiance. Petit mais robuste, cruel mais finaud, Sitarane apprit le maniement de l'arme, et son habileté au tir renforça chez lui la certitude qu'il pouvait dominer les autres et les écraser de son mépris, comme on écrase l'insecte d'un coup de talon. Les travailleurs rampaient devant lui : il aimait ça. Et la dame Hoarau avait pris un risque stupide, tant pis pour elle. Vous voyez? Je suis le méchant gardien, disait son rictus à tout le monde.

On n'entrevoyait pas encore le contrecoup d'un tel risque, mais on voyait bien quelle était la satisfaction du gardien à s'enfoncer dans les champs et les forêts, à épauler son fusil, à feindre de tirer sur un voleur, l'œil étincelant, c'était le signe absolu du pouvoir qu'il détenait désormais. Il honorait la mémoire de ses ancêtres, du moins le croyait-il, lorsque, la lèvre inférieure agitée d'un tic qu'on ne lui connaissait pas, il effarouchait les fantômes avec des « pan! pan! pan! ». Il se défiait de tout, jouait au maître, au chasseur, au chien, troublant ces lieux paisibles d'une voix si funèbre que les bêtes s'effrayaient plus de l'homme que du fusil serré dans son poing vengeur. Il existait maintenant, et rien ne lui interdirait plus d'être à l'écoute de la sourde tension en lui, ni d'embrasser le mal, ni d'obéir à la petite voix qui lui conseillait de refuser cette existence minable, de briser ses chaînes afin d'imposer sa volonté non plus à une bande de brigands affamés, mais à l'île. Il se sentait comme mû par un ressort, prêt à bondir ici, ou là-bas, attiré par toutes ces richesses à la portée de ses ambitions : rizières, maisons, armes, basses-cours, linges fins étendus sur la corde.

Pendant qu'il passait ses rêves en revue, estimait le degré de jouissance qu'il pourrait tirer de chacun d'eux, quelque chose d'immonde se réveillait en lui et une sorte de masque revêtait son visage. De drôles de sensations le chatouillaient de leurs épines. Ses songes affreux étalés au soleil, il les contemplait, se repaissait de visions horribles en se disant que bientôt on ne le verrait plus dans cette vie étriquée. Qui était-il devenu ? Le journaliste Aldo Leclerc écrirait plus tard, à l'heure du procès : « Un loup pour l'homme. »

Debout au milieu du cercle tel le roi d'une tribu, Sitarane se revoyait en train d'armer son fusil, d'épauler, de viser, de feindre de tirer sur tout ce qui bougeait devant lui, de rosser sa compagne, de tendre ses lèvres d'un rictus quand il croisait un chapardeur, et de penser : Un de ces quatre... Appuyer sur la détente, respirer l'odeur de la poudre, entendre le cri, puis regarder le sang s'épandre sur le sol, il en mourait d'envie. Cela lui démangeait. Tout comme son poing lui démangeait. Il ressentait l'ivresse de tuer, de voir agoniser, de crever. C'est ainsi qu'il prendrait conscience de sa capacité à commander, de l'influence réelle qu'il exerçait sur la conduite des travailleurs qui tiraient au flanc dans son dos, de l'efficacité de sa tyrannie. C'est ainsi qu'il se débarrasserait de l'insomnie, de ses fatigues, du tic sur la lèvre inférieure. C'est ainsi que, fier de son reflet dans l'eau stagnante de la ravine, il se laisserait entraîner par les remous d'une pensée libérée de ses entraves et obéirait au désordre d'un cœur inflexible.

De nouveaux cris de joie arrachèrent Sitarane à sa rêverie, et dans la nuit qui tombait sur la Chattoire il s'en retourna à la grotte, persuadé que quelqu'un, là-haut, s'apprêtait à exaucer ses prières.

Les jours passèrent ainsi, calmes.

D'insatisfaction en insatisfaction, Sitarane ne se reconnaissait plus lui-même. Il était rentré, agacé, une certaine frustration se lisait sur sa face. Quand, pour avoir de ses nouvelles, on l'interpellait dans le sentier avec amabilité, il s'amusait à répondre par dérision : « Sitarane-nien-nien ! » À dire qu'il ne perdait pas son temps à discutailler avec la valetaille à grandes mains qui dérobaient dans les vergers. Autre traduction plausible : il lui tardait de démarrer l'aventure, de fuir les jours et les nuits qui se succédaient sans goût et de travers, il aurait aimé tout chambarder, mais que tenter en premier lieu ?

Si la situation perdurait, il finirait par se haïr. Puis par haïr son monde, quand la dame Hoarau, sa patronne, tâchait de faire de lui ce gardien exemplaire qui porte un fusil par respect des usages et des conventions. Prudente, elle lui avait repris les cartouches (toutes les cartouches ?), maintenant on riait de lui lorsqu'il grimpait à l'arbre pour voir sans être vu, lorsqu'il bondissait par-ci, se faufilait par-là, afin de surprendre les maraudeurs. N'était-il pas risible avec sa pétoire aussi terrifiante qu'un roquet sans dents ? Une nervosité grandissante, née de l'ennui, exacerbait l'idée qu'il pourrait s'offrir des jours meilleurs s'il se décidait enfin à ne plus piétiner dans le champ-la-misère.

Plus que la solitude elle-même, l'inaction était un poids inacceptable pour lui. À sa décharge, il faut avouer qu'il n'était plus aujourd'hui qu'un gardien en forme d'épouvantail dont l'ombre n'apeurait plus que les moineaux. Lors de ses tournées aux quatre coins de la propriété, les martins piailleurs alertaient la gent volatile de son arrivée, tandis que les rats et les souris dévoraient les citrouilles à belles dents, sachant que rien ne viendrait troubler leur tranquillité. La perdrix cendrée cacabait à plein gosier et la tourterelle roucoulait. Le lièvre et ses petits faisaient des sauts, ils folâtraient avec le vent, si bien qu'on se serait cru dans l'univers d'un conte de fées. C'était la pire insulte qu'on aurait pu adresser à un gardien qui ne songeait plus qu'à punir, tuer, étriper, dès le premier jour où il avait découvert des mystères déroutants. Par exemple, tôt le matin, les fruits étaient sur l'arbre ; l'après-midi, ils n'y étaient plus, envolés, sans qu'il y eût ni feuille ni noyau au sol. À l'aube, les pis de la vache étaient gonflés de lait, mais au lever du soleil la source blanche s'était tarie. Du côté de la maison du maître, les cannes à sucre pointaient vers le ciel leurs tiges orgueil-leuses, mais à proximité de la ravine elles étaient couchées les unes sur les autres, sciées à la base par de fortes mandi-bules. À l'aller, le carré de manioc était si bien ordonné, mais au retour, quelle stupéfaction de voir que la terre avait été fouillée et privée de ses grosses racines. Que dire du champ de maïs dont les bouquets ne soutenaient plus un seul épi ? Et des caféiers ? Et de la bananeraie ? « Trop, c'en est trop ! » grommelait le gardien qui fonçait à gauche, puis à droite, il s'arrêtait pour ouvrir ses esgourdes et écarquil-ler ses yeux noirs, il jurait en créole, tournait en rond, rêvait de tomber ne serait-ce que sur le dos du menu fretin — par exemple un vieillard imprudent qui implorerait sa clémence. Rien. Le vol des oiseaux, l'attitude des nègres, désinvolte ou narquoise ; le silence, les arbres, les champs, les pierres, les ombres qui le regardaient se désespérer de réussir un coup tordu ; les nuages gris qui masquaient le soleil ; le ciel qui se couvrait, la pluie qui fouettait, et la boue dans le layon, tout cela lui rappelait sans cesse qu'il n'était pas à sa place.

Quel affront d'errer ainsi, inutile au voisinage.

Les événements se jouaient de lui, tout s'assombrissait dans sa tête, se durcissait, s'infectait comme s'il avait envenimé la blessure à l'orgueil en la grattant. Le pis, pour un gardien, c'est de regarder sans rien voir. D'écouter sans rien entendre. De tendre des pièges sans rien attraper. Le comble, c'est que les vols se multipliaient à toute heure du jour et de la nuit. Qui était coupable? Qui ne l'était pas? Tous les fauteurs de guerre s'étaient ligués contre lui, mille mains voleuses sans nom ni visage tentaient de l'avoir à l'usure.

Si la dame Hoarau s'informait : « Dis-moi, Sitarane, qu'as-tu vu aujourd'hui en chemin? », il lâchait d'une voix désabusée qu'il n'avait rien vu. Rien. Si d'un ton sévère, elle insistait sur un sujet qui lui tenait à cœur : « Rien ne doit échapper à la vigilance d'un bon gardien qui doit être tout yeux, tout oreilles; il est l'œil du maître partout, il doit veiller à tout et prendre les mesures appropriées pour sauter au collet du voleur et réprimer le chapardage », il répondait, imperturbable, qu'il n'avait rien vu, ne voyait rien, n'entendait rien, et ainsi de suite à tous les ce-à-quoi-il-doit qui l'empêchaient de dormir, mais pas de nourrir de coups sa femme, une fois qu'il s'était soûlé au rhum-alambic.

Un soir, après sa tournée de gardien sourd et aveugle, il rentra chez lui noyé dans une profonde morosité, la moue boudeuse, et lorsqu'il poussa le petit portail en bois, tout branlant, retenu par des bouts de fil de fer rouillé, le chien se mit à glapir. Puis il vit Saint-Ange Gardien sortir de la paillote et venir à sa rencontre en découvrant ses dents, le regard fixe, toute sa personne respirait quelque chose de goguenard et d'allègre, comme s'il avait profité de son absence pour prendre du plaisir avec Zabèl. Mais non. Zabèl n'avait plus le don d'émouvoir qui que ce soit. Lisette peut-être. Car son ami était beaucoup trop joyeux qu'il ne fallait. Il semblait être dans l'un de ces jours bénis où l'on se sent capable d'accomplir des prodiges. Et qui avait-il devant lui ? Un épouvantail. Un fantôme de gardien qui, sans exagérer, portait une montagne sur les épaules. Il était sur le point d'emprunter le mauvais tournant, mais il ne le savait pas encore. De même qu'il ignorait que tout ce qu'il y avait de possible dans le bien s'était perdu dans la brume glacée, et, face au guérisseur, il serra son fusil contre lui. Que ce mouvement qui le contraignit à l'immobilité, un vieux réflexe.

« C'est encombrant ce machin-là, dit Saint-Ange, qui lesta sa parole d'un sous-entendu nettement perceptible.

— Tu te goures.

— Je veux bien te croire. Mais pourquoi tu le trimballes si tu n'as pas le droit de t'en servir ?

— Un gardien sans fusil, c'est pas un gardien.

— Ah, c'est pour la forme.

— Pas du tout.

— C'est donc pour faire du bruit, pas pour tirer sur les malfaiteurs, parce que chaque fusil a un numéro qui est connu des gendarmes. Le problème avec toi c'est que tu sais pas lire...

— Oui, mais je sais viser ! » répliqua-t-il, vexé.

Comme s'il y avait un martèlement de bœufs au galop dans sa tête, il pointa sa pétoire vers Saint-Ange, lequel fit deux pas sur le côté au cas où elle serait chargée. Si bizarre que cela puisse paraître, malgré l'intérêt qui les unissait, il avait la quasi-certitude que Sitarane tirerait sur lui à bout portant, comme ça, pour le geste, nullement affolé par la vue du sang. Aussi s'empressa-t-il de déclarer qu'il mettrait une arme plus redoutable entre ses mains pour qu'il entre dans l'histoire, et, promesse de sorcier, sa vie ne commencerait qu'à cet instant-là où il l'aurait en sa possession.

Silence. De la vanité dans la voix, il ajouta que, si le gardien acceptait sa proposition, demain tout le pays saurait que non seulement il n'était pas un idiot mais un farouche guerrier qui impressionnerait son monde par sa bravoure. Personne n'oserait plus le regarder droit dans les yeux. Plus futé que les maîtres, plus rusé que les gendarmes et leurs chiens, ne manquant jamais de flair, il serait le bandit le plus recherché de la contrée.

Saint-Ange se tut ; il attendit.

Le Nègre africain entretenait l'espoir d'être quelqu'un, et le dessein d'y parvenir par tous les moyens. Durant des mois, il n'avait pas pincé un seul maraudeur, mais, en croisant des gens dans le sentier, il n'avait pas parlé de lui pour mieux se renseigner sur Saint-Ange Gardien, bazardier ou marchand de légumes itinérant, tisaneur expert en plantes médicinales. On racontait qu'il avait pratiqué la magie noire jusqu'à vouloir exhumer le crâne du pirate La Buse (pendu le 7 juillet 1730) dans le cimetière de Saint-Paul afin de séduire une clientèle tombée au plus bas dans la superstition. Le curé l'avait chassé de sa paroisse par l'invocation du nom de Jésus, puis à grand renfort d'eau bénite, de signes de croix, de gendarmes. Contrarié dans ses projets mais pas découragé, Saint-Ange avait ouvert un « cabinet de guérisseur » en face de la gare de Saint-Louis, pour les hommes et femmes qui subissaient le contrechoc d'une jalousie, d'une maladie douteuse, d'un accident inexplicable, d'un sort jeté par un gratteur-ti-bois (sorcier malfaisant), et on ne sait quoi de pire qui accompagnait ces calamités — le glissement vers la mort. Une fois que le mal avait pénétré dans l'esprit, comme le ver dans le fruit, l'infortuné dégringolait au pied du lit, désemparé, défiguré, décharné, sans que quiconque pût le soigner ou brider son angoisse, excepté un Saint-Ange habitué à converser avec les esprits vampiriques.

Il est important, dès maintenant, de se faire des idées les plus justes sur les pratiques superstitieuses de cette époque, car les dégringolades au pied du lit étaient si fréquentes qu'on eût dit que tout le corps de la société créole était gangrené jusqu'à l'âme. Sous l'aiguillon d'une souffrance physique ou morale, on allait heurter plus spontanément à la porte du rebouteux qu'à la porte de l'église où on aurait pu respirer un air plus sain, se sentir plus proche du ciel que de l'enfer, et surtout sans bourse délier, sauf une pièce à introduire dans le tronc du pauvre en guise d'aumône. L'indigence avait contribué à redoubler la détresse des gens et à accélérer leur plongeon dans la sorcellerie.

Anxieux de voir ses ouailles marcher en zigzag, à reculons, en boitant, des gris-gris à la place du chapelet ou du scapulaire, le prêtre avait ordonné à Saint-Ange de quitter la circonscription de Saint-Louis, l'expédiant plus au sud de l'île, à deux doigts du précipice, sur les rives de la Rivière Saint-Étienne, si escarpées que l'eau bondissait sur les pentes rocheuses.

Saint-Ange n'avait pas cherché à résister au prêtre parce qu'il était mieux placé que quiconque pour savoir que, où qu'il aille, sa fidèle clientèle (soit dit en passant de plus en plus nombreuse, comme si chaque *injuste* persécution renforçait une aura de mystère autour de lui) le suivrait les yeux fermés, la bourse ouverte à un amour de sorcier. Il habitait une case située loin de la route, à l'abri des regards indiscrets, au milieu de l'aloès bleu et du bois-de-lait-poison, pour créer une atmosphère étrange à l'entour. La chambre à coucher et le cabinet de consultation recelaient éclisses, plantes, fruits séchés, peaux de bêtes suspendues aux poutres du plafond. Sur une table, un Petit Albert, un jeu de cartes, des bouts de citrons galets et de camphre, des bougies, une boîte d'allumettes ; dans un angle, derrière un mystérieux rideau rouge, un squelette d'enfant non moins mystérieux était accroché à un fil de fer. Ne riez pas. Ce squelette avait permis au sorcier-guérisseur d'asseoir peu à peu sa réputation. En effet, à la demande d'un client qui souhaitait connaître la vérité sur un parent parti dans le monde de l'au-delà, Saint-Ange interrogeait le squelette devant une glace fixée à la porte d'un placard. Il faisait danser le « baba-sec », murmurait-il, pour que lui soient dévoilées les choses cachées au profane, persuadé que ce qui rendait malheureux les gens crédules pouvait le rendre heureux, lui, roublard et pernicieux, dont le visage tourmenté apparaissait dans la glace à côté de l'âme du défunt.

Chaque jour, un oison se présentait devant sa porte, puis une dizaine, une file d'oisons à plumer de leur esprit d'initiative. Plus le baba-sec dansait, plus il abusait de la jobarderie de l'un, l'autre. Plus le baba-sec causait, plus la vérité régressait ; il s'enrichissait ; sa popularité grandissait. Saint-Ange était un grand sorcier, vraiment. On ne naît pas ainsi ; on le devient. Pari gagné. Avec l'aide de Dieu ou du diable ? Il est superflu de vouloir répondre à cette question, de gloser sur tout ça pour l'instant, car les faits parleraient bientôt d'eux-mêmes, si accablants qu'un bourreau serait désigné plus tôt que prévu.

Ce soir-là, donc, debout devant le portail, le fusil à la main, Sitarane se souvint que le jour de l'arrivée de Saint-Ange à la Chattoire, dans une charrette-de-canne qui reve-nait à vide de l'usine sucrière, le chien s'était précipité dans le layon avec ses aboiements mais en gardant ses distances, comme pour mordre et esquiver en même temps un coup de pied dans les côtes.

La charrette, tirée par deux bœufs, s'était arrêtée en haut du chemin de halage, et lorsque Saint-Ange en était descendu après avoir donné une pièce au charretier, le chien avait reculé pas à pas. La queue entre les pattes, muet tout à coup, il était parti se tapir derrière la clôture de pieux et de bois-de-lait. Sitarane avait regardé le visiteur distingué débouler dans la sente avec une facilité déconcertante. Il se moquait des obstacles susceptibles de le faire chuter, notamment les pierres qui affleuraient, comme si des ailes le portaient.

Un sac de toile de jute jeté sur ses épaules, il n'avançait pas en territoire ennemi. Il le savait. Aucun bandit n'aurait osé l'attaquer pour le dépouiller de ses vêtements, de son argent, de son arrogance.

« Ça s'arrose ! » avait dit Saint-Ange en extirpant de son sac une bouteille de rhum, des cigarettes, un éclat de rire.

Les deux hommes s'estimaient ; ils avaient fumé et bu du rhum à longs traits, comme pour signer une sorte de pacte.

Sitarane avait reçu Saint-Ange les bras ouverts, rigolant, discutant, ripaillant, se soûlant. C'était un frère, un diable peut-être. Ce jour-là, il n'avait pas eu l'idée de le lui demander, après ce fut trop tard. Après, il avait dû partager avec lui son toit, son temps, sa femme ; et le sorcier, en contrepartie, leur avait apporté son point de vue éclairé sur telle ou telle question, ses convictions, son optimisme. Dans sa misérable case, Sitarane n'avait rien connu de plus grisant comme l'odeur de l'argent que Saint-Ange sortait de sa poche. Il ressemblait au mendiant qui, ayant trouvé une bourse en chemin, dénoue la ficelle avec empressement, regarde à l'intérieur, fait sonner les pièces dans ses mains.

Si ce jour-là, le jour des retrouvailles et des promesses et des cadeaux chus du ciel, quelqu'un lui avait dit qu'il venait de faire un pas vers la tombe, il se serait contenté de sourire; quoi qu'il en soit, il n'aurait rien tenté pour rompre le charme.

Certainement pas.

Revenons maintenant à ce soir où, devant le portail en bois branlant (le roquet toujours tapi dans le noir, les oreilles rabattues pour ne rien entendre), Saint-Ange avait prétendu posséder une arme plus efficace qu'une pétoire pour arrêter les voleurs qui dégarnissaient les manguiers, déterraient les racines, s'aplatissaient dans les champs de maïs pour égrener les épis sur pied, puis détalaient comme des lièvres débusqués au moindre bruit. Nullement surpris, Sitarane sonda le tisaneur du regard pour en savoir davantage sur cette arme qui lui serait utile en d'autres circonstances. Qu'on lui explique! L'explication, le marchand de rêves (ces rêves qui se transforment quelquefois en cauchemar) se disposait à la lui fournir en deux mots, trois gestes, car il était capital que le Nègre africain voie les choses de ses propres yeux afin d'être en mesure de peser le pour et le contre, et de sceller cette rencontre en crachant par terre.

Saint-Ange lui demanda d'appeler le chien qui, le nez enfoui sous le bois-de-lait, tremblait. Cet homme bien habillé lui paraissait effrayant. Sitarane siffla pour que l'animal quitte sa cachette. Il dut s'y reprendre plusieurs fois. Enfin, un corps musclé sur des pattes courtes se faufila sous la clôture. Une absence de courage dans l'œil, le roquet épia autour de lui, de peur qu'un coup traître ne lui déboîte la mâchoire. Il semblait se dire, à la façon d'un chien particulièrement doué : À supposer que je parvienne à donner un sens à ce que je vois, deux bougres, un fusil, le danger partout. À supposer que je joue au toutou, et me roule par terre, quelque chose me dit que je ne serai plus libre d'aboyer, de courser la chèvre, de planter mes crocs là où ça me chante... Il aurait bien voulu décamper avant qu'il ne fût trop tard mais comme hypnotisé, paralysé, il fixait l'homme correctement vêtu qui passait déjà pour une terreur à la Chattoire.

Saint-Ange prit dans la poche de son pantalon un petit sachet en tissu, il défit le nœud avec soin, puis il versa dans sa main gauche une pincée de poudre jaune. Il s'accroupit ensuite sur ses talons, souffla dans la paume de sa main vers le roquet qui s'était réfugié entre les jambes de son maître ; au bout d'une minute, l'animal vacilla de vertige, fléchit sur ses pattes avant, les pattes arrière suivirent le même mouvement, et il se coucha aux pieds des deux hommes. Il tâcha de se relever. En vain. À peine allongé, il s'endormit. « Il a son compte », conclut Saint-Ange. Sitarane plissa le front, se gratta la tête, il ne savait pas comment dissimuler son embarras mais en même temps il ne pouvait être qu'en admiration devant ce rebouteux qui offrait des sucreries aux femmes. Il était comblé. Il n'avait jamais rien vu d'aussi ahurissant de sa vie. Démonstration parfaite. Rien que d'y penser, il sentit un frisson naître à la racine de ses cheveux. Il resta un moment à zieuter le chien assoupi, puis il se promit de ne plus raconter que Saint-Ange Gardien était ceci ou cela. Il possédait un pouvoir bien supérieur à celui d'un escadron de gendarmes. En outre, il n'avait pas le comportement de celui qui cherche à nuire à son monde, ou qui attend quoi que ce soit de qui que ce soit, ici-bas. La nuit tombait ; les oiseaux piaillaient ; le roquet roupillait toujours. Tout cela époustoufla Sitarane qui s'impatientait de dire à son diable de frère : « Il me faut cette poudre... tout de suite! » pour que, honnêtes ou malhonnêtes, les gens s'agenouillent devant lui en clignant des yeux, admiratifs.

Alors il appuya la pointe du pied sur le museau du chien qui demeura raide, immobile ; un filet de bave coulait de sa lippe. « Avec quoi tu l'as empoisonné ? » questionna-t-il. Le guérisseur répondit que l'animal dormait. Il se réveillerait dans une heure et ne se souviendrait de rien. Sitarane grinça des dents. Le fusil entre les mains, il gratifia le chien d'un chapelet de jurons. Il aboya, il grogna, il grognonna, quelque chose de blanchâtre aux commissures des lèvres, comme du venin. Plus le fonds de malveillance s'exhalait de sa personne (« déjà si peu encline à la bienveillance », écrivit Aldo Leclerc), plus Saint-Ange souriait, se réjouissait, convaincu que « la bête » tenue au bout de la corde lui obéirait désormais au doigt et à l'œil, fidèle à son maître qui détenait seul le secret de la poudre jaune. Il ne désirait rien d'autre que ce plaisir de voir Sitarane sortir une cartouche du fond de sa poche, la glisser dans son arme, abaisser le canon, puis tirer sur le chien endormi. Ce fut la plus forte détonation qu'on eût entendue dans le voisinage, et les oiseaux se turent dans les branches.

Ce qui faisait ricaner maintenant les deux fripouilles, c'était d'avoir sous les yeux le cadavre du chien à l'instant où Zabèl jaillit de la paillote : « Qui assassine-t-on ? Pourquoi tu as tué Lazare ? » s'informa-t-elle. Sitarane chercha un semblant d'équilibre entre le connu et l'inconnu, il s'efforça de repousser la suprématie que le sorcier exerçait sur lui, puis il capitula.

« Tais-toi, femme ! éructa-t-il. Lazare n'est pas mort. Il dort. Il dort dans son sang, mais il dort. » Il garda un moment le silence, comme absorbé dans ses noires pen-

sées, avant d'ajouter : « Ou alors, s'il est mort et bien mort, Saint-Ange le ressuscitera, tu peux me croire. »
Et ils lâchèrent un rire moqueur.

Zabèl ravala son écœurement, de crainte de dormir comme son chien dormait dans la poussière, la gueule ensanglantée.

« C'est pour toi, prends-le ! dit Saint-Ange en remettant le sachet de poudre au Nègre africain, la ficelle renouée.
— Pour de vrai ?
— Plus vrai que ça, tu meurs ! » répliqua-t-il, et il y avait dans cette phrase une allusion transparente.

Soudain une ombre, venue d'une vague impression qui provenait elle-même du sourire en coin de Saint-Ange, recouvrit le visage de Sitarane et déforma ses traits. C'était comme un voile qui l'aveuglait, à présent il ne voyait plus ni ami, ni femme, ni la nuit qui l'enveloppait d'une bure de moine. Il ne voyait que la tache de sang, et le sachet de poudre suffisait à le persuader de quelles forces il serrait dans sa main, jusqu'à quel point il était redevable à Saint-Ange. Grâce à lui, il ferait bientôt des envieux et s'attirerait des éloges. Il le remercia donc en disant que ses ancêtres lui avaient donné un frère. Il n'était plus seul, déprimé. On sait combien la cruauté finit toujours par créer un attache-ment indéfectible entre les hommes, et ces deux-là représen-taient le mal qui épouvante le vivant, ôte l'espérance du côté de la vie. Ce soir-là, ils avaient roulé trop de funestes projets dans leur tête pour que quiconque eût pu les dévier de leurs intentions. Secrètement, ils avaient imaginé ensemble leur premier meurtre, celui qui les conduirait à pactiser avec les zombis, à s'installer dans une hostilité tel-lement envahissante qu'ils ne pourraient plus renoncer à leur entreprise — ne renonçant plus à rien. Quand le désir de tuer s'ancre ainsi dans le cœur, on ne s'inquiète absolument plus de savoir si le tort qui est fait à l'homme est fait à Dieu.

C'est tout ou rien.

Le tout se pétrifiait dans le cadavre de Lazare.

Sourd aux lamentations de Zabèl assise sur le perron de la case, la tête dans ses mains, Sitarane soupesa le sachet de poudre et le trouva léger. C'était une plume par comparaison au fusil, et l'idée lui vint que s'il pouvait retourner cette arme contre son ami, à la première occasion, il prouverait aux bandes rivales qu'il était le chef providentiel propre à les tirer d'affaire. Alors il se mit à sourire, du même sourire qu'il avait vu sur le visage de Saint-Ange, sauf que Saint-Ange ne souriait plus, non, il exigeait de son frère la corruption totale de son âme et sa soumission au diable tant que durerait leur pacte.

2

Vengeance

Dans les coudes serrés, le train roulait lentement ; le fer grinçait contre le fer, comme si quelqu'un tentait de le freiner, de le ralentir. C'était réconfortant à entendre, mais les gendarmes assis sur la banquette en vis-à-vis de leurs prisonniers, comment ils les regardaient, la mine renfrognée, comment ils écoutaient les grincements de ce train qui aurait à traverser l'île du nord au sud — une traversée fulgurante de la vie. Dans la pénombre, ils ne détachaient pas leur regard des deux condamnés à mort pour qui ils ne ressentaient aucune pitié, ça se lisait dans leurs yeux. La main posée sur l'étui de leur arme, les jambes écartées, le buste droit, les cheveux en brosse qu'on devinait sous le casque, ils les épiaient durement. Malgré tout, Sitarane s'obstinait à penser que ce train n'arriverait pas à destination parce que Saint-Ange (son ange gardien?) lui avait maintes fois promis de le protéger contre la mort. Il ne s'étonnerait donc pas si, à la sortie du virage ou dans la plaine côtière, il s'arrêtait pour lui rendre sa liberté.

Mais la liberté, Sitarane l'avait eue comme gardien d'habitation : que s'était-il passé pour qu'il en soit là aujourd'hui ? Pour tout comprendre, il faut repartir chez la dame Hoarau. Administrant seule la propriété depuis la mort de son époux, elle s'était toujours montrée autoritaire envers ses travailleurs et, lorsqu'elle les avait bien rudoyés, elle leur faisait la leçon avec des yeux froids, une voix de crécelle, une silhouette de femme hautaine. Hautaine et austère dans sa longue robe noire qui lui recouvrait la cheville. Les cheveux relevés en chignon, le front plissé, elle se disait qu'elle les dresserait, et materait les résistances une cravache à la main, elle en était convaincue; qu'elle les dompterait tous, si paresseux, si désobéissants qu'ils fussent; qu'elle les obligerait à suivre le droit chemin et à croire en Dieu, le bienfaiteur des pauvres parmi les plus pauvres; qu'elle ferait naître une étincelle d'intelligence dans l'œil de ces butors, même si elle avait été souvent déconcertée par leur grossièreté. C'est ce qu'elle se disait encore, assise sous la varangue dans son fauteuil en rotin, à attendre que Sitarane vienne lui expliquer pourquoi il avait tué Lazare. Avait-il des motifs de se plaindre, lui qui ne se plaignait jamais? Elle l'attendait pour passer sa rage sur lui, autant pour la cartouche subtilisée que pour la mort du chien. Qu'on prive de nourriture ses haleurs de pioche, soit, mais qu'on ne maltraite ni ne tue un animal innocent. L'espèce de brutalité qu'elle avait vue dans Sitarane l'intimidait et la fascinait à la fois. C'est pour ces raisons que, dans la grande cour, en présence de ses travailleurs, elle s'attacherait à stigmatiser une conduite aussi stupide que barbare.

Tôt ce matin, en effet, on était venu lui rapporter les agissements aberrants de son gardien. Maintenant elle était désireuse de voir comment il allait se défendre face à elle. « Après tout, c'est pour lui que j'agirai avec fermeté », se dit-elle en redressant son chignon, sous-entendu que c'était dans l'intérêt du Nègre de battre sa coulpe plutôt que d'aimer la rébellion, d'arrondir les angles plutôt que de monter sur ses grands chevaux, de faire son mea-culpa, de se repentir, etc. Plus qu'une mère abbesse, elle était friande de ces formules qui, selon elle, débordaient de leçons de morale et, jour après jour, elle aurait voulu déverser à flots, dans le cœur de ses Noirs, cette sagesse séculaire.

Lorsque le gardien de l'habitation parvint jusqu'au perron qui séparait le maître de ses serviteurs, la pétoire sur l'épaule, l'air grognon et un rien de provocant dans son attitude, la dame Hoarau hésita une seconde avant de quitter l'ombre fraîche de la varangue. Subitement elle était moins altière, moins sûre d'elle, et, l'espace d'un instant, il lui sembla qu'elle exposait inutilement sa vie en marchant vers le Mozambicain (elle l'appelait ainsi chaque fois que la colère l'emportait) qui aurait dû se présenter devant elle les yeux baissés et l'échine courbée. Dans la lumière, ses joues paraissaient plus creuses que d'habitude, et un excès de poudre lui donnait un teint pâle. Mais loin de la désarçonner, cette hésitation la ramena à son devoir : rabattre le caquet à l'impudent, dénoncer son manque de savoir-vivre, flétrir sa réputation, fustiger « une ligne de conduite satanique », comme le disait si bien le curé Delpoux, de la paroisse de Saint-Pierre.

Tout fiel, la démarche raide, la dame Hoarau tenait les rênes du domaine depuis la mort de feu son mari, et elle pensait qu'il lui appartenait de se faire obéir et respecter. S'il y avait quelqu'un qui devait remettre le Mozambicain à sa place, c'était elle et personne d'autre, sous peine de perdre l'autorité et la considération dont elle jouissait. Il faut préciser que, à ce jour, elle avait renvoyé plus de gardiens que les autres propriétaires. Donc, elle réclamerait des comptes au tueur de chien, sur l'heure : « Pourquoi as-tu tiré sur ce roquet ? T'a-t-il mordu ? Et qui a brisé les chaînes pour voler la récolte de café dans le magasin ? Pourquoi n'as-tu rien vu, ni rien entendu, ni rien su ? Où étais-tu ? Pourquoi mon voleur court-il toujours ? » Si par malheur, il refusait de répondre à ses pourquoi, elle déchirerait son contrat de travail et le renverrait à sa misère, à la loi qui punissait les méchants, les paresseux, les vagabonds, les voyous, les voleurs, les criminels. D'après elle, le bon citoyen devait toujours avoir comme devise *Dieu, la France, le Travail.* Une majuscule à l'initiale de chaque mot mis en italique et sur un même pied d'égalité dans le texte original. Excepté que Dieu et la France ne signifiaient rien pour Sitarane ; quant au Travail, c'était devenu pour lui un carcan qui l'empêchait de vivre à sa guise. Et puis, d'une véranda à l'autre, ne murmurait-on pas qu'il fallait d'abord soupçonner son gardien en cas de maraudage ?

Il ne se figurait tout de même pas que j'allais passer l'éponge sur cette affaire, se dit encore la maîtresse des lieux, le poing dans le dos. Elle était prudente, mais pas lâche au point de se dérober à son devoir. Aucun fusil ne pourrait contraindre cette femme desséchée à marquer le pas ou à être indulgente avec ses Noirs. D'un bout à l'autre de la propriété, elle avait ses lèche-bottes à qui elle donnait un lopin de terre à cultiver ; en outre, elle avait la conviction de vivre en harmonie avec son siècle, et les critiques ne l'atteignaient pas.

Toutefois la dame Hoarau n'ignorait pas que, semaine après semaine, Sitarane était devenu ombrageux, avec ce côté hyène, emporté, agressif, d'autant qu'il ne supportait pas qu'on le sermonne.

En bas du perron, entouré des autres travailleurs, ne craignant plus la colère et les réprimandes de son employeur qui se montrait quelquefois revêche, Sitarane se disait qu'il ne se tairait pas, il ne se soumettrait pas, ferait les choses dont il avait envie, par exemple regimber, ruer dans les brancards, suivre son destin, graver son nom dans l'histoire de ce pays. Car, après avoir jeté un bref regard à la veuve Hoarau (un regard par en dessous avec une pointe d'effronterie cynique et de familiarité déplacée), il savait ce qui l'attendait.

Sa présence en ce lieu n'était pas à ses yeux le présage d'un échec personnel, aussi décida-t-il non seulement de ne pas fuir devant celle qui s'apprêtait à le morigéner, à l'humilier, à le chasser, mais de prendre les devants, et il déposa le fusil sur la première marche du perron ; ensuite, il cracha de côté pour indiquer qu'on ne le renvoyait pas mais qu'il déchirait lui-même son contrat de travail, bref, il s'émancipait comme nègre. Il cracha aussi des jurements, annonça qu'il dégoterait un nouvel emploi chez un autre employeur, et que personne ne vienne lui chercher querelle à la Chattoire. S'il n'avait pas gaspillé son temps à vadrouiller, pensa-t-il en toisant les travailleurs des pieds à la tête, avec aigreur et mépris, oui, s'il avait eu autant de pouvoir entre ses mains dès son arrivée dans l'île, à l'âge de ses vingt ans, il aurait été un autre homme.

Il n'était plus le Sitarane qui agissait sans rien prévoir, qui regardait sans rien voir, qui entendait sans rien comprendre, le nègre reconnaissable de jour comme de nuit par l'affaissement des épaules et de la volonté. Un sourire sur les lèvres, il tourna le dos à son métier d'ouvrier agricole, de charretier, de gardien. Désormais, il travaillerait pour lui, non pour le maître. Tout d'abord, il aurait l'attitude d'un noble guerrier ; il marcherait la tête haute, le regard fier et droit, avec le sentiment d'exister — d'exister pour lui, en dépit de ce qu'on raconterait sur lui en termes désobligeants. Ensuite, il oublierait tout ce qu'il avait fait jusqu'à maintenant et s'orienterait vers une existence qu'il imaginait riche en rebondissements, ensoleillée, triomphale, et il parlerait de cette voix qui inverse le cours des choses, avec la sensation d'être invisible; ni vu, ni connu, ni reconnu. Et il n'était plus question d'avoir des regrets mais d'avancer vers la nouvelle vie qui lui faisait des yeux doux. Pendant ce temps, la bande de haleurs de pioche s'esquinteraient la santé à tirer le diable par la queue pour enrichir la veuve Hoarau qui, laide et grincheuse, donnait de l'importance à un chien, à la cravache, à la fatuité, non à ces hommes et ces femmes déguenillés. Quand il était gamin, il s'en souvenait, une fois qu'il avait projeté de plonger dans les eaux sacrées du Zambèze qui pullulaient de crocodiles, nul ne pouvait l'en dissuader.

Tout s'éclairait devant Sitarane. Le soleil ne luisait que pour lui, semblait-il, et son horizon s'élargissait. Il observa un moment les arbres, le ciel, la lumière. C'est beau tout ça, se dit-il. Tout était beau, sauf la silhouette de l'abbesse qui, en haut des marches, n'avait plus de prise sur lui parce qu'il n'avait plus de faiblesse en lui. De cette clarté naissante, il s'inventerait une autre destinée, remarquable sous tous les angles, et, lorsqu'on le rencontrerait en chemin, on le saluerait de la voix ou d'un geste en ôtant son chapeau.

Autour de lui, toutefois, un silence qui ne présageait rien de bon. Dans ce silence, la maîtresse de l'habitation essaya de déchiffrer le comportement singulier du gardien qui, devant témoins, était entré de son plein gré dans l'illégalité avant qu'elle n'eût le temps de l'interroger, mais ce n'était pas nécessaire, elle savait distinguer rogne, rancune, rancœur, tous ces maux exécrables qui, nés selon elle de l'esclavage, avaient conquis le cœur des nègres ignares sans y faire un pli; aujourd'hui cette boue remontait à la surface, salissait leur regard, éclaboussait leur vie, assombrissait leur mémoire, souillait leur âme. Par conséquent, plus sûrement qu'un boulet attaché à ses pieds, la haine entraînerait Sitarane dans les ténèbres sans même qu'il s'en aperçoive ; il ferait la guerre au voisinage à propos de tout et de rien, avant d'endosser l'habit d'un fainéant, d'un désœuvré, d'un galvaudeux, et quoi d'autre de plus condamnable ? Trop de noirceurs l'habitaient, pensait-elle.

De l'avis de la dame Hoarau, aucun maître ne l'embaucherait plus, et même ce brave curé Delpoux renoncerait à le tremper dans l'eau bénite sous prétexte que « la vengeance est un démon qui ne peut être exorcisé ». D'abord, la solution consisterait à atteler Sitarane à l'oisiveté ; ensuite, qu'il tète à satiété le lait de tous les vices semés sur sa route ; enfin, qu'il survive avec cette malignité qui, lui faisant miroiter les avantages illusoires d'une vie en marge des lois en vigueur dans la colonie, le tourmenterait sans rémission.

La dame Hoarau, après avoir fait signe à son commandeur de récupérer le fusil, ordonna à ses travailleurs de se diriger immédiatement vers les champs, l'usine à manioc ou les parcs à animaux. Puis elle regagna l'ombre bienfaisante de la véranda, sûre et certaine que le Mozambicain se retrouverait sans tarder au ban de la société. Et, pour qu'une réputation de larron l'accompagne jusqu'à sa mort, elle se promit d'adresser une lettre aux propriétaires, qu'ils sachent tous que ce nègre dépravé, livré à lui-même, était plus dangereux qu'un serpent à sonnette. Se piquant au jeu, elle ébaucherait le portrait d'un Sitarane rétif et revanchard. C'était le châtiment qu'il méritait, et sa situation empirerait le jour où il aurait l'idée non plus de tuer un animal mais un homme. D'ailleurs, l'expression de sa face aux traits grossiers, écrirait-elle, son regard froid et ses gestes accomplis avec une insolente lenteur — la lenteur de quelqu'un qui est sous l'emprise du démon —, tout cela disait clairement que ce jour viendrait vite lorsqu'on verrait croître l'obscurité, et ce serait la nuit avec ses coulées de sang. Elle sentit la vérité la frôler de son aile. Elle se signa, convaincue que pas un Blanc ne douterait une seconde de sa vision prophétique. Elle était capable, en effet, de rédiger trois phrases remplies de bon sens, au nom d'une île à placer sous la protection de l'Église. On sortait à peine des fers de l'esclavage, et le drapeau français suspendu au sommet du fronton qui surmontait le portique de la mairie ne parlait pas encore de fraternité entre les maîtres et les nouveaux citoyens de la République. La dame Hoarau laissait ainsi penser que, frémissante de bonté, elle ferait tout pour sauvegarder la paix. Ce que j'ai à faire, je le ferai, se dit-elle, sous-entendu qu'une fois sa lettre écrite elle regarderait l'avenir à travers les mots, les blancs, les espaces abandonnés à l'inévitable. Il y aurait des points d'interrogation ici et là, après un verbe ou un adverbe, quelque chose d'indicible, pourvu que personne n'ait à mettre la main devant la bouche pour contenir des « oh, mon Dieu » à n'en plus finir — et des cris d'horreur.

Sitarane ne querella pas les haleurs de pioche, ni ne les plaignit ouvertement, et tandis qu'il s'éloignait de la demeure d'un pas lent, calme et placide, il entendit ou crut entendre « C'est lui le chef », « C'est bien lui », de la bouche des travailleurs, de fait, le sentier de la Chattoire accueillit un homme au cœur ivre de contentement. Il ne donnait pas l'impression de marcher vers l'incertain ou de côtoyer des béances innommables, mais de s'acoquiner avec le diable qui ne lui offrait nulle autre issue que le crime. Il n'avait plus de fusil, certes, mais pour retrouver son assurance il tâtait de temps en temps le sachet de poudre enfoui dans la poche de son pantalon. Regardez-le s'attarder au milieu des champs, dans l'attente de l'inconnu qui ne l'effraierait pas, mais stimulerait cette part en lui qui recherchait une raison d'être. L'inconnu lui délivrerait une parole de liberté, non de crainte et de lâcheté. Libre d'entraves, il ressentit pour la première fois un sentiment de puissance qui le poussa « à brailler sa joie en plein jour, avec l'envie de culbuter une femme, puis de l'emprisonner dans un désir irrépressible », écrivit Aldo Leclerc dans son journal, après qu'on eut clôturé l'enquête.

Sitarane se mit à guetter l'ombre d'une robe à l'entour, mais il n'en trouva aucune. Déçu, il s'enfonça dans un champ et se mit à avaler le suc d'une brassée de cannes dont il déchiquetait la peau avec ses dents, mordant dans la tige, la suçant, la mâchant, recrachant le résidu à ses pieds.

Une demi-heure après, il se remit en marche avec entrain comme si le jus de la canne avait adouci les contours de son avenir. Mais il se trompait. C'était juste ce en quoi il voulait croire. Était-ce pour construire une nouvelle vie ? Non. C'était pour détruire celle des autres.

À chaque pas, la sensation de devenir quelqu'un d'autre le ravissait comme si son corps était visité par des âmes venues de l'au-delà pour lui prêter main-forte, le parrainer, le guider dans les noirs desseins qu'il nourrissait ; chaque respiration l'incitait à dédaigner davantage les complots du maître, des gendarmes, de la loi, de l'Église. L'une après l'autre, ses dernières craintes s'évanouissaient au fond de je ne sais quel abîme ; ses yeux noirs, sans cligner, sondaient l'immensité du possible, le gavaient de mille idées scabreuses, de mille projets crapuleux, il se disait alors que c'était faisable tout ça. Il était sans emploi mais libre de tous ses mouvements. Au début, il vivrait aux crochets de Fontaine, ce même Fontaine qui, âgé de vingt-cinq ans, s'était mis en concubinage avec Lisette, la fille de Zabèl. Sitarane faisait beaucoup d'état de cet homme qui, menuisier, maréchal-ferrant, plombier, repérait tout ce qu'il y avait à voler lors de ses nombreux déplacements chez les habitants. Nul doute qu'il l'aiderait à faire le beau métier de voleur, le seul qui lui bottait, et il se concentra de nouveau sur la route qui s'ouvrait devant lui. Cette île, pensa-t-il, quel cadeau du ciel !

À ce point de l'histoire, on notera qu'un élément subtil venait s'associer à un autre élément encore plus subtil pour que Sitarane persiste, par exemple on aurait dû voir dans le ciel des éclairs, des orages, le tonnerre, la foudre. Mais non. Il n'y avait rien, absolument rien. Le paysage était dépourvu de signes inquiétants. Pas même le jappement d'un chien errant.

Après les pluies torrentielles tout était vert, les champs, les arbres, les bosquets, les fataques et autres herbes sauvages, la sente tapissée de chiendent court-à-terre, et l'air piquant avait l'odeur de l'herbe coupée, verte. Les interminables journées à s'ennuyer en tête à tête avec son ombre étaient derrière Sitarane. Cela le rendait joyeux d'entendre craquer les branches mortes, de voir les empreintes de ses pieds sur le sol boueux, de savourer la joie, la liberté, et la certitude que la bête pouvait jaillir de ses boyaux à tout instant, cette haine qui irriguait ses veines l'invitait à tout entreprendre pour s'enrichir et faire en sorte qu'on tremble dans les maisons, qu'on prie dans les églises, qu'on pleure dans les cimetières, car le monstre qui sommeillait en lui ne serait totalement satisfait et repu que lorsque ses crocs auraient dilacéré la chair humaine, la nuit.

Lorsqu'il arriva devant la paillote de Fontaine, il poussa le portail d'une main ferme. « Il n'y a personne? » cria-t-il. La jeune et jolie Lisette vint l'accueillir et, devant l'horrible figure, elle s'affola, recula, joignit ses mains sur un *Je vous salue Marie*, comme si, sans tambour ni trompette, la déveine était venue frapper à sa porte pour ne plus repartir.

C'était Sitarane le signe inquiétant inscrit dans le paysage.

Ce jour-là, il s'entretint avec Emmanuel Fontaine (esprit moins intuitif que Lisette) de la poudre jaune, d'autres choses agréables à entendre dans l'arrière-pays, et il l'amena sans difficulté à épouser une cause qui fût digne d'un grand sacrifice. Ce discours persuasif, il le reprit le lendemain matin en présence de la bande réunie dans la grotte, avec le même succès, n'étant pas de ceux qui prêchent dans le désert et s'embarrassent des détails.

Au crépuscule, il s'en alla rôder seul autour des maisons cossues, glissa lentement mais sûrement vers le point de non-retour. Et son cri de guerre (un genre de grôôônnn) suffisait à convaincre ses voisins que le mal s'impatientait en lui. Quoi qu'il en soit, il avait patienté jusqu'à ce fameux soir où il était intervenu dans le combat opposant Saint-Ange à Frontin, il avait soufflé dans la paume de sa main et la poudre jaune avait endormi le guérisseur. On se souvient que la foule l'avait acclamé, et que, les bras levés, il avait pivoté sur ses talons pour qu'on grave dans sa mémoire l'image du Nègre qui, sans avoir eu recours au saut en ciseaux, au talon d'hirondelle ou au couteau, avait foudroyé le sorcier le plus craint de l'île. C'était épatant, il fallait en convenir.

Ce soir-là, on avait emmené le corps inerte de Saint-Ange au fond de la grotte. Sitarane avait veillé sur le sommeil de son ami en promenant à l'entour, dans des mines réjouies bien préoccupantes à voir, des regards qui en disaient long sur ses intentions. Il feignait de posséder le pouvoir de se dédoubler, une exigence de son statut de chef, pour mieux exercer son ascendant sur ses comparses assis en demi-cercle dans la lumière tremblotante des flambeaux, puisque le despote a besoin de commander selon sa volonté.

De tuer aussi?

De tuer ou de faire tuer, sans plaider le pour et le contre.

Sous l'autorité brutale et brouillonne de Sitarane, comme sous celle des dictateurs et des roitelets, on s'en doutait de manière confuse, le mal serait plus que le mal, une folie outrancière, le plus court chemin vers la guillotine, pis encore, vers l'éternité de la damnation. On voit déjà pétiller quelques flammes infernales dans cette tragédie où le macabre balbutiait, car Sitarane, « un homme laid aux songes entachés des vices de la terre » (Aldo Leclerc *dixit*) régnait sur la nuit de la grotte, et la « bête immonde » qu'il ressentait en lui comme une douce réalité s'était mise à occuper une position dominante, à parler d'une voix éraillée, un souffle puissant enrobé de sons rauques, plus un ordre qu'une parole, pour attiser les convoitises. Si quelqu'un avait posé la question de savoir qui pouvait encore intervenir pour barrer la route au meurtre, on aurait répondu personne, une réponse fataliste mais la meilleure réponse qu'on eût pu faire.

3

Pas d'accalmie à l'horizon

Quand après un long parcours, le train de nuit semblait vouloir ralentir et stopper ses machines, l'espoir renaissait ; un souffle de vent faisait battre le cœur de joie. Pouvoir se redresser, tendre le cou pour regarder à travers la vitre ce qui se passait à l'extérieur, sentir la fraîcheur de la brise et l'odeur de la mer si proche ; si proche la liberté. Se pencher vers la lune, interroger le ciel et les étoiles, feindre d'ignorer les coups d'œil que les gendarmes échangeaient entre eux. Fatigués, ils avalaient leur salive, luttaient contre le sommeil, rêvaient d'un bon café. Toujours se méfier de leurs yeux bleus, de leurs armes, de leur silence qui créait une tension dans le compartiment, l'atmosphère y était étouffante parce qu'ils désiraient, eux, que le train aille vite, beaucoup plus vite. Sitarane, lui, continuait à croire que la locomotive finirait par s'arrêter à un moment ou à un autre. Il le faudra bien, pensa-t-il. Il se souvenait de ce que lui avait dit un prisonnier le premier jour de son incarcération à la prison de Saint-Pierre :

« Toi, tu ne mourras jamais. »

Déjà dans la grotte de la Chattoire, après quelques larcins qui n'avaient pourtant rapporté qu'un maigre butin, on ne cessait de vanter les qualités de Sitarane, surtout son invincibilité. Il n'administrait pas, il ne gouvernait pas : il régnait. Assis à sa droite, Saint-Ange Gardien, l'inventeur de la poudre jaune ; à sa gauche, Fontaine, qui maniait le vilebrequin avec dextérité, et les portes s'ouvraient. Une dizaine de personnes gravitaient autour du Nègre africain que l'on adulait, félicitait, redoutait, lui, qui se devait de les aider à manger à leur faim, à se constituer un pécule, et, pourquoi pas, à tordre le cou à un destin contraire; lui, impitoyable envers les riches, il avait montré de la haine ces derniers temps; une montagne de haine. À le voir épier l'ombre, puis dire des choses à l'oreille de Saint-Ange Gardien (celui-ci secouait la tête ou haussait les épaules), puis afficher un comportement équivoque, puis l'entendre confirmer l'adage « qui veut la fin veut les moyens », ses complices sentaient naître en eux des appétits d'ogres avides de scènes sanglantes. Ils comblaient Sitarane qui voulait que leur cœur ne soit plus qu'un bouillonnement de laves, un cratère de violence, un grouillement de vices susceptibles de les libérer de la conscience du bien.

Et ils n'avaient pas peur de cette violence-là.

Après chaque cambriolage, ils se bousculaient à grands cris, se jetaient sur des restes de victuailles, tous des vautours; le vin, le succès, le sentiment d'impunité né de ces instants les grisaient — pour des miséreux manger à leur faim, se soûler à ce point paraissait une chance inouïe.

Mais Sitarane, qui songeait à remonter jusqu'à la source du mal pour ébranler le pouvoir des conquérants blancs, se doutait bien qu'il jouait sa vie pour des peccadilles; de plus, la troupe loqueteuse n'étant pas aguerrie contre les craintes superstitieuses, plusieurs vols avaient raté.

Pour que le hasard n'eût plus rien à grignoter, Sitarane imagina la première expédition meurtrière dans ses détails infimes, il s'employa à juguler l'agitation qui s'emparait quelquefois de ses sbires (des voleurs-nés, pas des criminels), tâcha ensuite d'éveiller leur penchant sanguinaire.

C'est ainsi que leurs pernicieuses inclinations se ranimèrent, s'affinèrent, s'extériorisèrent, se développèrent rapidement, ils étaient maintenant liés par des liens de discrétion et de solidarité. En effet, Sitarane n'ignorait rien des esclaves fugitifs qui furent autrefois dénoncés par d'autres esclaves, qu'ils fussent coupables d'une barque volée, d'un marronnage ou d'un début de cabale contre le maître; il n'ignorait rien des sanctions infligées aux prisonniers : le poteau de torture, la flagellation, la fleur de lys, l'amputation d'une oreille, d'une main ou d'une jambe. Aussi imposa-t-il à tous la loi du silence, usa de l'intimidation pour ne pas tenter le conspirateur, cultiva la méfiance pour ne pas connaître la peur de la bête aux abois, les crocs des chiens, les menottes, le cachot. L'abandon, et la mort peut-être.

Un soir, au fond de la grotte ténébreuse, il demanda à Saint-Ange d'initier la clique aux rites barbares, et de faire danser le baba-sec pour que nul n'ait l'idée de le vendre pour un trente sous.

Après la cérémonie d'initiation au cours de laquelle de piètres voleurs avaient fait leur entrée dans la société des assassins, il ne fallait pas flancher, ni renâcler, ni élever la voix, ni douter de la férocité de Sitarane, d'ailleurs il avait menacé de mort celui qui ne serait pas dévoué à sa cause : « Le pendable sera bastonné, empalé et enterré vivant. » On se rappela aussi de quelle façon Saint-Ange s'était affaissé sous l'effet de la poudre jaune, les muscles dégonflés, et on laissa le Nègre africain s'installer dans son rôle de chef.

Chaque nuit, on le voyait s'élancer sur le chemin du brigandage, entreprendre des actions périlleuses, ces voyages chez l'habitant cloué dans son lit par la peur-tremblade. Fouaillé par un vent froid, harnaché de la lueur d'un clair de lune, armé d'une lame ou d'un éclair, il se métamorphosait en démon, granloulou, araignée géante qui hypnotisait ses proies.

Et qui pour déjouer ses astuces ?

Soudain le cyclone.

Il n'y avait plus dans l'air que pleurs et prières. Les champs s'aplatissaient ; le ciel, les arbres, les chiens se taisaient. Sans transition, il n'y avait plus ni répit ni paix, si ce n'était la paix des sépulcres. Le dos courbé, l'île tentait vainement de résister aux bourrasques qui apparaissaient comme un prolongement à la colère de dieux vengeurs venus de nulle part et, au bout de quelques mois seulement, la voilà en pleine tempête. D'une maison à l'autre, n'ayant pas d'avis sur l'origine des attaques portées contre elles, le raisonnement désarticulé, des familles désarmées, horrifiées, hurlaient leur désarroi.

Elles savaient que c'était aussi pour tuer.

Cette fois-ci, c'était la guerre.

Sur le sentier de la guerre, Sitarane se cachait derrière une sorte de masque du mardi gras, un masque terrifiant quand c'est un sphinx qui le colle sur son visage. Il ne bougeait pas la tête, ne clignait pas les paupières, ne remuait pas les lèvres, sans exagérer, disons qu'il n'était presque plus humain — ce qui enchantait Saint-Ange, l'inégalable pourvoyeur de poudre jaune. Cette poudre magique, dans son sachet d'étoffe noué avec une ficelle de jute, était devenue, entre les mains de Sitarane, l'arme qui exacerbait « sa nature perverse », lit-on dans la presse coloniale de l'époque. On eût dit un roitelet qui regrettait d'être enfermé dans le corps d'un homme ; homme, sauf que ses yeux étaient injectés de sang et ses dents acérées ; homme, sauf qu'il chassait à l'affût. Aux dernières nouvelles (à moins qu'on ne dise une bêtise), personne n'a plus aujourd'hui l'usage de cette poudre. Mais au début du siècle de fer, elle était pour le Nègre africain le symbole de sa souveraineté héritée du dieu de ses ancêtres qui, prétendait-il, l'avait pris sous sa garde pour qu'il pille tout ce qu'il y avait à piller dans l'île. Et de faire bombance, de gueuletonner, de se foutre de la tête des bonnes gens.

Lors des incursions nocturnes dans les maisons isolées, les épiceries de petits commerçants chinois, les entrepôts de café ou d'essence de géranium, les magasins-godons attenants aux cuisines, dans lesquels les familles stockaient denrées et provisions de bouche, ses compères eurent maintes fois l'occasion de s'apercevoir à quel point il pouvait ridiculiser la loi. Rien pour le harponner. Ni les gendarmes ni les incantations d'exorcisme. Ni les articles de loi ni les dix commandements ne pouvaient le faire dévier de sa route ou douter de sa méthode. Tout d'abord, un morceau de viande macérée dans une décoction d'herbe du diable endormait le chien. Ensuite, avec vilebrequin et mèche anglaise, Fontaine perçait des trous dans la porte, juste au-dessous de la bascule; enfin, après avoir soufflé énergiquement une pincée de poudre jaune par l'ouverture pratiquée, à l'aide d'un tube en cuivre, la barre pivotait sur son axe sous la poussée d'une tige de fer, le pêne sortait de la gâche et libérait les deux battants.

C'était un jeu d'enfant, franchement.

Après chaque pillage, on entendait des sanglots et des malédictions se mêler à des Notre-Père; on demandait que les « apaches » (nom bizarre donné aux malfrats) soient foudroyés par une attaque, qu'ils se tortillent comme des vers de terre becquetés par des oiseaux.

Maintenant, quand on allait à son travail ou à l'église,

on se retournait pour vérifier si une ombre ne marchait pas derrière soi. On ne sait jamais avec une âme abandonnée : on oublie de la chasser, et l'instant d'après elle vous mord la peau telle une sangsue, elle suce votre énergie, elle vous dessèche sur place. Dès lors, il est quasiment impossible de nier sa présence et sa pugnacité. Tant qu'elle n'aura pas bu la dernière goutte de votre sang contaminée par la peur, elle ne vous lâchera pas et menacera votre liberté d'esprit. L'ennemie est maître en ces lieux, et elle y commande seule. Vous la reconnaissez à ceci : la nuit venue, elle vous coupe la parole et s'exprime par votre bouche dans toutes les langues de la tour de Babel, braillarde et toujours assoiffée.

Avant l'angélus du soir, les hommes plongeaient la main dans leur poche et en retiraient du sel et des gousses d'ail qu'ils lançaient à la volée autour de la maison, en direction des quatre points cardinaux, afin de bloquer les issues aux esprits malins ; d'autres, à coups de fusil maladroits, éloignaient les chauves-souris qui s'envolaient de l'arbre, et, d'un battement d'ailes, allaient se suspendre à l'arbre du voisin, lequel s'armait, visait, tirait, jurait comme les charretiers qui transportaient la canne à l'usine sucrière. Tout cela engendrait des différends à porter devant le tribunal. On était prêt à s'étriper. Car on avait remarqué qu'à minuit le vampire volait, planait, tournoyait au-dessus des maisons comme pour guider les bandits de ses cris aigus. On écrivit au curé Delpoux pour l'aviser de ce fait, et, quelques jours après, il déserta son église à l'aube, sillonna les routes dans une carriole tirée par un cheval, se préoccupa d'apaiser les femmes enceintes, de confesser les personnes âgées, de bénir les enfants. Avant de prendre congé, il punaisait à la porte une image de saint Michel terrassant le dragon.

Brave, aimant, compatissant, il sentait sa foi faiblir. Sa science acquise durant des années d'expérience lui semblait vaine, sans doute parce qu'il avait deviné le rôle qu'il aurait à jouer plus tard, à l'heure du dénouement, quand, après la consolation apportée aux familles des victimes, il aurait à consoler les suppôts de Satan qui s'affoleraient devant la mort.

Il passait d'une case à l'autre, poursuivait son chemin de croix, ignoble, pensait-il, avec de plus en plus de colère comme si ces jardins, ces fleurs qui embaumaient l'air de leurs parfums, ces couleurs, et la gentillesse des gens, le sourire des gosses, l'autorité de la mère Église, tout cela n'était plus qu'un fétu de paille que les tourbillons de vent emporteraient bientôt, cette coulée de lave fluide, oh mon Dieu, qui ferait de l'île un enfer. Cris d'improbation. Attente anxieuse de la prochaine razzia. Doute. Les larmes aux yeux, sans qu'une lumière vînt éclairer son esprit, le curé peinait à reprendre haleine mais il n'avait pas le droit de se reposer, encore moins de désespérer. Se remémorant la lance du soldat romain fichée dans le flanc du Christ, il se disait qu'un monstre à sept têtes, à sept cornes, à sept bras, à sept pattes, avait voyagé en bateau jusqu'à l'île. Et il s'y était installé pour tourmenter les croyants et incroyants.

Disparition de la lumière.

Lors de ses visites matinales, ce qui le sidérait c'étaient ces visages assombris, ces regards fuyants, la résignation si proche. Des silhouettes attristées au fond des cases, des profils bas qui glissaient vers la désespérance. Les responsabilités et les devoirs qui lui incombaient : prendre en charge leur prière, leur silence, leur solitude. L'évêque lui avait recommandé de tout porter sur ses épaules jusqu'au bout de ses forces, fidèle à sa vocation. Il n'en possédait pas une autre qui eût autant d'importance puisqu'il n'aspirait pas à être nommé vicaire général, il ne lisait pas le latin et ne s'occupait pas de politique.

Malgré tout, le curé Delpoux ne pouvait pas s'empêcher d'exhaler une plainte étranglée, de se signer, puis d'éventer son visage de son chapeau noir, tandis que la carriole s'enfonçait dans l'arrière-pays. Il n'y percevait pas grand-chose à vrai dire. Pas d'accalmie à l'horizon. Que la peur dans les yeux, du lundi au dimanche, qu'on laboure son champ, se promène dans la rue ou dorme dans son lit. Que cette interrogation amère : « Mais pourquoi n'empoigne-t-on pas ces lascars ? » C'était l'un des étonnements de cette affaire.

Pendant ce temps, à l'intérieur de la grotte où on entassait le butin après chaque virée commise avec tant de hardiesse que les gendarmes perdaient leur français de France, l'ombre de Sitarane ne cessait de grandir comme si c'était à lui seul qu'on devait balles de riz et de café, victuailles, bouteilles de vin, vêtements fins, pièces d'argenterie — un trésor de guerre.

Au retour de chaque expédition, l'Africain avait perçu la fascination qu'il suscitait dans le cœur des filous qui, en sa présence, sentaient une nouvelle énergie se diffuser en eux. Une nuit, il s'en allait à la tête de la bande en planant comme la papangue (un rapace qui se repaît de rats) ; une autre, il imitait granloulou au pied fourchu en se glissant entre les arbres ; une autre encore, il rampait comme le crocodile du Zambèze, accompagné d'une armée d'ombres qui, sorties des tombes, trompaient la surveillance des roquets, franchissaient les obstacles les plus inopinés. Il était ce qu'on appelle en créole un « passe-partout », un « invisible ». Rien ne s'opposait à sa fureur contre la riche population du sud de l'île. Parfois, sans qu'on sache trop pourquoi, le désir de couper des têtes (désir qu'il prenait de plus en plus, hélas, pour la réalité) le rendait fou, et, quand il ne confiait pas ses visions à ceux qui buvaient sa parole, il s'entretenait avec des êtres sans formes dans une langue étrangère, et lui seul les voyait pour de vrai. On l'entendait aussi proférer des invectives, des bravades contre ceux qui auraient l'intention de contrecarrer ses projets, puis il ricanait tel un dément, rejetait la fumée du zamal par le nez et la bouche, sans l'avaler. On disait qu'à ce moment-là il recevait ses instructions de Balouga (nom créole de Belzébuth) qui influait sur lui, le jugeait à ses actes, préservait sa vie et celle de ses lieutenants.

Tâcher de passer inaperçu, tout le secret d'éviter la prison est là. Sitarane rendait ce service inespéré à sa bande. En vérité, il faisait office d'un général à dix, vingt galons; il tenait son rang, se faufilait comme un dieu entre les écueils, d'un brigandage à l'autre, si bien que les gendarmes se lançaient à cheval sur une piste, ils s'égaraient, en prenaient une autre qui se révélait aussi fausse que la première, et ainsi de suite. Se heurtant à un phénomène qui dépassait leur entendement, ils ne procédèrent à aucune arrestation. Dans leurs nombreux rapports, ils écrivirent que, après l'accomplissement de leurs délits, les scélérats se volatilisaient comme s'ils possédaient le double don d'ubiquité et de l'invisibilité — don réservé aux infiniment petits et aux esprits. Ceux qui représentaient l'ordre et la loi ne contrôlaient plus la situation, et jamais ils ne furent autant dupés, leurrés, mystifiés. Les gens n'avaient plus d'autre choix que de se barricader chez eux, de brûler des cierges à un saint, de confesser leurs péchés, de peur que les voleurs ne s'enhardissent jusqu'à tuer pour apparaître comme les seigneurs du pays.

Animé par ce qui était de la routine, Sitarane pillait les riches habitations, terrorisait la population, bâtissait sa renommée. C'était son nom que le vent rabattait sur les toits, et toute la maisonnée tremblait.

Nous savons que la réussite dans le bien ou le mal appelle les audaces les plus spectaculaires. Tout est envisageable pour celui qui ne craint plus l'échec. Un soir, donc, Sitarane décida de réunir sa bande dans la grotte, et les voilà attablés pour fêter leurs *glorieux exploits*. Il était là, le général à mille galons à qui on voulait plaire, assis en bout de table, entre Saint-Ange et Fontaine, dans la pâle lumière des bougies. Table bien garnie, gaie, bruyante. On murmurait que Sitarane entendait tout sans écouter, voyait tout sans regarder, comprenait tout sans réfléchir. Il lisait aussi dans les cœurs. Il n'avait rien d'autre à faire pour qu'on l'admire en se goinfrant, lui sourie en buvant, l'amadoue en fumant. Qu'à être là, seul maître en ces lieux après Balouga. Ce soir-là, les verres de rhum et de vin sifflés entre deux rots, un sentiment d'invulnérabilité échauffa son imagination tandis que le crime, à ses côtés, cherchait un bras invincible, un bras empressé à jouer du couteau, ce même couteau fiché dans le bois de la table.

Et il parla d'un ton ferme.

Derrière le masque qu'il s'amusait à revêtir, il dit que la police ne pourrait pas lui mettre des fers aux mains et aux pieds, car comment arrêter celui qu'on voit en plusieurs endroits en même temps, comment l'agripper, le menotter, l'enchaîner, l'emprisonner? Impossible. Et cette faculté de se dérober aux regards, eh bien il aimerait l'offrir à ceux qui, réunis autour de lui, consentiraient à boire non plus du sang animal mais humain.

Il y eut un silence.

Non seulement Sitarane ne plaisantait pas mais il avait développé la pensée du meurtre avec gravité. Un courant d'air s'engouffra dans la galerie souterraine et la flamme des bougies vacilla. Seul Fontaine, qui s'enivrait rarement, avec des yeux marron clair qui s'inquiétaient de tout, et dont la vie s'écoulait paisible aux côtés de Lisette, sentit une brise glacée sur son visage. Il en resta bouche bée. Il passa la main sur son cou machinalement, comme s'il avait pressenti que la loi ne tarderait pas à dépoussiérer la guillotine. Si jeune cependant, si amoureux, et déjà il n'était plus en mesure de faire marche arrière.

« Ça veut dire quoi au juste ? questionna-t-il.

— Couper le cou », répondit Sitarane en faisant le geste de se trancher la gorge avec l'index allongé. Le ton sur lequel il avait prononcé ces mots prouvait toute sa détermination. Il se tourna vers Saint-Ange, et s'enquit calmement :
« Que penses-tu de tout ça, mon frère ?

— Pour être couvert de gloire, il faut être riche. Et pour être riche, il faut s'en prendre aux plus riches.

— Si quelqu'un n'est pas d'accord, lança Sitarane, il se lève et s'en va ; il oublie tout ce qu'il a vu et entendu. Soit on est unis par le sang, soit on ne l'est pas. Et celui qui me vendra souffrira sept morts ! »

Atmosphère oppressante de la grotte. Attente fébrile. Le temps s'était immobilisé face à Sitarane qui avait pris le dessus, à la faveur d'une lumière blafarde qui le doublait de son ombre ; il paraissait plus grand ; ses yeux, ses dents, ses mains se montraient féroces, intraitables, pleins de monstrueuses dispositions à nuire. La nuit était en lui. Lorsqu'il parla de la morsure du fer dans la chair, on se regarda l'un, l'autre. Pas une chaise ne grinça. Pas un mot ne vola dans l'air, ni même une mouche repue et soûle. On choqua les verres; on continua de ripailler et de brocarder la gendarmerie à pied ou à cheval.

Sitarane perçait la pénombre d'un regard dur. Il se sentait prêt, ignorant seulement à quelle ignominie il s'arrêterait. Soit qu'il eût la confirmation que le monde des morts lui avait confié non pas une tâche mais une mission, soit que savoir de drôles de voyous derrière lui enflammât l'esprit, il réclama le silence, s'arma de son couteau, entailla le poignet de Saint-Ange, appliqua ses lèvres sur la plaie. On se mit alors à les applaudir, à imaginer des bains de sang, à trinquer dès lors que l'affaire était conclue entre eux. Quand Sitarane et Saint-Ange se levèrent, toute la clique se leva comme un seul homme et marcha au pas cadencé vers la sortie, sur la terre rocailleuse. Voilà ce qu'on peut rapporter de cette réunion au cours de laquelle il n'y eut pas de tergiversation; la discussion, brève et convaincante, avait débouché sur l'innommable parce que tout cela avait désormais un sens (en dépit du bon sens), une voie d'accès à la laideur.

Quelques jours après, plus précisément au matin du 20 janvier 1909 (cette date accrédite l'authenticité des faits), la population apprit de bouche à oreille que les deux dames Férons, qui vivaient seules dans les hauts de l'île, au lieu-dit La Plaine des Cafres, avaient été cambriolées et brûlées vives dans l'incendie de leur maison. Le chien de garde n'avait pas aboyé pendant que les pilleurs forçaient la porte avec une barre de fer. Des voisins, de loin, au travers des flammes, avaient aperçu un ciel annonciateur d'une mort qui bondissait avec un rien d'orgueil, et cette façon de souffler un vent de panique à l'entour des cases pour indiquer qu'il se manigançait quelque chose de plus hideux encore, de plus diabolique, qui exploserait bientôt en pleine nuit, embrasant l'île tout entière. Une mort que rien n'apitoierait, et que nul ne saurait détourner de son œuvre.

L'île chancelait, toute nue.

Entre les mains des sorciers noirs qui l'asphyxiaient à coups de gris-gris depuis des mois, elle menaçait de partir en fumée. Ne projetaient-ils pas de lui planter un pieu dans le cœur? De lui faire rendre gorge selon des plans de bataille décisifs? Si oui, qui les élaborait si finement?

Dans le doute mieux valait se taire.

Le silence encourage le crime. Le silence, la peur, la nuit étaient complices. On extériorisa chagrin, douleur, anxiété. On se plaignit mais on demeura muets sur le reste. On cultiva le savoir-se-taire pour mieux déjouer le flair de la mort, du moins on l'espérait, une prière sur les lèvres.

Sitarane, qui avait félicité les membres de sa bande comme un chef d'escadron félicite ses soldats, Sitarane, dont les pensées se tournaient vers un nouvel avenir quand le soleil du soir l'éclairait, était assis sur le perron de sa case comme à son habitude, se réjouissant à l'idée de trouver les habitants cloîtrés chez eux, pareils à des cloportes tremblotants. L'idée qu'il avait réussi, et que sa réussite serait plus éclatante la prochaine fois, éperonnait ses ambitions. Il buvait, fumait, ruminait sa victoire tel un roi qui règne sur les douze tribus d'Afrique, plus résolu que jamais à atteindre son but : saigner l'île sous le couvert de la nuit sans lui demander son autorisation; plus résolu que jamais à fondre sur ceux qui s'anéantissaient dans la terreur et à n'épargner quiconque se mettrait en travers de son chemin, aussi avait-il décidé de ne pas s'en tenir à des pratiques conventionnelles mais d'instaurer de nouvelles règles dans les plus brefs délais.

L'incendiaire en lui (« un déséquilibré mental, comme le sont tous ceux de son espèce », lit-on sous la plume des chroniqueurs de l'époque) avait joué avec le feu, et surtout avec la vie de deux vieilles dames solitaires. Le meurtrier en lui (un être infâme) imaginait fort bien qu'un autre Blanc, dans les jours à venir, pourrait être cambriolé et tué. Il semblerait que des comparses auraient voulu donner leur avis sur la méthode employée pour s'enrichir, et ils avaient leurs raisons : un, ils risquaient leur tête ; deux, ils volaient pour le plaisir de voler, non de tuer ; trois, ils étaient de pleutres vauriens qui voulaient se montrer courageux ; quatre, juste au moment où ils commençaient à apprécier la vie, ils n'allaient pas tout gâcher. Ils auraient discuté volontiers de tout ceci avec Sitarane s'il leur avait prêté attention, mais ce ne fut pas le cas « à cause du mal qui suintait par les pores de ce porc », selon la fine analyse d'Aldo Leclerc.

Assis sur le perron, Sitarane vida sa bouteille de vin, puis il s'essuya la bouche avec son avant-bras. Enfin, il se redressa, se glissa à l'intérieur de la case. Il expédia une grimace à Zabèl accroupie devant le feu de bois et, sans préambule, il jeta son corps sur elle qui, abasourdie par le choc, tomba à la renverse entre deux bras surpuissants, la robe relevée. La coinçant entre ses jambes, il la malmena à grands cris, plaqua une main ferme sur sa bouche si bien qu'elle n'eut plus la possibilité de gémir. Ce fut un effarement. Car ce qui avait franchi la barrière de son corps et pénétré sa chair, ce n'était ni passion ni tendresse, seulement un objet qui n'avait gardé aucun lien avec l'une ou l'autre, dont la consistance évoquait la dureté d'un tison extirpé du foyer. Une approche obligée du néant. Ce néant, si proche, avait un goût de sang mêlé à des relents d'alcool. La dureté. La brûlure. Ni amoureusement ni tendrement. C'est du Sitarane tout craché, se dit Zabèl en serrant les dents sur son désappointement, non, elle ne s'habituerait jamais à ces soudaines agressions qui provoquaient du dégoût chez elle.

Le feu abandonné à lui-même finit par s'éteindre. La fumée piqua les yeux et s'accoupla aux ombres immobiles, épuisées dans le noir plein d'odeurs de sueurs et de bruits de ventre vide. Silhouettes informes. On entendait les aboiements des roquets qui se bagarraient entre eux, quelque piaillement d'oiseau, probablement un moineau sur l'arbre. Il y avait également des voix de femmes qui grondaient les enfants désobéissants ou belliqueux.

Zabèl arrangea sa robe et retourna à sa marmite posée sur le trépied. Elle se mit à souffler sur les braises, à souffler encore, éprouvant le sentiment détestable de ne plus reconnaître l'homme qu'elle avait fait entrer dans sa paillote et dans sa vie, mais elle continuerait à préparer le repas pour lui, à lui obéir, sans laisser libre cours à sa tristesse ni se demander ce qu'il était en train de faire d'eux, assis sur le pas de la porte, tout occupé à aiguiser son couteau sur une pierre, dans une atmosphère viciée, celle d'une vengeance d'avant Jésus-Christ, plusieurs fois millénaire, si douce aux cœurs offensés, pourtant. La vengeance de l'Ancien Testament (nous l'écrivons ici pour ceux qui n'en connaissent pas encore le goût) est à la fois joie, souffrance, malédiction. Mais Sitarane semblait ignorer qu'il pût exister une frontière entre ces trois états d'âme. Cette absence de clarté, sans qu'il se doute de rien pour l'instant, allait le conduire vers le gouffre, irrémédiablement. Livré aux alizés qui soufflaient, rugissaient, dispersaient les dernières parcelles de lumière dans sa tête, il se précipitait au-devant d'un destin logique mais implacable, car on sait que, si la victime est décapitée par l'assassin, l'assassin est décapité par la loi. Quoi de plus équitable à cette époque? Une époque qui révélait l'un des aspects les plus sombres de la condition humaine.

4

Crimes sans châtiment

Le train entra en gare, enfin. Mais Sitarane n'eut guère le temps de se réjouir. Dès l'arrêt des machines, le brouhaha d'une multitude de voix vint cogner contre la vitre par vagues successives : « À mort ! À mort ! » Jamais il n'aurait cru qu'on pût le haïr autant. Depuis des heures, à la gare de La Possession, les gens attendaient ce train pour prêcher la grogne, et lui cracher des avanies à la figure. Tout à coup la désillusion, la rage. S'il n'avait pas eu les mains liées, il se serait bouché les oreilles, ou alors il aurait étranglé l'un des gendarmes en gueulant que ce n'était pas ce qu'on lui avait promis. Pourquoi Saint-Ange lui avait-il menti ? À présent, comment réussirait-il à s'évader du train ?

Replongeant dans le passé, Sitarane se rappela qu'en cette nuit du 19 mars de l'an 1909, à la croisée des chemins des 400, près de la chapelle dédiée à saint Antoine, à la bifurcation qui menait à la Chattoire, il avait réuni sa bande, à minuit. On eût dit une troupe de démons délurés, fidèles gardiens de l'entrée des enfers, ou d'affables cerbères. Saint-Ange ôta de son sac à bretelles bougies, briquet, jeu de cartes, charbon, l'indispensable attirail du sorcier lorsqu'il se déplaçait d'un lieu à l'autre, puis il invita tout son monde à s'asseoir en cercle. À l'aide du charbon, il dessina une croix sur le sol ; à chaque extrémité de la croix, il planta une bougie réduite de moitié, et dont la flamme frissonnait sous la brise. Il se redressa, leva les bras et lança des formules incantatoires vers les étoiles. Il aurait pu blasphémer le nom de l'Éternel ou invoquer Satan, on n'aurait rien eu à en redire dès l'instant où on ne comprenait rien à son baragouin. Il baragouinait pour s'attirer la protection des esprits maléfiques, voilà pourquoi on lui témoignait sa confiance sans vouloir se faire une idée par soi-même.

Sitarane alluma sept cigarettes. Il les tendit une à une à Saint-Ange qui les colla à ses lèvres, aspira la fumée par trois fois, la rejeta, pour qu'elle fît écran entre eux et les regards indiscrets qui risqueraient de contrarier leur plan. Ensuite, il rejeta les mégots, croisa les doigts pour conjurer le sort, ramena les bras sur sa poitrine, indiquant que c'était lui le « guide spirituel », et que, si les âmes jugeaient bon de lui transmettre des informations aptes à les aider au cours de cette expédition, il les traduirait dans un langage accessible à tous. Après avoir passé un citron galet dans la flamme de la bougie, il le coupa en quatre et jeta chaque morceau en direction des points cardinaux pour que personne ne se fourvoie. Malgré tout, si cela devait advenir, il fournirait à tous le moyen de sortir de l'ornière. Il psalmodia une prière et la voûte du ciel se referma sur eux comme un couvercle. Les étoiles leur prêtèrent des yeux habitués à l'obscurité; le sentier s'ouvrit sans nœuds ni coudes, meilleur pour les voleurs que pour les gendarmes, et les champs de cannes se préparèrent à être le lieu d'une partie de cache-cache stupéfiante au cours de laquelle la loi serait au-dessous de tout, grotesque.

Saint-Ange se saisit de son jeu de cartes, il les battit, les étala sur le sol dans la lumière oscillante des bougies; puis il les examina, une carte à l'endroit, une carte à l'envers. Une carte rouge, une carte noire; l'une sur l'autre, face contre face. Il en prit une autre dans le jeu, subtilement. Le roi de pique entre les doigts, il se mit à réfléchir. Ensuite il fourra son bastringue dans son sac en disant qu'ils n'auraient pas de peine à se faufiler dans la nuit : il avait écarté les pièges, l'un après l'autre, et il avait vu Sitarane courir comme un cabri sauvage, un couteau à la main, et se glisser entre les arbres, un coup d'œil à droite, à gauche, et se confondre avec les ombres qui l'accompagnaient. Les forces malfaisantes, assura-t-il, porteraient assistance au roi de pique, sa carte fétiche.

« C'est bon signe ! » insista-t-il.

Rassuré, Sitarane demanda à chacun de prêter le serment de ne jamais le trahir, quoi qu'il arrive. Entre deux gorgées d'arak, on jura ; on scella le pacte des frères de sang unis jusque dans la mort, car après l'enterrement des dames Férons, ce soir, ce serait au tour de Deltel de trépasser. Fontaine avait appris en effet que ce dernier allait se marier, et qu'il cachait son argent dans une bourse. De plus, il venait d'acheter une barrique de vin.

Hervé Deltel habitait une maison en bois qui, reposant sur un soubassement en pierre, était reliée au chemin communal des 400 par une allée ouverte dans une caféière. Durant tout le mois de février, il avait préparé son mariage, consolidé les boiseries, posé de nouvelles tapisseries, refait le parquet et le plafond du salon, rafraîchi la peinture des cinq pièces qui devaient accueillir des meubles fabriqués par les artisans d'art de Saint-Louis. Il se sentait proche du bonheur, sur le point d'emplir sa demeure de rires et de cris de joie, alors, évidemment, il ne pouvait se figurer que le destin lui réserverait quelque chose de laid dans le temps qui lui restait avant qu'il n'enterrât sa vie de garçon. Il s'était lancé un défi : donner à sa famille, à ses voisins, à ses amis, l'occasion de participer au plus beau mariage de l'année. La beauté de l'amour et de l'amitié. Le faste de la cérémonie à la mairie, à l'église. L'amour, l'amitié, l'argent. Il s'enorgueillissait de posséder les trois. Il disait que c'étaient les plus belles choses de la vie, à condition d'être généreux et de respecter la volonté du Seigneur, c'est ce qu'il faisait tous les dimanches, l'âme luisante et reconnaissante durant la messe.

Dans l'après-midi du 19 mars 1909 (un après-midi si ensoleillé qu'on prenait conscience de la dimension de la vie enveloppée de lumière), on avait vu Hervé Deltel grimper dans un break attelé d'une mule, et se rendre au Tampon, chez sa sœur. Il avait fait le chemin de la croix. Puis il était revenu chez lui, très tard, bien après la tombée de la nuit, fier de son « nid d'amour » rehaussé d'un clair de lune. Le toit de sa maison se profilait sur un ciel lumineux. Les caféiers embaumaient l'air. Les arbres avaient resserré leurs branches pour que le feuillage ait l'aspect d'un immense bouclier, et l'araignée avait soigneusement nettoyé sa toile des cadavres d'insectes ; dans sa niche, le chien de garde remuait la queue de contentement ; l'on n'entendait aucun bruit, sauf, de temps à autre, le cri d'un fouquet qui descendait vers la mer d'une aile rapide.

Deltel détela le break ; il attacha la mule fatiguée à l'arbre. Puis, debout sur le perron, les mains sur les hanches, il regarda les ombres qui habillaient les vergers, les champs, les collines. La prudence lui ouvrit les yeux. Lui fit comprendre qu'à cette heure ses liens avec le monde invisible étaient multiples et ténus la fois, si inexistants quelquefois qu'il ne devrait pas s'ancrer dans la routine. Ces derniers temps, chaque nuit était un véritable guêpier. Il zieuta aux alentours avant de pénétrer dans sa maison. La porte refermée à double tour, il s'empressa d'allumer la lampe posée sur la table ; il se dirigea vers la chambre, plaça deux pistolets sur la table de nuit, près d'un moule à balles et d'un coffret qui contenait une vingtaine de projectiles. Il revint ensuite dans la salle à manger, éplucha une banane, but une tasse de lait. Enfin, il alla se coucher. Il avait eu une belle journée et n'en demandait pas plus. Il avait assez d'expérience pour aimer la simplicité, et s'il conservait son argent sous le matelas ce n'était pas par avarice, mais pour le dépenser avec ses invités le jour de ses noces. Il enfila sa robe de nuit et, après sa prière, il éteignit et s'endormit avec ses rêves.

Deltel dormait profondément lorsque Sitarane quitta le bouquet d'arbustes et avança à découvert jusqu'au portail en fer forgé. Il se tint là un moment, tout occupé à s'adresser aux Esprits pour que le clair-obscur semé au-devant de ses pas lui garantisse l'invisibilité du fantôme.

« Qu'est-ce qu'on fait ? » s'enquit Fontaine.

Sitarane ignora la question. Un calme impressionnant dans son attitude, il semblait attendre un signal venu du peuple des ténèbres. L'impétuosité de Fontaine ne le toucha donc pas, ni la fuite des étoiles, ni le vent dans les caféiers, ni les aboiements du chien qui, au bout de l'allée, avait flairé leur présence. Rien ne paraissait émouvoir Sitarane. Il épiait les environs d'un œil acéré, à la manière du félin qui agit par instinct pour trouver la piste qui conduit tout droit au gibier. « D'ailleurs, écrirait plus tard le journaliste Aldo Leclerc, le processus d'identification était si parfait qu'il ne savait plus où retrouver l'homme en lui ni comment chasser la bête qui le dominait. » Non qu'il fût dans l'ignorance du danger mais les sortilèges de Saint-Ange avaient redoublé sa confiance, avec le sentiment que son double se déplaçait en éclaireur pour tâter le terrain. Son sang, lave en fusion, fluait dans son cœur. Il n'allait quand même pas accorder à ce Deltel la grâce de pioncer sur ses deux oreilles jusqu'à une heure du matin. Non, bien sûr. Et quand il ordonna aux guetteurs de faire les cent pas le long du chemin pour s'assurer que personne ne rôde dans les parages, il n'eut pas à se répéter. Tous, ils jouaient déjà un rôle dans cette offensive qui ferait date.

Seuls Sitarane, Fontaine, Saint-Ange franchirent le portail ; ils s'engouffrèrent dans l'allée, marchèrent vers la maison à la file indienne. Le chien n'aboyait plus ; il grondait entre ses crocs. Saint-Ange s'écarta du groupe, s'approcha de la niche et, sans se montrer, lança un morceau de viande à l'animal qui le renifla, leva la tête, le renifla encore, puis goba la nourriture empoisonnée. Peu après il tituba, tomba et ne se releva pas. Avant de se fondre dans les caféiers, Saint-Ange lui décocha un coup de pied, histoire de vérifier qu'il ne leur causerait plus aucun ennui, cette nuit ; pour s'amuser un petit peu aussi, vu que ce n'était pas interdit. Dès qu'il eut rejoint ses deux compagnons, Fontaine lui dit qu'il avait percé la porte d'entrée à l'aide d'une chignole.

Saint-Ange retira de son sac à bretelles un tube de cuivre, ôta le bouchon de papier à chaque extrémité, l'introduisit dans l'un des trous et souffla dedans, sûr de l'efficacité de sa poudre soporifique.

Après quelques minutes d'attente, au cas où une âme serait venue s'opposer à un plan longuement mûri, Sitarane fit pivoter la bascule et se retrouva dans une vaste pièce, qui était à la fois la salle à manger et le salon. Il craqua une allumette, alluma une moitié de bougie, tandis que le dormeur rêvait probablement de faire bonne chère, de fonder une famille avec un cortège d'enfants jouant sur la véranda, dans le jardin ou sous les caféiers. Si jamais Deltel se réveillait, il lui tiendrait à peu près ce langage : « Ta femme, elle doit s'occuper du ménage, de la cuisine, de la marmaille. C'est tout. Le reste, c'est pas ses oignons. Si elle rouscaille, tu la bastonnes. Qu'elle apprenne à obéir sans rechigner. Depuis que Zabèl ne râle plus, ne pleurniche plus, ne ronchonne plus, je n'ai plus à la rouer de coups. C'est vrai que ça me démange parfois. » Mais Hervé Deltel n'émergea pas de son engourdissement, il ne put ainsi profiter des sages conseils d'un Sitarane dont le rictus avait l'air de narguer la mort elle-même.

De son côté, Fontaine boucha la chatière qui donnait sur la cour pour qu'on ne vît pas la lumière du dehors, et ils gagnèrent la chambre à coucher. Déçu de constater que la poudre jaune avait terrassé Deltel, Sitarane ne put contenir une moue de dédain. Pour pimenter la confrontation, il aurait aimé le voir sursauter de peur, s'emparer du pistolet et le pointer vers lui en hurlant : « Partez ! sinon je tire. Je suis ici chez moi. Vous n'avez pas le droit de... » Mais rien ne se déroula comme il l'imaginait. Que cet homme endormi dans la semi-obscurité, qui ronflait sur un ton sonore et soutenu, un bruit désagréable. Que ce corps inerte, la tête à moitié enfouie dans l'oreiller, une jambe étendue, l'autre repliée. Ces ombres sur lui. Il y eut un début d'excitation. Néanmoins l'homme gardait les paupières closes, avec, sur sa face, un curieux sourire qui, se dit le Nègre africain, ressemblait à un sourire d'enfant. Le dévisageant, il lui semblait que c'était une personne insignifiante qui ronflait pour faire son intéressante.

« Après l'heure, ce n'est plus l'heure, gronda Saint-Ange, et il gratifia Sitarane d'une bourrade amicale. Vas-y ! »

Sitarane connut un moment de solitude qui déforma ses traits et enlaidit sa figure. Un souffle saccadé le rendit nerveux. Il essuya sa main moite avec un pan de sa chemise qui retombait sur son pantalon. Deltel était allongé là, la mort sur lui sans qu'il en sache rien. La nervosité monta d'un cran dans la chambre lorsque Sitarane posa un genou sur le rebord du lit, l'ombre de son bras armé d'un couteau projetée sur le mur. Puis le choc. L'œil gauche perforé, le sourire d'enfant disparut. On se dit alors que si le couteau d'un criminel est capable de plaisir sadique, Sitarane était ce couteau ennemi de la vie. Il recula d'un pas, et Deltel fut ensuite égorgé par Saint-Ange la Noctule.

Fontaine détourna le regard, pâlot.

Était-ce bien la mort qui leur tenait compagnie?

Nul ne pouvait en douter. Le malheur voulait qu'il fût déjà trop tard pour croire qu'ils en resteraient là, un crime en appelant un autre. Ce n'étaient pas des gens à regarder en arrière et à pleurer le sang versé. Pas de remords (quoique obsédés par la menace du châtiment), que la satisfaction de tuer qui ramène l'homme au rang de la bête et l'humanité à l'ère de la barbarie. Toute l'île dirait demain : « Pulsions bouillonnantes. Semences de sang. Honte indescriptible. Des fêlures que rien ne ressouderait. De béantes blessures qui laissaient fuir la vie sous des craquements d'os. Le mal sillonnait le cerveau délabré de ces assassins comme des lézardes sillonnent les murs. » Ils étaient ce monstre à trois têtes, à six bras, à dix jambes, qui se multipliait et se démultipliait.

Ce premier crime affichait la couleur, dévoilait les intentions des bandits qui, se désintéressant du cadavre, fouillèrent la maison avant de s'attabler pour faire ribote, engloutir les provisions du garde-manger, engouffrer les fruits rangés sur la table, se cuiter au bon vin de France. Qu'on imagine, dans la lumière diffuse de la bougie, des dents qui déchiquettent et mâchent de la viande, des bouches voraces qui rendent des bruits gloutons; quant à la victime entortillée dans le drap souillé de son propre sang, elle les fixe de son œil vitreux, s'étonne de voir tout ce vilain monde à sa table, des soûlauds emprisonnés dans leur rituel étrange, comme s'ils fêtaient une nouvelle naissance.

« On lui donne un petit quelque chose? dit Sitarane.

— Un coup de canon ne réveillera pas notre Deltel qui servira bientôt de repas aux vers, répondit Saint-Ange. Ce n'est pas la peine de gaspiller de la nourriture quand les guetteurs ont le ventre vide. »

Et ils éclatèrent de rire.

Des pièces d'argent dans leurs poches, « ces rebuts de l'humanité », écrivit Aldo Leclerc, se sentaient chez eux à s'empiffrer avec une insolente assurance. Ou alors, c'était l'euphorie. Seul Fontaine, sans le montrer, perdit peu à peu l'appétit et cessa de se gaver de nourriture. Qu'il tourne la tête ou pas sur le côté, la scène occupait l'espace de son regard, comme s'il ne voyait pas la même chose que les autres. À présent qu'ils avaient choisi leur voie et emprunté des sentiers aléatoires, un étau les tenait désormais dans sa gueule, prêt à les broyer et à les réduire au silence. Cependant, Sitarane et Saint-Ange continuaient à faire bombance. Les borborygmes de leurs tuyauteries les amusaient; ils rigolaient, rotaient (une exquise politesse de la Chattoire), lâchaient des vents puants. C'était plus qu'affolant pour l'avenir de savoir qu'ils tueraient de nouveau parce qu'ils étaient nés pour bâfrer, boire, fumer, égorger. Quelque lieu qui pût les réunir, ils tueraient; si jamais ils sortaient de leur tombe, un jour, ils tueraient encore. C'était la plus navrante des nouvelles pour des âmes innocentes.

Ils avaient chuté dans l'un de ces cratères qui abreuvent le cœur de violence, et ils s'enferraient dans leurs erreurs. Une bonne heure s'était écoulée. Sitarane se leva, tapa sur son ventre pour signaler qu'il traitait bien son corps, puis il marcha lourdement vers la porte et fit un signe de la main aux guetteurs. Qu'ils viennent ripailler, piller, rire du macchabée sans plus tarder ; qu'ils viennent vivre avec lui ces moments-là, à marquer d'une pierre blanche, et celui qui ne tiendrait pas sa langue ne ferait pas de vieux os, se dit-il en s'affalant sur la chaise.

La meute accourut.

Pendant que ses acolytes dévalisaient la maison, se goinfraient de tout, Sitarane avait la certitude d'avoir été à la hauteur de son rôle. Il était devenu ce quelqu'un d'important, cette force devant qui les autres devaient plier, cette rage qui le possédait, ce démon qui l'habitait. Bien plus tard, dans la nuit, quand il eut à partager le butin (argent, pistolets et balles, boutons de manchettes, montres en or, draps de lit et taies d'oreiller, chemises, serviettes, riz, morue séchée, bouteilles de vin), il croyait rêver, il se voyait assis sur un trône en train de distribuer des cadeaux à ses sujets qui lui faisaient des courbettes. Sitarane roi. Le sourire de sa face attestait la réalité de sa joie lorsqu'il empocha les deux montres en or et les armes à feu, sans appréhender les protestations de Saint-Ange Gardien ou de Fontaine. Silence dans les rangs. Même après avoir tourné plus de sept fois sa langue dans sa bouche, on ne parlait pas. On consentait à ce qu'il se taille la part du lion parce qu'on redoutait d'être étranglé sur son grabat, les narines pleines de poudre, le corps laissé ensuite aux chiens errants.

On ne savait plus s'il était un homme ou une bête. Ce qui était sûr et certain (Saint-Ange Gardien se frottait les mains, riait dans sa barbe de plusieurs jours), c'est qu'un grand chef trônait parmi eux. Tirant un trait sur la misère du passé, la grandeur leur offrait des présents, et pour la première fois, après des alliances contractées avec le diable, elle les avait hissés sans aucune difficulté au-dessus du commun des mortels.

On venait de s'apercevoir du véritable visage de celui qui, dans la lumière de la bougie, arborait un air de seigneur avec ses montres, ses pistolets, sa méchanceté. Le seigneur des âmes paumées, mais vampiriques ; le seigneur de la guerre dont les mots avaient le goût du sang. Un impitoyable seigneur des morts-vivants, un impie. S'il le voulait, ses gestes pourraient déclencher la foudre. C'était déroutant et fascinant à la fois de le voir descendre aux enfers, attiré par la flamme qui dansait pour lui, et si dévastateur que ce fût, c'était quelque chose à quoi il était viscéralement lié quoi qu'il advienne.

Des nuages avaient surgi ; la nuit s'était faite plus touffue.

Sitarane le Grand ouvrit le chemin aux voleurs ivres et repus, il passa par ici, passa par là, reprit le sentier de la Chattoire.

Pendant ce temps, Zabèl l'attendait au creux du lit et, les yeux écarquillés dans la pénombre, elle écoutait, elle tressautait au moindre bruit, elle maudissait celui qui avait tué Lazare. Depuis la mort du chien, un vide au fond d'elle la happait de temps à autre, et il n'y avait plus trace d'aucune raison d'espérer dans la pièce où régnait une atmosphère glauque mêlée d'angoisse, si bien qu'elle ne pouvait se résoudre à dormir. La serrant à la gorge, la peur l'astreignait à l'immobilité. Elle revoyait la tête éclatée du chien qui ne grognerait plus derrière ses crocs. Elle revoyait le fusil, le rictus écœurant de Sitarane. L'odeur de la poudre grattouillait encore ses narines comme une persistante odeur qu'on ramène du cimetière. Elle se revoyait les mains crispées sur le corps de l'animal, muette de douleur. Ou alors, d'autres images défilaient devant ses yeux : sa rencontre avec le Mozambicain qui la battait comme linge sale ; puis sa rencontre avec Saint-Ange Gardien qui la terrorisait. Suées. Suffocations. Rage. Elle tentait, dans la triple obscurité (celle de la case, du cœur, de l'esprit), de trouver un moyen de donner libre cours à sa haine, de se venger de Sitarane. Mais quel saint invoquer contre cet homme qui discutait avec Balouga en personne ? Qui dépouillait les Blancs sans craindre pour sa vie ? Pas un homme, se dit-elle, une âme damnée, oui.

Il lui fallait se raccrocher à de solides branches, à quelque chose de beau et de bon et de sûr. C'était une consolation pour elle de savoir que Lisette était heureuse avec Fontaine qui l'aimait, et il la comblait de câlins, de cadeaux, de chapeaux de paille, de bijoux. Matin et soir, il lui proposait des repas succulents, des sucreries, pas des racines de manioc immangeables. Si une femme a de quoi faire bouillir la marmite, sa tête ne bout pas, se dit Zabèl. Elle ne rouspète pas. Ne chiale pas non plus. Soudain elle sentit un danger. Qu'est-ce que ça pouvait être ? La nuit était silencieuse ; les chiens roupillaient à cette heure, l'estomac vide, comme elle. C'est alors que la porte s'ouvrit et se referma en grinçant, une masse sombre s'avança jusqu'au pied du lit qui craqua sous le poids de l'homme aviné dont les yeux exprimaient quelque chose qui se dérobait. Il ne lui avait même pas ramené un fruit ou un quignon de pain qui l'aurait aidée à s'assoupir, rien, si ce n'était un peu plus de déception dans son sillage.

Après un silence, Sitarane dit que, cette nuit, il avait rendu visite à Hervé Deltel. Et que Deltel était mort. Il l'avait tué avec son couteau qu'il avait laissé sur la table. « Oui, j'ai fait ça ! » La voix rugueuse, il reprit qu'il avait oublié le couteau à la lame tordue à côté des bougies, sur le lieu du crime. Cela aurait un impact sur la suite de l'histoire parce qu'il avait commis une erreur, et la sécurité sur laquelle il avait compté jusqu'alors s'était évanouie par sa faute. Il toussota pour se débarrasser de quelque muqueuse, de relents d'alcool, puis il s'éclaircit la gorge. Il s'en voulait, avec l'envie d'assommer quelqu'un. Mais, ravie que Sitarane lui retrace en détail son forfait, Zabèl se taisait. Obstinément. Il continua donc à se confier à elle, pendant un bon moment encore, avant qu'un sommeil de vaurien ne l'avale brutalement. À présent il se tournait et se retournait dans le lit poisseux, comme s'il était pourchassé par des roquets enragés, dont Lazare le Teigneux, et, à le voir s'agiter ainsi, nul doute que de féroces aboiements le maintenaient en place dans les entrelacs d'un songe abominable.

Zabèl se dit que, si elle avait un peu de fierté, elle s'arrangerait pour envoyer cet assassin en prison, et elle ne serait plus à sa merci. Elle ne désirait pas autre chose. Le voilà, qui l'agrippait par le bras dans son sommeil, mais elle ne changerait pas d'avis. Prête à poursuivre sa route sans lui, elle l'avait rejeté, vomi. Le voilà trahi. Car Sitarane méritait d'être livré à la loi, lui qui tenait tête aux gendarmes, lui qui, dans la nuit du 19 janvier, avait perdu le chemin du bon sens dans l'incendie de la maison des dames Férons, lui qui, une brute débridée, encourait la sentence capitale. Zabèl finit par s'endormir elle aussi, un sourire malicieux en coin, à ressasser sa vengeance jusque dans ses rêves.

La nuit fut courte et houleuse.

L'aube trouva Sitarane assis sur le pas de la porte; il fumait sa cigarette. Il ne s'attendrissait pas sur le cadavre de Deltel qui bougeait devant ses yeux, non, seul l'oubli du couteau le préoccupait au point de lui arracher une vilaine grimace. Irrité contre lui-même, il s'en alla plonger un front lourd dans le bac à réservoir d'eau de pluie comme pour se laver de ses visions. Ensuite, traînant le pas, il vint se rasseoir sur le perron. Des gouttes d'eau tombaient sur sa chemise tandis qu'il était là à attendre le lever du soleil, agacé par les moucherons, sourd aux premiers chants d'oiseaux. Il était un homme joyeux, avec ses armes. Pourquoi s'alarmerait-il du bourdonnement des mouches qui voletaient dans sa tête? Malgré tout, il y avait quelque chose qui le tracassait, flou, imperceptible, aussi décida-t-il de s'octroyer un temps de réflexion avant le prochain crime. C'était plus raisonnable. Il demeura immobile à écouter sa respiration qui épousait le rythme d'un jour semblable aux autres jours, paisible. Puis, pareil au revenant qui ne supporte pas la lumière, il rentra dans sa case et n'en sortit plus.

5

La part du diable

Les jours passèrent, interminables. Sitarane et ses hommes s'étaient choisi une vie crapuleuse et, le visage marqué de tous les stigmates de la turpitude, ils étaient méconnaissables, évoluant dans les limites étroites d'une existence abjecte. À leurs propres yeux, ils étaient au-dessus de la loi prise dans leur filet. Et, dans ce filet, ils capturaient des petites vieilles, des hommes isolés, ceux qui étaient riches, insouciants. Ils savaient de quelle manière les flammes brûlaient et consumaient les maisons, comment la vengeance agissait tranquillement dans l'ombre, comment le sang versé consolidait une alliance, mais ils ignoraient avec quelle subtilité les événements s'enchaînaient pour les conduire en prison. Maintenant ils côtoyaient le gouffre et s'offraient une destinée qui empestait la mort. C'était le côté positif des choses.

Pour ne pas éveiller les soupçons, ceux qui avaient participé à la sordide expédition contre Deltel se cloîtrèrent chez eux. Comme tous les nouveaux venus dans le crime, compte tenu en outre de la pression que Sitarane exerçait sur eux, pas un n'échappait à une espèce de stupeur, obéissant scrupuleusement à la consigne, et, malgré les rondes des gardiens et la récompense promise à celui qui épinglerait ou aiderait à épingler les meurtriers, les gendarmes, à pied ou à cheval, empruntaient de fausses pistes, filaient des voleurs qu'il ne fallait pas, cuisinaient des individus les moins suspects. Cette incompétence dont ils étaient consternés et penauds aggravait le mécontentement populaire.

Leur impuissance alimenta la conversation sous les varangues, renforça le climat d'insécurité dans le pays, car la lame, affirmait-on, pouvait frapper n'importe où, n'importe qui, à n'importe quelle heure. Il serait bizarre que cette lame n'eût été trempée dans le feu du volcan. On racontait que, plus le sang s'épanchait, plus elle s'agitait toute effilée, que ce fût tôt le matin ou tard le soir. À minuit, elle était déchaînée. Comme si elle n'était plus une, mais vingt lames au travail. Au réveil, l'aube était écarlate. Impossible de nettoyer la maison au jet, ni le lit, ni les draps, ni les murs, ni l'air irrespirable, ni les yeux des parents, frères, sœurs, cousins; on voyait combien l'espoir manquait, et les prières, combien elles tremblaient, et les larmes aussi. Voilà qui ressemblait étrangement à l'œuvre du malin, susurrait-on. Ce mot obligeait les regards à se détourner brusquement. L'étreinte de telles peurs en rendait le contrôle impensable. On allait à un enterrement parce que c'était un ami ou un voisin qui avait rendu l'âme, puis on se terrait chez soi. Le seul moment de réconfort dans la matinée c'était le passage du curé Delpoux avec ses litanies et ses pieuses images mais aucun semblant de réponse quant à savoir comment sortir de l'impasse. On regrettait d'y avoir mis les pieds, ne pensant plus à rien d'autre qu'à la lame infernale.

Évidemment, Sitarane eut vent de ce qu'on racontait sur lui, buveur de sang qui apparaissait, disparaissait, réapparaissait sans qu'on pût ni le voir, ni l'entendre, ni le surprendre. Il crut être hors de portée de la loi, l'ennemi insaisissable qu'on ne savait où rencontrer car le sang bu, disait-on, l'avait rendu fantomatique, bien trop irréel pour être vu. Mais impuni, un bandit est un danger autant pour la société que pour lui-même. C'est ainsi que, goûtant la griserie de l'impunité, Sitarane avait fini par trouver la police défaitiste, malhabile, mal inspirée dans ses enquêtes. Cette morgue développa chez lui un besoin de voler dévorant. Les vols se multiplièrent à une vitesse record. Aucun obstacle. À croire qu'il bénéficiait de l'assistance de son mauvais génie (Saint-Ange était-il son mauvais ange?) quand il se désaltérait aux sources du mal jusqu'à l'étourdissement. De fait, il ne lui restait plus qu'à entreprendre ce qu'entreprennent les fripouilles : une action si répugnante qu'elle lui ouvrirait les portes de la légende.

Un mois s'écoula, puis deux, au cours desquels il ne se passa rien. Grand calme dans l'arrondissement Sous-le-Vent, si trompeur.

Ce n'était pas une accalmie mais un sursis.

Le 10 août 1909, vers les onze heures du soir, Sitarane donna rendez-vous à ses associés devant la maison de Lucien Robert qui habitait les hauts de Saint-Pierre, près du lieu-dit des Casernes, à l'angle des rues de la Plaine et des Moulins, ayant su que l'épouse de l'instituteur venait d'hériter d'une fortune. Les voilà riches, du jour au lendemain. Alors ils avaient ébauché des projets. Après les avoir dévoilés, ils avaient recueilli des commentaires, des murmures d'approbation, des paroles de soutien, des promesses, et nombreux furent ceux qui désiraient les épauler auprès des politiques, des notables, des usuriers, avec un bel optimisme dans la voix. On en avait tellement parlé ici et là que, même sous terre, les fourmis savaient que les Robert dormaient sur leur argent.

« Beaucoup d'argent! » confirma Saint-Ange Gardien qui sortit son attirail de sorcier de son sac car, du genre fourmi avec des antennes pour flairer l'affaire de l'année, il n'avait pas son maître.

Un sorcier est patient ; les esprits des morts attendaient.

Vers minuit, Sitarane, Fontaine et Saint-Ange escaladèrent le mur de clôture de la maison des Robert, après les inévitables incantations à la croisée des chemins. Pas de bruissement dans le feuillage. Avocatiers assoupis. Palmiers résignés. Les citronniers laissaient pendre leurs fruits mûrs, comme las de les porter à bout de branches nues. Dans le jardin potager, un épouvantail à moineaux était plus risible qu'effrayant. Pas même un chien égaré pour respecter la tradition en hurlant à la mort. Sitarane ne s'étonnait plus de ce que la voie était si libre. Jamais il n'avait vu une belle maison si facile à cambrioler, comme une petite vieille qui s'aventure la nuit dans le sentier. Sur le seuil, chacun savait exactement ce qu'il devait faire. Vilebrequin. Mèche anglaise. Trous. Poudre jaune. Tige de fer... La bascule pivotait sur son axe ; la porte s'entrouvrait.

Ce soir-là, on joua des coudes pour entrer en tâtonnant dans la riche demeure. Un poinçon de forge à la main, Sitarane se dirigea vers la chambre à coucher, talonné par Saint-Ange qui avait allumé une moitié de bougie. Le poinçon frappa trois fois. Touché à la tête, Robert n'eut pas le temps de souffrir mais son épouse (ô nuit désastreuse !), qui s'était endormie le drap sur le visage tourné vers le mur, eut la malchance de ne pas respirer la poudre. Son réveil fut un sursaut horrifié lorsqu'elle découvrit son mari inerte à ses côtés, et les malfaiteurs qui la toisaient. Elle cria comme si on l'écorchait.

Quand, discipliné, ensanglanté, le poinçon s'approcha de son visage, un frisson courut dans son dos. Ses larmes jaillirent. Elle frémit d'expirer dans le péché, et les yeux exorbités, elle supplia qu'on lui accorde la grâce de prier. Pour suppléer à sa chemise de nuit qui bâillait, elle mit le drap sur ses épaules, s'agenouilla et joignit les mains. Saint-Ange ordonna : « Vise la tempe ! la tempe ! » Le fer termina sa course au moment même où la malheureuse femme amorçait un signe de croix hâtif. Deux doigts écrasés, le crâne brisé, elle mourut. L'enfant qu'elle portait depuis sept mois mourut avec elle. Tout était nuit ; tout était horreur. Des rires montèrent dans la chambre où des bêtes chassaient.

Lorsque Saint-Ange, les sens en éveil, vit la forme arrondie du ventre, il sentit des langues de feu traverser son corps, et la tête incendiée, les veines chauffées à blanc, il n'était plus qu'un tison rougeoyant. Des laves incandescentes brouillaient sa vue, fourrageaient dans des pensées immorales. Un désir morbide le submergea jusqu'à annihiler sa raison défaillante. Un lâcher d'invectives ouvrit les hostilités, et sous l'œil égrillard de Sitarane et de Fontaine, il profana le cadavre de la femme enceinte. Chaque impulsion était accompagnée d'un « Ça, c'est pour le diable ! ». Le sorcier bascula ainsi dans la démence.

La nuit fut d'une indignité sans nom.

Les précieuses informations que fourniraient plus tard les gredins après leur arrestation, notamment lors de la reconstitution des faits, permettent aujourd'hui de décrire point par point la sauvagerie du double crime. Mais, à la seule idée qu'il me faut écrire la suite, j'en ai la nausée. Je n'y renoncerai pas, toutefois. Depuis trente ans, en effet, je m'escrime à mettre en scène (à défaut de la comprendre et de la justifier) cette violence qui, venue du fond des âges, creuse jusque dans les entrailles d'une île que tous les dépliants touristiques dépeignent comme une « île paradisiaque ». Au vrai, il n'y a rien à comprendre ou à justifier.

Il n'y avait rien eu d'autre pour la famille Robert que pleurs, chagrin, souffrance ; il n'y a rien d'autre pour moi, plus d'un siècle après, que l'incompréhension. À la lecture attentive des rapports des enquêteurs, dans la salle climatisée et silencieuse et aseptisée des Archives départementales, les mots ne me parlent pas, ils hurlent, ils résonnent dans ma tête que je secoue pour me soustraire à d'insupportables visions. En vain. Les cris ne font qu'agrandir la blessure du passé, ils fouaillent la chair vive de la mémoire, ils me pénètrent d'une indicible manière. J'ai l'impression qu'ils m'attirent au bord de l'enfer. À chaque cri, je fais un pas en avant. Puis encore un autre qui me laisse sans voix. J'entends le silence. Je revois l'horrible scène, distinctement. J'allume mon ordinateur ; je reprends mon texte là où je l'ai laissé. Mes doigts pianotent sur le clavier, frappent les touches ; des mots, des phrases apparaissent sur l'écran, ineffaçables en moi.

Je suis possédé d'une irrépressible envie de retrouver Sitarane et Fontaine qui, ce soir-là, les lèvres collées à la plaie que présentait la gorge béante des victimes, s'abreuvèrent de sang, puis ils en emplirent deux fioles pour Saint-Ange, lequel ambitionnait de faire entrer du sang humain dans la composition du « sirop de cadavre », une potion qu'il avalait avant de se rendre dans les cimetières pour violer les sépultures. C'était une mixture épaisse, noirâtre, malodorante qui se composait d'eau bénite, de miel, de bois râpés (le bois chanteur), de sept cuillerées de sang de cabri... ou de sang humain. Boire un petit verre de ce breuvage, disait-on, suffisait à acquérir le pouvoir de l'invisibilité, à sentir remuer en soi les sept esprits du mal, c'est-à-dire sept bouches gourmandes et pâteuses qui crachaient les sept péchés capitaux. C'était une armée de mouches qui bourdonnaient contre la vie tranquille. C'était un déraillement de l'esprit, un tourbillon de vent d'orages que nul ne voyait venir, une explosion de laves, un abîme de solitude. C'était une fuite en avant déraisonnable, comme si on était aspiré par l'œil du cyclone. C'était une furie avec éclipse du soleil. Effarement. Ce même effarement de voir à présent les trois hommes attablés, ils mangeaient en causant, en se marrant, en daubant les cadavres. Ils avaient perdu ce qu'on appelle la piste de l'espèce humaine. Aucun aboiement du chien de garde. Et la bougie fanait une lumière de veillée mortuaire dans la salle à manger où il n'y avait plus ni modération, ni interdit, ni observation des dix commandements. Que ces rhinolophes démoniaques qui avaient fiché leur dard dans le cœur de la société coloniale.

Durant une bonne heure, le festin se poursuivit dans le bruit des mâchoires, le gargouillement des siphons d'évier (grands gosiers en pente), le cliquetis de verres qui s'entrechoquaient. De temps en temps, des exclamations sonores, des piaffements d'impatience montaient de la cour.

Lorsque Sitarane apparut dans l'entrebâillement de la porte, le gentil vacarme cessa, les guetteurs et porteurs s'élancèrent aussitôt vers la maison dans une drôle de bousculade. Les restes du dîner étaient copieux ; ils ne se firent pas prier pour se gaver de riz, de viandes, de fruits, et se noircir au vieux rhum. Ensuite, alourdis par de beaux meubles, soixante livres de riz, trois kilos de savon de Marseille, de la morue séchée, des vêtements, des bagues, des bracelets en or, de la layette que la future mère avait achetée, ils franchirent le seuil l'un derrière l'autre, chargés comme des baudets. Ils tanguaient, titubaient, sans points de repère. Sauf les zombis qui circulaient parmi eux, toujours dangereux.

Toujours imprévisibles.

C'était le prix à payer pour avoir tué, violé, bu du sang humain ; et comment s'évanouir dans une nuit aussi dense qu'un sirop de macchabée ? Les hors-la-loi s'y engloutissaient corps et âme.

Les arbres épièrent les voleurs, tristement. Le fouquet proféra des malédictions du haut du ciel.

Le silence qui s'ensuivit fut si pesant que les bandits sentirent l'ombre du châtiment épouser leur ombre. Ils pressentirent que non seulement personne ne leur pardonnerait ce qu'ils venaient de faire subir à l'homme, à la femme (au bébé asphyxié dans le ventre-prison de sa mère), mais que la crainte d'eux ne s'éteindrait pas des années après. Qu'on persisterait à les accabler d'opprobre, et que des voix continueraient à hurler au secours au plus profond de la nuit. Qu'on se souviendrait toujours de l'épouse de Lucien Robert, une croyante pratiquante qui s'était fait une joie d'enfanter dans la douleur.

Fontaine le Menuisier, qui souhaitait déserter le lieu au plus vite, écarta les balourds pour passer. Mais, lorsqu'il escalada le mur, sa fiole, imparfaitement bouchée, laissa fuir une partie de son contenu. Il s'en aperçut. Il devina. Il savait déjà, bien sûr. Il avait vu quelque chose de rouge, de maudit, de tranchant dans le sang étalé sur la pierre, une salissure dans laquelle les enquêteurs pourraient lire son nom, et le nom de ses compagnons pour les envoyer moisir à vie au fond d'un cachot, ou se balancer au bout d'une corde. À cette pensée, il se raidit d'un coup. Le doute commença à torturer son esprit. Plus devant dans le sentier, le teint blême, il se confia à Sitarane : « Je suis fichu ! On va me choper, car le sang des Robert va parler. » Le Nègre africain ne tint pas compte de l'avertissement de son comparse. Il ne se hâtait pas, sûr de lui. De son pouvoir. De la complicité silencieuse. Il était inflexible, tel le tamarinier dans la tempête. Il ne plierait pas. Ne romprait pas. Résiste-rait aux coups de foudre, dressé sur ses certitudes. Gonflé de dédain, il écoutait le malin qui, n'abandonnant jamais la partie, trouvait auprès de lui une oreille empressée, un serviteur zélé avec des oui à la bouche. Il regarda le poinçon qu'il serrait toujours dans sa main, le remercia, le loua, le remercia encore, lui promit d'autres nuits plus odieuses. De confuses paroles fusaient de ses lèvres comme s'il célébrait une messe noire en créole, autour de lui un groupe d'hommes pareils à des spectres, face au destin qui cette nuit leur était favorable. Oui, mais, demain, ce même destin aurait la précision du couperet.

6

Apparitions

Chaque crime, les uns plus effroyables que les autres, déclenchait une salve de plaintes, de protestations, de suppliques qui atterrissaient avec fracas sur le bureau du gouverneur et des représentants de l'ordre. Qu'attendaient-ils pour réagir? Les gendarmes réagissaient, agissaient, s'agitaient au cœur de cet intarissable flot de reproches fondés sans que l'enquête avance. Sans qu'ils réussissent à établir un équilibre entre gendarmes et voleurs — ces buveurs de sang. Semblables à des épouvantails prisonniers du souffle d'un vent capricieux, ils tournaient en rond, ils tourniquaient, tournicotaient, pataugeaient dans la mélasse, et ce tourner-virer les ridiculisait. C'était à se taper la tête contre un mur d'incompréhension, ou à tirer sur tout ce qui bougeait à un kilomètre à la ronde. Malheureusement, rien ne bougeait. Calme absolu, le jour. Paix royale, la nuit. On eût dit que la brume se répandait devant les enquêteurs, se déversait sous leurs paupières fatiguées, les égarait si bien qu'ils n'avaient aucun indice, ni aucune piste sérieuse, pas même le début d'une vague hypothèse. Ils reprirent leurs enquêtes à zéro (c'était leur métier après tout), ils passèrent d'une case à l'autre, d'un suspect à l'autre, d'une désillusion à l'autre. Ensuite, ils soumirent les faits au crible de leur analyse. Toujours rien. Ils rouvrirent leurs dossiers, notamment celui des époux Robert, et mirent beaucoup de discernement à déchiffrer cette intrigue. Soudain une intuition : ces vols et ces meurtres n'étaient-ils pas liés à des pratiques sorcières? Mais si, voyons. On eut le sentiment que l'enquête démarrait. Qu'il suffirait de tirer sur le fil... Mais le fil se brisa parce que les gendarmes ne savaient pas à quelle porte heurter. On retomba dans un trou noir, enfin, pas tout à fait, car, comme au fond d'un tunnel, une petite lueur indiquait une nouvelle direction.

Dans la lueur, il y a de la lumière.

Pour que la lumière soit visible par tous, un train spécial déposa le gouverneur à Saint-Pierre, dans le sud de l'île. Dans son bel habit de représentant de la France en terre de colonie, entouré du maire et de ses adjoints, de notables accompagnés de leurs épouses, il traversa à pied la rue de la ville, pour rassurer une population tout intimidée. Et là, en marchant côte à côte, ces hommes de pouvoir sentirent d'instinct la peur d'une foule venue de partout, bigarrée, fourmillante. Aussitôt ils redressèrent les épaules, durcirent le regard, se donnèrent l'air de ceux qui vont rebondir là où d'autres ont échoué, lamentablement; de ceux qui sont disposés à protéger chaque maison, chaque famille, chaque vie, quitte à payer de leur personne; de ceux qui savent, ont toujours su, par quelles voies les forces de l'ordre contraignent les criminels à respecter la loi; comment la justice est implacable, et surtout avec quelle vigueur le tribunal, pour empêcher l'extension de la gangrène, coupe, hache, tranche dans la chair vive.

Des poignées de main, l'air grave.

De brèves discussions, sans trahir les enquêtes en cours.

« On avance, répétait le gouverneur. On avance... » Formule laconique, mais ô combien encourageante, qu'il distribuait aux habitants dans un petit sourire pincé. Le « on » attestait qu'il était instruit, jour après jour, des investigations de la police, que c'était un dossier épineux, aussi en avait-il fait son affaire — une affaire d'État. C'était encore bien trop tôt pour qu'il en dise plus. Mais qu'avait-il d'autre à dire? On n'insistait pas. On balançait la tête pour approuver la discrétion de M. le gouverneur qui avait fait un long voyage pour ne rien dire, mais il était là tel un grand dignitaire de la République qui posait son regard sur l'un, l'autre, serrait des mains, peu bavard, alors qu'il avait la fâcheuse réputation d'apprécier le clabaudage. Il était venu tout de blanc vêtu de la capitale, et tel un roi investi de pouvoirs extraordinaires, on lui faisait la révérence.

Une larme écrasée sur la joue par-ci, en pensant aux familles endeuillées, aux tombes creusées, aux messes dites pour les âmes qui avaient connu une mort hideuse; une opinion générale énoncée par-là, du genre : « Mais qu'on leur coupe la tête ! », pour exorciser les peurs d'une foule exaspérée. Piaffement des pieds, gémissements, pleurs, rendaient un bruit énorme. On craignait que perdure la marée de sortilèges, des choses si inconcevables dans une île placée sous la bannière de la France depuis le XVIIe siècle. Et du sang prêt à gicler, en face duquel on se débanderait telle une horde de gosses terrifiés.

Pendant ce temps, des gens du peuple s'étaient rassemblés près de la gare, sous la houlette de quelques élus locaux, tous, un drapeau bleu blanc rouge à la main, ils attendaient de souhaiter un « bon retour » au gouverneur qu'ils voyaient pour la première et la dernière fois, et dont ils ignoraient le nom et la carrière. Un nom banal, Camille Guy; un agrégé d'histoire et de géographie, professeur honoraire à l'école coloniale. Selon un journaliste de l'époque, qui trempait sa plume dans le courage, « ce petit roi fainéant » ou encore ce « Guy... Gnol » passait son temps à débiter des calomnies sur les uns et les autres, il trifouillait dans la vie de chacun, sans épargner les femmes de la haute société ; de plus, le Guignol avait la guigne, vivement qu'il parte. C'est vrai que depuis son arrivée au palais du gouvernement, une série d'incidents s'étaient abattus sur le pays : cyclones, incendies, meurtres, et même du jamais-vu, une jacquerie dans le cirque de montagne de Cilaos pour réclamer la distribution gratuite des terres.

Après le départ tonitruant du train et les adieux au gouverneur (lequel n'était pas demeuré insensible face à la déception mécontente des gens), on agressa Germain Choppy, l'adjoint au maire de la ville, jusqu'alors estimé de ses administrés. Celui-ci brandit la formule-recette miracle « qui veut la fin veut les moyens », même s'il en percevait les limites mais, à l'exemple du gouverneur, qu'avait-il d'autre à ajouter ? Rien pour l'instant. Il ne communiquerait à nouveau avec la population qu'après avoir rencontré la demoiselle Ernestine Généreuse, une célèbre voyante qui exerçait à Saint-Denis, et qu'on sollicitait souvent au sujet d'une question de vie ou de mort par sortilège. C'était le cas. La coupe est si pleine qu'elle déborde, se dit l'adjoint Choppy en lui-même, dans la brise qui courait entre les arbres, le long du débarcadère, et dérangeait la coiffure des dames endimanchées. Il saisit un drapeau dans la main d'une môme et lança à la foule d'une voix ferme : « C'en est trop ! On les aura ces bandits, je vous le promets. » On se mit à applaudir une décision si hardie, les yeux levés pour implorer Dieu : qu'il délivre l'île du malin. La solennité du spectacle aurait certainement plu au curé Delpoux s'il avait été là parmi ses ouailles, mais il avait d'autres démons à fouetter dans l'arrière-pays où il aimait à jouer au bon Dieu.

La foule se dispersa ; ce fut le silence.

Faisant route à pied vers le bâtiment de la mairie, l'adjoint Choppy savait que rien qu'à prononcer pour soi-même le nom de la demoiselle Ernestine Généreuse (quel nom prometteur, historiens retenez-le et faites-le passer à la postérité ; mais était-ce son vrai nom ?), oui, rien qu'à mendier son soutien, l'attente devenait plus supportable ; on redoublait d'espérance.

Qui était-elle au juste ?

On racontait qu'elle venait d'un lointain pays, très lointain, qu'elle avait traversé les océans (itinéraire réservé aux plus grands initiés) avant d'accoster l'île avec armes et peu de bagages. Si jeune pourtant, si savante en sciences occultes, magie noire, magie blanche. Si ravissante pourtant, et si féline. En tout cas, aux yeux de la riche société coloniale qui se sentait enfermée dans le triangle de l'Afrique, de Madagascar, des Comores, elle était la seule issue de secours. Le suprême recours. On racontait qu'elle lisait le passé, le présent et l'avenir dans les lignes de la main, dans les astres, les cartes, le marc de café, la boule de cristal, le cœur des hommes. On racontait qu'elle avait lu la Bible, la Thora, le Coran, le manuscrit de la Mer morte, le secret des Templiers, mais, on s'en doute, elle n'était pas qu'une liseuse. Elle maîtrisait les vingt-quatre-douze langues de la tour de Babel, s'exprimait en langues inconnues aux gens du commun, des ignares. Enfin, on racontait qu'elle possédait un toucher-éclair efficace : il lui suffisait d'effleurer de ses doigts longs et fins (on eût dit de petites baguettes magiques) une partie du corps d'un malade qu'elle n'avait jamais vu auparavant, pour diagnostiquer un ulcère, une typhoïde, un cas d'envoûtement, ou encore ce que les thaumaturges appellent la possession, le corps étant habité par un être surnaturel et malveillant. Autre chose à quoi elle avait été formée au cours de son périple autour du monde, de l'Assyrie à l'Égypte en passant par l'Asie centrale (le prêtre-sorcier) et l'Amérique du Nord (le chaman des Indiens), c'était ceci — la clé de tous les savoirs : elle prenait un objet dans sa main, et elle en perçait le mystère sous forme de « flashs » qui renfermaient des informations fiables. Elle remontait dans le passé, image après image, établissait des liens sûrs entre un objet, un individu, un lieu, un envoûtement, sans céder à la tentation de vouloir deviner. Elle ne devinait pas ; elle voyait. Elle reconstituait le puzzle à partir de ces données enregistrées par son cerveau ; puis elle les classait. Elle n'obligeait personne à la croire sur parole, qu'on aille vérifier ses conclusions sur le terrain, puis qu'on vienne la féliciter et l'admirer et lui verser les honoraires d'une championne, après avoir brûlé une bougie à la Vierge. La générosité attire la générosité. On s'était montré prodigue à l'égard de la demoiselle Ernestine Généreuse qu'on vénérait telle une sainte, tant il est vrai qu'une sainte était la bienvenue pour combattre les vampires — des mécréants. Mais si par bonheur une lumière troue l'ombre, l'aube n'est-elle pas là ? Donc, très loin, mais bien réelle au bout du tunnel, une étoile luisait.

Ignorant tout des projets de l'adjoint Choppy, n'ayant jamais entendu parler de la demoiselle Ernestine Généreuse, lucide et inspirée, Sitarane fumait de l'herbe assis sur le pas de sa porte, il rêvait d'un nouveau massacre dans une autre ville du sud-ouest, à Saint-Louis, autant pour maintenir la troupe sous son joug que pour compliquer davantage la tâche des enquêteurs. Qu'ils s'égarent, dispersent leurs forces, se figurent être confrontés à des bandes rivales. Le sang répandu chez Deltel et les Robert n'avait pas apaisé le magma de ses haines qui, au coucher du soleil, le submergeait. Noir soleil de la rancune à l'horizon d'une vie liée au mal. Le monde de dehors lui renvoyait le reflet du monde de dedans si bien qu'il s'abîmait dans une mer embrasée, semblable à la lave en fusion qui bouillonnait sous son crâne ; il se sentait confortablement installé dans la mort, et ses bras, comme ivres de tuer, les muscles bandés, se réjouissaient par avance de saisir le poinçon, de dilacérer, d'imiter la mèche qui troue le bois.

Depuis la Grande Abolition de 1848, les choses avaient peu évolué dans l'île, tout se passait comme si chacun soufflait tour à tour sur les braises du passé pour que la société s'enflamme. Et, tandis que la nuit s'avançait dans les rues, pénétrait dans les maisons où les femmes préparaient le dîner et les hommes s'occupaient des enfants, l'ambiance était très pesante, l'air suffocant, le geste incertain, la voix basse, comme si un cyclone s'apprêtait à fondre sur le pays pour tout balayer sur son passage. Dans ces moments-là, on contemplait son bonheur comme quelque chose qui ne durerait pas, et il ne pouvait en être autrement à se rappeler la maison incendiée des dames Férons, les corps calcinés, le pillage. Plus d'identité ni de visage. Squelettes. Poussière humaine.

En cette fin de journée du 5 septembre, le Nègre africain, qui aimait jouer avec le feu, avait choisi sa prochaine victime. C'était M. Celly, dit Mardé, un commerçant d'origine tamoule qui habitait rue de la Chapelle. Depuis quelque temps, un bruit agréable circulait pour dire que le vieux Mardé, qui vivait seul avec sa fille, veuve, cachait sa fortune dans la paillasse sur laquelle il couchait. L'assaillir et le dépouiller seraient un jeu d'enfant pour des brigands aguerris. Ainsi donc, fumant, buvant, rêvassant, Sitarane patientait dans le crépuscule qui filait vers la nuit, et cette attente l'avait replié quelque peu sur lui-même. Les pupilles à peine mobiles, il savait qu'il devait attendre avant d'accrocher du regard une étoile au-dessus de la montagne, tandis que des ombres l'encerclaient de partout. Pourtant, un frisson de contentement l'avait envahi. Des poinçons valsaient devant ses yeux. Des vilebrequins mangeaient le bois. Des mèches crissaient. La poudre jaune assommait. Des pièces d'or tintaient gaiement.

Sitarane était là à invoquer l'esprit des ancêtres lorsqu'il perçut un bruit de pas. Il ne leva pas la tête, continua à psalmodier ses litanies. C'était Saint-Ange, qui arrivait le premier au rendez-vous. Après s'être débarrassé de son sac-bretelle dans lequel il fourrait son matériel de sorcier, il vint s'asseoir sur le perron, battit le briquet, alluma une cigarette ; il déboucha ensuite une bouteille de rhum. L'un aspira la fumée ; l'autre but au goulot. Le meurtre les unissait sans qu'ils eussent à s'expliquer ni à stimuler leurs vils instincts.

En revanche, dès qu'ils virent Fontaine débouler devant le portail comme s'il avait une meute de remords à ses trousses, ils eurent peur pour le bon déroulement de l'expédition prévue pour cette nuit.

« Celui-là n'est pas des nôtres, maugréa Sitarane. Un peu fin de race, ou de la race des lopettes qu'il faut avoir à l'œil. » Le menuisier, qui avait deviné que les deux hommes, ses frères de sang, étaient en train de déblatérer sur lui, marqua le pas. Plus il respirait, plus il manquait d'assurance parce qu'il remplissait ses poumons d'un surplus d'anxiété à chaque inspiration. L'indécision de la voie à suivre, mêlée à l'insomnie, l'avait déstabilisé. Il était sur le point de décrocher quand des voix enjouées s'élevèrent dans son dos.

La bande débarqua comme pour une fête, l'obligea à marcher vers Sitarane qui jeta sur lui des yeux de braise. « T'as une sale mine », lui dit-il, avec mépris. Fontaine ne souhaitait pas répondre. Il s'assit, s'empara du rhum pour noyer sa frousse, et dans cette obscurité naissante, dans ce tumulte de voix et ces interpellations, dans cette atmosphère âcre, des bœufs meuglèrent; la plainte tint en suspens ce qui ne devait pas être dit explicitement, mais compris à mi-mot ou à travers un geste — la solidarité dans le meurtre.

Les uns se tenaient à croupetons, les autres étaient debout près de la clôture de bois-de-lait, prenant leur mal en patience. Sitarane leur avait transmis la consigne de ne rien manger après les sonneries de l'angélus, mais d'attendre le moment de boire le sirop de cadavre ou *siro lo mor*, le regard tourné vers l'ouest, pour sceller un pacte que personne ne devait rompre sous peine d'égorgement. Ils attendirent, excités; ils parlaient entre eux, pour dire qu'aujourd'hui ils étaient ceci; demain, ils seraient cela. Ils se ressemblaient tous, voués à une autre histoire, après avoir subi le contrecoup d'une vie bornée. Saint-Ange sortit une bouteille de son fourre-tout de paille tressée, il ôta le bouchon de papier, versa un liquide noirâtre dans un verre qui passa de main en main. Chacun avala une gorgée de la mixture. Puis on se racla la gorge. On s'essuya la bouche du revers de la main. On ne recracha pas. Saisis d'une soif d'invisibilité, les bandits pensaient que les âmes errantes viendraient se rouler à leurs pieds, et qu'une nouvelle existence débuterait pour eux de l'autre côté des champs de la misère.

Maintenant c'était au tour de Fontaine, qui sentit son corps se raidir; sa main trembla; le dégoût le fit grimacer.

Murmures de désapprobation. Muettes indignations. Il ne les encadrait plus ces hommes aux traits informes, au teint de charbon, aux dents gâtées, qui assassineraient pour des breloques, de la nourriture, du pain et du vin. Excédé, Sitarane donna un coup de coude à Saint-Ange qui rouvrit son sac, prit le poinçon et le déposa devant lui. L'arme ramena Fontaine à plus de raison, il oublia sa répugnance et, le regard tourné vers le soleil couchant, but l'infect sirop. Il eut chaud et froid. Il venait de comprendre à quel point il était prisonnier de ces bougres qui avaient un robuste appétit, de la cruauté, et la certitude de pouvoir tuer impunément. Contrairement à eux qui ne souffraient pas des aigreurs d'estomac, lui, cafardeux, aurait voulu que quelqu'un vienne lui remonter le moral, Lisette par exemple.

Saint-Ange dédaigna les états d'âme du menuisier, il prit le verre et le croqua dans un bruit désagréable, mais pas une goutte de sang ne perla de ses lèvres. Ce tour de magie combla d'aise les fripons.

« Debout. On y va tous ! » rugit Sitarane.

Ombres parmi les ombres, ils s'en allèrent sans refermer le portail derrière eux. Échevelée, Zabèl apparut sur le seuil et se signa. « Qu'ils crèvent ! » lança-t-elle. Elle mit la main devant la bouche, regretta une telle parole, à cause de Fontaine qui secondait Sitarane dans tous ses mauvais coups. Que deviendrait Lisette si jamais... Oh, non, pas ça, se dit-elle, alarmée. La nuit était en elle, certes, mais pas la mort. Elle ne voulait pas de la mort, ni de grand-diable aux doigts crochus qui fouettait l'air de sa longue queue, ni des zombis au visage couleur de soufre, persécuteurs de femmes isolées dans leur détresse, ni des pipistrelles à vous faire pisser dans votre culotte, se disait-elle encore, émue. Maintenant qu'il se faisait tard, elle devait chasser loin d'elle ces voix aigres pour que le malheur, qui avait commencé à explorer les ténèbres les yeux plus grands que le ventre, passe son chemin sans s'intéresser à elle ni à sa fille.

Et la porte se referma sur l'inconnu.

Après avoir marché et couru pendant longtemps, se faufilant entre les arbres et les champs, coupant à travers bois, franchissant les ravines, enjambant de grosses pierres — un vrai parcours du combattant —, Sitarane et sa bande atteignirent le village des hauts de Saint-Louis. Personne ne semblait avoir jamais couru aussi vite et ce sentiment de survoler le monde des vivants se faisait enivrant, bouleversant. Un sang de feu coulait dans les veines de ceux-là qui se laissaient emporter par le cours normal des choses. Soumis à une sorte d'inconscience, ils projetaient une ombre lugubre autour d'eux à présent qu'ils étaient accroupis en demi-cercle au milieu du carrefour proche de la case du vieux Mardé, les vêtements mouillés de sueur. Attentifs, ils fixaient les morceaux de camphre que Saint-Ange avait disposés sur le sol, et qui se consumaient en dégageant une odeur de conspiration. De la nuit elle-même émanait une odeur âcre.

Soudain le cri d'un fouquet tomba du ciel.

La plainte funèbre de l'oiseau troubla Saint-Ange qui posa une bougie allumée sur une pierre plate. Puis il passa et repassa dans la flamme une carte extirpée du jeu, au hasard. Il espérait une réponse du roi de pique. En vain. Car la porte de l'au-delà était close. Il ne se démonta pas, joignit à cette attirance pour le mystère la décontraction feinte qui est souvent le fruit de l'expérience. De naturel orgueilleux, fier d'exercer son emprise sur les esprits des gens humbles, candides, il était désorienté, cependant, de sentir la carte lui brûler les doigts. N'était-il plus le roi des sorciers? L'inquiétude était forte, mais plus fort encore le désir de sauver la face. De sombres visages l'épiaient. Que leur dire? Se taire ou faire porter à Sitarane le poids d'un éventuel échec? Lui, si habile à jouer du poinçon comme un Zoulou joue de la sagaie, si bien déguisé en diable que même son père ne le reconnaîtrait pas. Lui, tellement résolu à ne pas s'écarter de la voie qu'il s'était tracée. Lui, peu habitué à modifier sa façon de voir les choses, quelle tête de mule! Lui, avide de sang après les douze coups de minuit, il ne s'apercevrait même pas du malaise et suivrait les détours proposés par un sentier à pic. Tant pis pour toute sa personne qui respirait la malveillance.

En rangeant ses cartes, Saint-Ange Gardien observa de biais Sitarane qui était comme absent de lui-même. Ça voulait dire que son corps était là, mais que son âme errait quelque part dans des cimetières abandonnés, en quête de scènes macabres qu'il affectionnait diablement.

Il lui toucha le bras pour qu'il revienne parmi eux, puis l'exhorta à passer son couteau sept fois dans la flamme.

« Pourquoi je ferai ça? questionna Sitarane.

— Pour voir.

— Pour voir quoi?

— Si on doit y aller.

— Il n'y a pas de si.

— C'est toi le chef! tu vois si...

— C'est tout vu, j'ai dit. »

Saint-Ange se garda de contredire Sitarane. Pourtant, il le pressentait. Ce soir, pour la première fois depuis des mois, à cause du silence acharné du roi de pique, ils risquaient d'essuyer un échec qui aurait des conséquences désastreuses pour eux, sachant qu'ils feraient mieux de renoncer mais incapables de renoncer. Une brise tourbillonnante souffla la bougie. Aussitôt le morceau de camphre se mit à exhaler une odeur bizarre (celle d'une troupe qui bat en retraite) et une fumée voila la vue du sorcier-guérisseur ; maintenant la nuit était indéchiffrable à ses yeux, comme la surface d'une eau troublée par un jet de pierre. À maintes reprises, il fronça les sourcils, plissa le front, son corps entra dans une trémulation étrange, signe qu'il luttait contre l'insidieuse brume qui enveloppait sa conscience. Par moments, il lui semblait que les fauves lâchés dans les ténèbres allaient rencontrer des fauves encore plus grands, plus déterminés à utiliser des armes qui ne ressemblaient ni à des fusils, ni à des griffes, ni à des couteaux, ni à des poinçons, ni à de la poudre soporifique ; de nouvelles armes terribles, de celles qui font de vous une créature du diable à vie. Alors, il sut que la fortune du vieux Mardé était aussi éloignée d'eux que les étoiles dans l'immensité du ciel.

Pour comprendre les hésitations du sorcier, soulignons que Sitarane et sa bande auraient pu continuer à narguer la police pendant des mois, des années peut-être, si cette île n'était pas aussi, heureusement, la patrie de la lumière, et de ce que le curé Delpoux appelait la « divine Providence » ou la « Force », laquelle abominait le crime. La Force aux desseins impénétrables, selon l'expression consacrée que les hommes d'Église reprenaient en chœur, avait su régler jusqu'ici les affaires du pays, et il n'y avait pas de raison pour qu'elle ne persévérât pas dans son œuvre. Avait-elle déjà subi un revers ? Jamais.

De fait, aucune alternative ne s'offrait à Saint-Ange. Il ralluma la bougie, la posa devant Sitarane qui, pour en finir, prit son couteau et coupa la flamme une fois, deux, trois. Au quatrième passage, la bougie s'éteignit. Ils en furent affectés. Ils s'interrogèrent sur ce qui les attendait dans la nuit dès lors qu'ils n'avaient plus de lumière pour éclairer leur chemin. La chance avait changé de camp : elle était passée entre les mains de l'ennemi. Qui était-il, l'ennemi ? Pas Mardé, qui flageolait de vieillesse sur ses jambes. Ni sa fille, une veuve qui ne ferait pas de mal à une mouche. Mais alors, qui donc ? Ils recevaient la pénombre du ciel, des arbres, des champs, et ils se la communiquaient comme on se communique la peur. Leurs gestes ravivaient des nids d'ombres plus dangereuses que des nœuds de vipères, et leur regard parlait de suées nocturnes ; tout à coup, le silence les plongea dans des labyrinthes truffés d'embûches.

Devant la tension qui s'accroissait peu à peu, Sitarane se ressaisit et reprit les rênes de l'opération. Il dit qu'il fallait le croire : il se voyait dans la chambre du vieux Mardé à remplir ses poches de pièces d'or. Voici venue l'heure d'endormir la nuit, la peur, l'ennui. Voici venue l'heure de meurtrir les chairs, jeunes ou ridées, de sucer la veine ouverte avec un goût d'éternité à la bouche. Voici venue l'heure de fabriquer du sirop-élixir pour soixante-dix-sept ans. Et ils étaient là à répéter oui, oui, la bourse ou la vie. Puis, tels des fantômes en chasse, ils se dirigèrent vers la rue de la Chapelle en songeant à des actes qui feraient trembler l'île durant des siècles et des siècles.

Quand la case du vieux Mardé se présenta à eux, ils la contournèrent pour que Fontaine puisse planter son vilebrequin dans la porte arrière. Sûre d'elle, la mèche commença à dévorer la planche. Sans hâte. Sans effort. Du beau travail. Ce travail qui donne fierté et confiance en soi, un sentiment de puissance à constater que rien ne résistait à la gourmandise de l'acier qui mordait dans le bois, le grignotait, le perçait, et le frottement échauffait la mèche d'une douce manière. Accroupis, Sitarane et Saint-Ange ne pouvaient que louer le doigté du menuisier, sa dextérité à manier son outil, à tourner la manivelle avec une force calculée. La pression des mains savantes et la plainte du bois soumis au fer les charmaient tellement qu'ils s'imaginaient en train d'égorger père et fille, de boire le sang d'une jeune veuve effarouchée, de la violer, de renverser le lit, de défoncer la paillasse, de disparaître avec leur butin comme à l'accoutumée.

Mais, de temps en temps, les événements opèrent un changement de direction, et une affaire qu'on a mûrie prend une tournure contrariante : elle dérape. On n'a plus qu'à contempler les dégâts, et à se dire qu'un grain de sable s'est glissé dans l'engrenage. Les tueurs, qui discutaient pourtant à froid de leurs forfaits, firent un bond en arrière lorsque la mèche se cassa dans le troisième trou. Tac. Bruit sec. Échec. Stupéfaction. Silence. Le bois commandait à l'acier de se taire. Du jamais-vu. C'était le monde à l'envers. Ou plutôt, comme si on avait voulu leur dévoiler l'envers des faits que l'histoire n'a pas l'habitude de révéler à quiconque, surtout pas aux vivants. Puis une lumière. Ils virent une lumière monter de la terre jusqu'à atteindre le faîte des grands arbres. Puis des murmures d'outre-tombe les saisirent au cœur. Ils se redressèrent avec peine, la main en visière au-dessus des yeux, et la terreur décomposa leur visage dès que trois silhouettes fantomatiques apparurent devant eux : deux hommes en costume blanc et une femme enceinte dans une robe rose étaient venus leur réclamer des comptes, à dix mètres d'eux seulement, ils se serrèrent l'un contre l'autre, et, le souffle bloqué comme au bord d'un gouffre, ils ne savaient plus que faire de leur désarroi.

Sitarane vit Fontaine paniquer (il avait laissé choir le

vilebrequin à ses pieds), alors il lui chuchota d'une voix assurée : « Cache-toi derrière moi ! ils te verront pas et ne pourront pas te faire du mal... » Mais, pétrifié, le menuisier ne bougea pas. Une panne infinie du temps. Impossible de le mesurer. Attente insondable. Ils attendaient un simple geste qui ferait tomber le rideau sur la scène d'épouvante. Que le lieu redevienne obscur. Qu'on retire les ouvertures béantes et cette lumière de monde lunaire. Plus d'apparitions ni d'impalpables odeurs de soufre qui sortent habituellement des cratères nichés sur le piton de la Fournaise. Teintes livides. La vie s'était figée autour d'eux. La nuit ressemblait à une toile d'araignée, et ils se sentaient irrésistiblement attirés par l'immobilité des êtres qui, surgis de l'au-delà, dépourvus de pitié, les épiaient de leurs yeux lumineux (mais étaient-ce vraiment des yeux ?), les fixaient, lisaient dans leurs pensées — eux, des bêtes-à-sang dont la hardiesse fondait en gouttes de sueur.

Un vent déchaîné s'engouffra entre les arbres, il souleva les branches, fit tournoyer les lianes, les feuilles, les cris d'oiseaux. Enfin, la lumière crépusculaire se dissipa dans des gémissements de souffrance. La nuit revint, et les misérables eurent le frisson de frayeur, suivi d'un haut-le-corps, comme si, avant de s'évanouir, les revenants les avaient touchés d'une main brûlante pour réduire à néant leur pouvoir d'invisibilité. Aucun son ne s'échappa de leur bouche. Ils eurent un froid-chaud, des tressaillements, comme s'ils baignaient dans des vapeurs sulfureuses. Tant bien que mal, un tambour à la place du cœur, ils se ruèrent dans le chemin enténébré, ils se bousculèrent et amorcèrent une course effrénée jusqu'à trébucher sur des pierres, les membres exténués, une galopade dans le sang et une suée acide dans les yeux. À aucun moment ils ne regardèrent ce qui rampait derrière eux, les Férons, Deltel, Robert chargés de venin mortel pour les assassins. Cela ne les aurait pas rassurés, et rien ne les rassurerait plus puisqu'ils portaient ce masque de mort-vivant qui prélude à la damnation éternelle.

À présent ils savaient que Saint-Ange aurait beau faire danser le baba-sec, tirer les cartes, concocter un sirop-le-mort des plus exquis, faner de la poudre jaune, ils boiraient tous la coupe des expiations. Courir sans repos, infâmes. Mais jusqu'où s'enfuir ? Toujours fuir sans se retourner. Ils ne feraient plus que ça : courir au-devant de leur propre mort, sous une pluie de glaives. Pendant qu'ils courraient, l'île respirerait mieux, des étoiles filantes traverseraient le ciel, une étoile guiderait une autre, puis une autre, encore une autre, et dans ce silence, dans cette phosphorescence, soudain le calme renaîtrait.

Cette nuit-là, lit-on dans les rapports de police établis après l'arrestation de la bande, une Force supérieure avait veillé sur le sommeil du vieux Mardé et de sa fille. La vie avait surmonté les obstacles dressés devant elle et remporté une première victoire. Passant d'une case à l'autre, le chapelet à la main, le curé Delpoux n'avait cessé de dire que cette Force interviendrait autant de fois qu'il le faudrait à l'heure où, équipés de chignole, poudre, poinçon, poison, poignard, les monstres se prépareraient à massacrer de nouveau et à se pinter au sirop-le-mort. Nuit après nuit, cette Force les harcèlerait, elle les devancerait même, car après l'assassinat des Robert ils avaient éparpillé derrière eux une odeur de pourriture, de chair putréfiée, de malfaisance. Cette Force prendrait parti, leur barrerait la route, les traquerait, les confondrait en teintant la nuit de lueurs phosphorescentes. Cette Force s'était engagée du côté des plus faibles, défiant ceux qui s'abreuvaient du sang de Caïn : « Œil pour œil, mon nègre ! »

Un défi au Nègre africain dont la haine irraisonnée ne désarmerait pas, et son cœur soutenu par une armature immorale ne fléchirait que devant sa propre mort. À aucun moment il n'eut le sens de la fragilité de sa vie, ni n'éprouva le désir de mettre un terme à ses forfaits, de tourner le dos aux profondeurs de la grotte, mais plus il s'enfoncerait dans les sentiers du crime, plus la Force chercherait à ruiner ses chances de sauver sa tête.

C'est ainsi que, dans la nuit du 30 septembre 1909, Sitarane et ses sbires se rendirent une deuxième fois chez Charles Roussel, au Tampon (une tentative de vol avait échoué le 17 mars), et, après avoir endormi le chien de garde, ils procédèrent à des exercices de routine.

Mais, en dépit du sirop bu, une agitation secoua le corps de Sitarane qui sentait rôder aux alentours une nuée de soucis-sauterelles envahissants, il entrevoyait des silhouettes troublantes, menaçantes qui, comme nées du néant, étaient ici, là-bas, au milieu des champs, à la cime des arbres.

Des fantômes, avouerait-il plus tard aux enquêteurs, semblaient avoir reçu du Très-Haut une mission de la plus haute importance : surveiller ses faits et gestes, le contraindre à la faute, le neutraliser. Il avait même pensé interrompre cette expédition à cause d'un arc lumineux entraperçu au-dessus du toit et d'une plainte répercutée par l'écho, tandis qu'il voyait et revoyait les plaies faites par la dent de son poinçon dans le corps de ses victimes. De larges saignées. Des embrasements. Des éclairs. Des orages. Une cavalcade d'hallucinations extravagantes. Un vol de lucioles effarant. Des énigmes.

Quand la lumière revint, ce fut pour tracer dans le ciel

des signes cabalistiques, un S, la lettre initiale de deux noms qui avaient ébranlé l'île après le viol du cadavre d'une femme enceinte. L'un des porteurs s'écria : « Kosa i vé dir sa ? » Personne ne sut lui expliquer ce que tout cela signifiait. Ils ne savaient ni lire ni écrire, comment auraient-ils pu épeler : S... I... T... A... Ils regardèrent sans rien comprendre, jusqu'à ce que les lettres s'effacent sous leurs yeux d'oiseaux éblouis par la lumière d'une torche.

L'assurance de réussir s'était volatilisée. Avec un pincement de cœur, Sitarane demanda à Fontaine de tourner plus vite la manivelle du vilebrequin, encore plus vite, de crainte qu'une autre lueur ne vienne fendre le ciel sans lune ni espoir. Le menuisier, qui paraissait plus mort que vivant, la vue trouble, inondé d'une peur paralysante, s'efforça de percer un second trou. La mèche tritura le bois, le troua, avant de buter contre un taquet ou une pièce de métal. De là à s'imaginer que le propriétaire avait fixé une plaque de tôle sur la porte, il en avait la suée. Il resta sans voix, les bras ballants. « Pourquoi tu t'arrêtes ? se renseigna alors Sitarane, surexcité. — Ça résiste ! » répondit Fontaine en haussant les épaules. Sitarane, qui refusait de s'avouer vaincu, lui arracha brutalement l'outil des mains et tâcha de briser la résistance de la porte. La figure grimaçante, un goût de désespérance à la bouche, il s'essaya avec tant d'énervement que la mèche cassa comme du verre. La sensation d'étouffement augmenta. Les yeux fous, ils étaient tous entrés dans le doute le plus extrême, corrosif.

On ne sait trop si c'est le bruit ou la volée de jurements grossiers qui réveilla le gardien de la propriété. Un excellent gardien qui ne dormait que d'un œil dans sa baraque dissimulée au fond du jardin. Le fusil à la main, il se dirigea vers les entrepôts. Les guetteurs alertèrent Sitarane. Mais, dans sa bonté radieuse, la Force suprarationnelle sillonnait la région, à la piste, à la traque, à l'affût d'un faux pas des meurtriers. Aussi décida-t-elle de se mêler de ce qui la regardait, de descendre dans l'arène pour que l'île ne soit pas enfermée dans une vaine existence, ce serait dommage pour une colonie française.

Emmanuel Fontaine, plutôt que de se poser des questions oiseuses et de faire les frais de cette entreprise bancale, ne se gêna pas pour déguerpir ventre à terre, jusqu'à s'anéantir dans la nuit noire.

Quant à Sitarane, il manqua de prudence pour ne pas être vu ou pris au dépourvu, peut-être parce qu'il avait monté l'expédition en l'absence de Saint-Ange qui, grâce à ses conversations avec les esprits, avait toujours su garantir les arrières de la bande. On ne peut pas, mû par la fatuité d'avoir tout appris, déroger aux lois qui gouvernent le monde invisible : la sanction est immédiate. À présent rien n'était plus commode pour Sitarane que d'aggraver son tort, de s'enliser dans la pire des sottises, bref, de faire un pas décisif vers la guillotine. Pourquoi fuir ? Il n'avait qu'à sauter au collet d'un gardien à moitié nu, à moitié assoupi, à moitié trouillard, puis l'estourbir et l'éventrer en moins de deux. C'était à lui de prouver sa capacité à gérer l'imprévu. C'était à lui de racheter l'honneur des bandits. Face au fusil, il durcirait ses muscles et sa volonté. En tout cas, il ne se débinerait pas et son cœur ne chercherait pas non plus à s'évader de sa poitrine. Comme il avait été lui-même gardien de propriété, il en connaissait les ruses et se préparait à recevoir un ennemi qui ignorait à qui il avait affaire.

Mais tenace et influente, la Force était sur le qui-vive — c'était son droit absolu —, disposée à placer le mal sous les projecteurs célestes. Ce serait l'histoire d'une lumière, pas celle d'un poteau électrique ou d'un clair de lune, ni même celle de l'éclair ou d'une coulée de laves. Non. À se fier aux déclarations des criminels, rigoureusement rapportées par le greffier du tribunal de Saint-Pierre (tous les témoignages concordaient point par point), il s'agirait d'une lumière immatérielle, comparable à une aurore boréale, séparée du temps, de l'espace, et la Force naîtrait de cette lumière qui, vieille de plusieurs milliards d'années, d'un dévouement infatigable, traverse l'étendue des galaxies, ce qui la distingue de toute autre lumière connue à ce jour sur terre. Une lumière qui part en reconnaissance pour savoir en quelle contrée il y a le plus de souffrance et d'injustice, et en quelques secondes la réponse arrive : réconfortante.

Donc, Sitarane n'imita pas Fontaine.

L'air d'en vouloir au monde entier, il se retrouva nez à nez avec un gardien à l'œil vif qui, portant son arme à hauteur de la hanche, les nerfs solides, l'appui du corps sur les jambes, prêt à en découdre, épiait chacun de ses mouvements. Sitarane se dit qu'il n'avait pas commis tant de crimes pour claquer cette nuit comme Lazare, une décharge de plombs de chasse à la tête ou au cœur. D'autre part, s'il avait bu du sang humain, c'était pour avoir autorité sur les âmes qui ne pouvaient quitter leur tombe sans sa permission : il était leur maître, elles ses fidèles esclaves qui devaient l'assister dès qu'il s'agissait de dicter sa loi aux gendarmes, d'écraser l'île du poids de son poinçon, de ne vivre que pour nuire. Ces chimères excitaient sa soif de victoire, tentaient de lui en faire accroire, d'autant qu'il tenait à la vie et tâchait de donner un prix à sa vie.

Il bondit sur le gardien, écarta le canon du fusil de la main, se saisit du pistolet caché derrière son dos (on se souvient qu'il l'avait volé chez Deltel), il tira, mais la balle effleura l'oreille de son adversaire.

Ils lâchèrent leurs armes, se jetèrent l'un sur l'autre avec rage, pareils à des taureaux qui chargent; ils rugirent de fureur, comme rugit l'ouragan; ils ressentirent la douleur des étreintes forcenées et des côtes meurtries; dans une débauche de coups perfides, ils luttèrent corps à corps, souffle contre souffle; ils tanguèrent et tombèrent par terre avec l'étonnante agilité des panthères dans la savane. Le visage terreux, marqué par l'effroi que connaissent ceux qui s'attendent à mourir, un peu comme s'ils avaient mis un masque aussi laid que les orages qu'ils dissimulaient en eux, ils avaient l'air de se dire : « T'as eu tort de te mettre en travers de ma route. De vouloir te frotter à moi. Tu vois comme je me bats. Tu sens comme tes bras tremblent. Qu'est-ce que tu crois? Tu vas crever, minable! » Et le meilleur moyen de triompher de l'ennemi pour que la bataille soit courte, c'était de lui briser la nuque lors d'une empoignade.

Sitarane, au lieu de se servir de la poudre pour terrasser le gardien qui appuyait une main dure sur son cou, alla puiser la rancœur au fond de son être, ce magma dévastateur. Aldo Leclerc écrivit dans son journal « qu'il y était habitué, comme on habitue quelqu'un à rendre le mal pour le mal. Là, Sitarane était le serpent qui s'enroule autour de sa proie; après, il était le crocodile aux dents acérées, le buffle aux cornes arquées, le léopard, l'hyène, le chacal, le vautour, bref, le démon avait fait de lui un redoutable condensé de la faune mozambicaine » (ces métaphores pullulent dans les chroniques de l'époque), et à le voir combattre on eût dit qu'il mesurait sept mètres, possédait sept corps, sept têtes, sept paires d'yeux, sept bras, sept pattes, pourvu de tout le nécessaire pour détruire un bataillon d'Afrique au complet. Il se démenait tant que maintenant, à côté de lui, le gardien paraissait être un gros insecte handicapé, lourdaud, malhabile, comme s'il avait lesté ses poches, et la couleur de sa figure passait du noir au violet, avec des difficultés à respirer. La défaite lui souriait malicieusement.

Mais il ne voulait pas mourir des griffes de la puissante bête qui suait la malignité, empestait une odeur de pourriture, puait la crapulerie, pas de cette manière-là, se dit-il, un peu étourdi par une commotion. Il fixa la lumière suspendue au-dessus des arbres — un flot de lumière qui éclairait le feuillage avec netteté, et entendit un bruit : Boum... Boum... Boum... Le son montait, puis diminuait, diminuait encore. De plus en plus sourd. De plus en plus lointain. Son souffle s'atténuait (le léopard l'asphyxiait), son corps se vidait de son sang (à cause des mâchoires du crocodile et des cornes du buffle), il était sur le point de fermer les yeux (hypnotisé par le serpent), d'agoniser (hyènes, chacals, vautours l'importunaient sans fin ni cesse), d'être livré à une mort indigne, quand soudain une lumière enveloppa son âme.

Car, armée de sagesse, l'un des sept dons du Saint-Esprit, la Force avait pensé qu'elle devait débarrasser l'île de ce *monstre antédiluvien*, et malgré les coups de tête, de pied, de poing (inutile de signaler les coups bas), Sitarane ne put donner le coup de grâce. Cependant, jamais le gardien n'avait serré contre lui un prédateur aussi prédateur que ce prédateur-là dont l'haleine lui barbouillait l'estomac et lui soulevait le cœur. Ça fouette, se dit-il. C'est pire qu'un nid de papangue avec des rats morts. Puis une voix murmura cette mélodie à son oreille : « Ce qui travaille à la victoire ce ne sont ni les coups ni les rodomontades. C'est le sang-froid, la résistance à la douleur, la confiance en une Force supérieure qui habille votre corps d'un bouclier de lumière. Vous regardez celui qui vous étreint, vous frappe, vous mord, vous conspue, et vous savez que la victoire sera de votre côté. Nécessairement.» Le gardien projeta ses craintes au-dehors. Déversa une cascade de prières sur le voleur qui, tel un diablotin sous l'eau sainte, releva la tête, de l'affolement dans les yeux. Quelle prise tenter sur un gardien aussi coriace, un rien gouailleur? se demanda Sitarane. Il farfouilla dans sa mémoire pour dénicher une recette ancienne et infaillible. Étranglement. Empoisonnement par morsure. Envoûtement. Rien n'y fit. En désespoir de cause, il enfouit la main dans la poche de son pantalon mais le sachet de poudre jaune n'y était plus. Où l'avait-il égaré? Il desserra ses anneaux et ses tentacules, rentra l'armada de ses crochets venimeux, et il sembla qu'il se volatilisât pour la énième fois.

Le gardien se signa; il était vivant. Son sang ne fuyait par aucune plaie béante. Merci mon Dieu Seigneur. Une minute auparavant, il avait cru que la mort le tenait entre ses serres, et quelle surprise de voir le bandit s'esbigner plus vite qu'un lièvre débusqué. Il se baissa, ramassa son fusil, tira sur l'ombre sans l'atteindre. Après des efforts si éreintants, son esprit se détendit, ainsi que les muscles de son corps. L'atmosphère redevint sereine aux alentours de l'entrepôt, de la maison, du jardin, des arbres, du maître des lieux qui avait accouru, en quête d'explications. « Qu'est-ce qui se passe ici, mon brave gardien? Qui me vole? Que m'a-t-on volé? Qui se sauve? » Par les mots créoles les plus évocateurs qu'il avait à sa disposition, le gardien lui relata les faits. Il parla des malfaiteurs, de la bagarre corps à corps, de la mort qui l'avait regardé dans le blanc de l'œil. C'était affreux. Tout à coup, il se tut; il se sentait fourbu, rompu, abasourdi. Tout ça lui paraissait si incroyable — bien pire qu'un cauchemar. Sitôt qu'il fut au fait de la tentative de vol et de meurtre, M. Roussel voulut se jeter à la poursuite des pendards, il menaça de leur couper la jambe et de les étriper comme au bon vieux temps de la chasse aux esclaves fugitifs. Il voulut se saisir du fusil et tirer, tirer, tirer, pour prévenir le voisinage, l'île tout entière. Le pas plus léger que le galop d'un cheval, il aurait voulu alerter la police, mais l'heure tardive l'en dissuada. Et puis la figure du gardien ne portait aucune égratignure, à tel point qu'il se demandait si celui-ci n'avait pas été plutôt la proie d'une vision cauchemardesque. Mais non. La lueur de sa lampe-tempête arracha du noir deux sacs à bretelles, deux sacs de jute, des chaussettes (plus tard, à l'heure des interrogatoires, on saurait qu'un certain Ambiry, atteint d'une malformation aux pieds, avait intérêt à dissimuler les traces de ses pas), une barre de fer, un chapeau, un pistolet, deux étuis en peau de cabri pour pistolet, une mèche, un vilebrequin neuf, des plombs de chasse, des balles de revolver, deux couteaux, des feuilles de *Datura stramonium*, que les créoles appellent l'herbe du diable. Ainsi, pour que l'enquête débouchât sur l'arrestation des buveurs de sang, la Force avait apporté des indices à la loi, tandis que Sitarane courait, tombait, se relevait, jurait, fier de tout ce qu'il avait semé derrière lui comme horreur.

7

Arrestations

Maintenant Sitarane ne désirait plus que le train s'arrête dans une gare où il y aurait toujours quelqu'un sur le quai pour crier : À mort! Lancé à grande vitesse, qu'il traverse les villes côtières, descende vers Saint-Leu avec lenteur et stoppe les machines dans le désert de sable de L'Étang-Salé. Qu'il souffle un peu au bord de la mer où personne ne viendrait brailler des contrevérités, des mensonges, des insanités, pensait le Nègre africain. Qu'il s'attarde un instant là où il n'y aurait pas de la haine, ni une foule en colère pour dégoiser des âneries. Parce que, bien avant qu'on le traîne devant le tribunal de Saint-Pierre, maître Sanglier, son avocat, lui avait soufflé : « Ne t'en fais pas! Que tu sois un démon ou pas, ils n'auront pas ta tête! » Lui-même se disait que, s'il se faisait aussi petit qu'une fourmi, peut-être se désintéresserait-on de lui, et une fois qu'il serait au milieu des dunes, là-bas, il marcherait vers le bord de mer calme. Sur la plage, il dormirait; il rêverait; il se réveillerait frais et dispos au matin; le regard posé sur l'horizon, il respirerait une odeur d'algues et de liberté, sans bouger, comme s'il rêvait encore la bouche ouverte. Puis on ne le verrait plus nulle part.

Août 1909. Même si la machine judiciaire ne s'était pas mise en marche, il ne semblait pas que Sitarane eût pu avoir une infime chance de sortir indemne de son expédition chez M. Roussel. Si Saint-Ange avait participé à l'assaut, il lui aurait dit : « Toi, mon frère africain, n'insiste pas quand le vent tourne. Tu tournes avec le vent, sinon il te balaie. Tu n'es plus qu'une paille-de-canne qui s'envole. Et tu t'éloignes de ceux qui t'ont connu ; tu t'éloignes, tu te perds dans un trou de mémoire. Impossible de te retrouver, et te rechercher ne sert à rien. Ne sois pas si buté quand c'est le monde à l'envers. Et le monde est à l'envers quand le bien veut dominer le mal. C'est pourquoi il faut virer de bord, et reprendre le sentier là où tu l'as laissé quand tout allait très bien pour toi. Sinon, c'est le sentier qui t'oublie, et la vie aussi. » Il aurait marqué une pause, puis, le fixant de ses yeux de sorcier à déchiffrer les messages des ténèbres, il aurait ajouté : « Décroche, mon frère ! oui, décroche vite. Si le bois repousse le fer, c'est pas bon signe. Ne résiste surtout pas à la lumière qui intervient partout à la fois, si curieuse à voir au-dessus des grands arbres. L'autre jour, tu sais, je ne l'ai pas regardée en face. Ni les silhouettes qui nous montraient du doigt dans le brouillard. Je sens comme une force terrible dans les environs, qui nous encercle. Je te dis, on magouille quelque chose pas très catholique contre nous. On veut nous mettre des chaînes aux mains, aux pieds, un collier de serrage pour esclaves... »

Il aurait confié tout cela à Sitarane, mais l'aurait-il écouté ? Non. Il aurait voulu avoir le dernier mot, même si certains soirs les mots changeaient de sens, signant davantage la fin d'une chevauchée nocturne que la naissance de l'aube. Une erreur regrettable pour eux. Qu'on ne s'offusque pas, mais Saint-Ange aurait préféré et de loin que son *frère africain* ne soit plus de ce monde. Car aujourd'hui, il était impensable qu'il lui rende visite — lui qui attirait le malheur ; lui qui ne pouvait plus parler à quiconque, il devrait penser à se jeter dans le gouffre, sans regarder ni devant ni derrière puisqu'il hasardait sa vie et celle de ses camarades. Était-ce lâche, de la part d'un ami, d'affirmer que celui qui avait joué et perdu devait se tirer une balle dans la tête ? Sitarane, qui était ce qu'on nomme un front étroit, ne se laisserait pas prendre vivant ; ou alors, il n'était plus celui dont le poinçon égayait la nuit sans lune, celui qui se déridait chaque fois que la mort était au rendez-vous. Mais c'était aussi un égoïste et, comme tous les égoïstes, il serait un mauvais candidat au suicide. D'une prudence de serpent, Saint-Ange s'était donc retiré dans sa case, sur les hauteurs de la ville de Saint-Louis. Il passait ses journées à réfléchir. Il se tenait sur la défensive, d'autant plus que les habitants lui avaient rapporté que l'adjoint Choppy, après son entrevue avec Ernestine Généreuse, avait suggéré aux gendarmes de surveiller ses allées et venues. Il était sur la corde raide, aussi reclus sous son toit que Sitarane dans sa grotte. Ils n'étaient ni innocents ni coupables. Des suspects placés sous surveillance. C'était tout de même une position inconfortable pour eux, et l'air était devenu irrespirable.

Avant de poursuivre cette histoire, revenons rapidement sur les déclarations de la voyante qui, ne vivant pas sur une réputation usurpée, avait fait une de ces révélations dont elle n'était pas avare. En effet, le 10 septembre 1909, assise dans son fauteuil Louis XV placé dans un angle de son boudoir qui lui servait de cabinet de consultation, Ernestine Généreuse avait demandé à son médium, Myrandor Lacouture, de la plonger dans un sommeil hypnotique. Peu après, dans un fauteuil jumeau placé vis-à-vis d'elle, l'adjoint au maire de Saint-Pierre l'avait interrogée. Elle lui avait fourni de précieux renseignements sur l'endroit où se réunissaient les bandits et, chose stupéfiante, elle lui avait remis un portrait-robot de leur chef présumé, un dénommé Calendrin, dit Saint-Ange Gardien, qui exerçait la profession de sorcier-guérisseur. Toutefois, la population ne voulut pas admettre cette réalité, ni qu'on salisse le nom du tisaneur, mais la surprenante nouvelle s'était propagée comme une traînée de poudre. Huit jours après (cette précision du chroniqueur de l'époque nous émerveille), Mam'zelle Généreuse avait trouvé dans son courrier une lettre anonyme postée à Saint-Pierre, qui disait ceci : « Si vous continuez à nous embêter, vous finirez comme madame Lucien Robert. » Aussitôt elle avait prévenu l'adjoint Choppy et alerté la gendarmerie. Mise en scène d'Ernestine Généreuse ? Cette phrase bien formée, ce vouvoiement respectueux qu'ignorait la majorité des Réunionnais en dépit de la bonne éducation reçue à l'école coloniale, cet avertissement écrit dans un bon français, avait embarrassé les autorités policières qui, finalement, s'étaient engouffrées dans cette faille sans remettre en cause les propos de l'illustre voyante. Celle-ci s'en était félicitée, car le dénouement approchait dans la mesure où, guindés dans leur uniforme de représentants de la loi, à pied ou à cheval, les gendarmes s'affairaient, parcouraient l'arrondissement Sous-le-Vent pour affranchir les gens de leur peur. Ces visages ronds, joufflus, couperosés, qui parlaient en français avec un accent cocasse, avaient fait renaître un mince sourire. Ces bottes de cavalerie qui résonnaient sur la chaussée, ces revolvers enfouis dans leur étui de cuir, et ces regards dignes de la France avaient ressuscité l'espoir. Les meurtres n'alarmaient plus les créoles qui avaient confiance de nouveau en Dieu, en la justice, et la foi leur déliait la langue.

Ils savaient qu'ils devaient parler.

Les enquêteurs invitèrent les habitants à se rendre à la gendarmerie pour identifier tous les objets. On s'y rendit aussitôt par petits groupes. On souhaitait pendus ces monstres qui avaient endeuillé plusieurs familles, tout en déplorant que la sentence soit si longue à exécuter. On souhaitait cette paix qui enjôle le cœur par son souffle, au point de s'endormir en dodelinant de la tête comme l'enfant sur le sein de sa mère. On souhaitait croire encore en la bonté de l'homme. On souhaitait voir la Force planer au-dessus de la Chattoire, qu'elle protège du poinçon les corps ensommeillés et dévie la sente pour égarer les égorgeurs. Si ce miracle devait fuir le pays dans les semaines et les mois à venir, personne ne s'en remettrait, on se demanderait l'air incrédule et narquois si le Christ avait marché sur l'eau, s'il était monté au ciel pour s'asseoir à la droite du Père. On n'avait pas terminé avec aujourd'hui qu'on se préoccupait de demain. On se disait que la victoire était proche dans le rire des enfants et le sourire de la femme enceinte au moment de la délivrance ; dans la fierté de l'homme se reposant le septième jour et le port envahi de promeneurs solitaires ; dans les bateaux à l'horizon, l'or du soleil couchant et le vol des oiseaux. On entendait dire ici et là, avec gravité : « Plus jamais les portes trouées, le fer dans la chair, la souffrance qui défait les traits, les heures qui passent comme passe un enterrement — l'enterrement de toutes les espérances —, et la nuit qui tombe comme une hache. »

En examinant chapeau, pistolet, couteaux, vilebrequins, on ne désirait plus entendre des coups de fusil, à minuit, ni des aboiements, ni des incantations, ni des gémissements. Et quoique l'émotion fût à son apogée, on prêtait son assistance à la police sans frémir, avec dignité, « puisque prier c'est renier le diable ; puisque témoigner c'est aimer le Seigneur », avait dit le brave curé Delpoux en chaire. Les gendarmes, pour la plupart originaires du sud de la France, ôtaient leur casque colonial, s'épongeaient le visage et le cou avec un mouchoir, puis ils se tournaient vers les créoles qui observaient les pièces à conviction avec une attention soutenue, une volonté tendue ; le moindre mot prononcé, même du bout des lèvres, était une étincelle d'audace, et la vérité se frayait un chemin dans les ténèbres. Plus ils témoignaient librement, sans contradiction, plus la lumière se répandait entre les pages d'un volumineux dossier destiné au juge Hucher qui instruisait cette affaire. Il n'y aurait pas défaillance du miracle car trois noms étaient écrits, noir sur blanc, dans les procès-verbaux : Sitarane, Fontaine, Saint-Ange. « On les aura ! » disait le gendarme qui raccompagnait gentiment les témoins jusqu'au portail et, regardant la rue animée, il souriait dans son uniforme parce que la loi s'évertuait à retenir l'île dans le droit chemin.

Sans plus tarder, les gendarmes tendirent un piège à Fontaine ; il s'y jeta la tête la première. C'était hier un menuisier aimable, talentueux, qui inspirait le respect, et aujourd'hui un suspect démuni face à une paire de menottes. Dans le bureau des enquêteurs, il se recroquevilla sur son effroi. Éloigner tous les soupçons, se disait-il. Ignorer les objets qui n'avaient aucun lien avec lui. Et ne pas vendre ses frères. Couper toute passerelle qui mènerait à Sitarane. Même sous la torture, il ne livrerait pas le nom de l'Africain qu'il craignait plus que le cachot. Non, non, et non. L'œil droit tuméfié, le nez en sang, la joue gonflée, le crâne fendillé, il ne parlerait pas. Les côtes défoncées, les mains brûlées, les genoux brisés, il ne parlerait pas. Il se blottirait dans son silence comme sous une carapace. Je n'ai qu'une parole, se disait-il encore, et tant pis pour les bleus. Il savait que, s'il trahissait, il était un homme mort.

Pourtant, lorsqu'un fil électrique lui caressa la plante du pied, il pleura comme une fontaine, émit un flot de renseignements qui satisfirent les enquêteurs au-delà de leur attente. Ils durent le chatouiller de nouveau pour qu'il ferme son moulin à paroles. Il s'était couvert de honte et de ridicule, mais ça ne le gênait plus. Subite volte-face. Parce que les signes s'intervertissaient pour l'aider à se dépêtrer. Sitarane avait établi une tyrannie sur lui, et il ne pensait plus qu'à s'y soustraire derrière les murs de la prison. Il n'y aurait que lui dans cette prison. Il se figurait que, si on l'avait coffré le premier, c'était pour l'isoler de la bande, sauvegarder sa vie. Se mettre à table, se disait-il après les chatouilles du courant, c'était ce qu'il avait de mieux à faire. Il avait pris sa décision et s'y tiendrait. Cette vision de son avenir (totalement irréaliste) le regonfla, lui permit de retrouver un regain de sa confiance d'autrefois, du temps où il était un menuisier bien à tous égards, et il s'en souvenait, les jours s'écoulaient paisibles.

On l'incarcéra à la prison de Saint-Pierre.

Assis sur le bord du lit les jambes pendantes, il se mit à marmotter avec la déplaisante sensation que Sitarane, debout dans un coin de sa cellule, le dévisageait. Précipitation du pouls. Son regard se voila, son corps trembla, et son bredouillement avait quelque chose de pathétique. Loin de sa femme, en tête à tête avec des souvenirs regroupés dans le fait-noir, il s'empêtra dans son monologue, craignant les sanctions à venir quand son nom, imprimé dans *La Patrie créole*, serait demain dans toutes les conversations.

On révélerait son nom, bien sûr.

Un point capital aux yeux des enquêteurs : les aveux de Fontaine et les révélations d'Ernestine Généreuse coïncidaient.

Le lendemain matin, à l'aube, guidés par l'adjoint Choppy, les gendarmes encerclèrent la grotte de la Chattoire, puis ils se postèrent sur le seuil des cases aux fenêtres closes sur d'inavouables secrets. Rien n'avait été laissé au hasard. Chaque casque était à son poste, que ce soit le long du chemin, à l'entour des champs de cannes, dans le sentier ou bien derrière les arbres. Pour les bandits, il n'y avait pas d'autre issue que la soumission à la loi qui leur avait déclaré la guerre. Et surtout, qu'ils ne sachent rien des fusils, ni des filets tendus devant leur porte. Plus tendus que la corde d'un pendu. La souricière avait été organisée la veille au soir, à l'aide d'une carte dessinée avec minutie, puis enrichie de maints détails apportés par les témoins, jour après jour. Assiéger la bête et ses petits dans leur terrier, se disait en lui-même l'adjudant-chef Draguinot. Les surprendre dans leur engourdissement de suceurs de sang. Si le flair d'un vieux roquet ne sentait pas la présence des armes dans le vent, les appréhender, les menotter, les désigner par leur nom. Lorsqu'ils seraient identifiés, embastillés, la tranquillité prospérerait et l'île redeviendrait un éden de beauté, telle qu'elle apparut autrefois aux premiers Français lorsqu'ils y débarquèrent tambour battant pour bâtir les maisons, tracer les routes, baptiser les rivières, nommer les arbres, les plantes, les oiseaux, les animaux. L'adjudant-chef se disait que, pour l'amour de la loi, l'homme ne devait pas tuer l'homme comme une bête. Aussi passa-t-il à l'action.

La haie de fusils bougea dans un mouvement circulaire ;

les gendarmes avancèrent en rangs serrés, le souffle contenu, les bottes silencieuses; aux aguets comme la papangue dans le ciel, ils s'apprêtaient à foncer sur les maisonnettes endormies. Bien huilée, entraînée, disciplinée, cette impeccable machine de guerre progressait pas à pas, bientôt elle obligerait l'ennemi à jeter les armes et à demander quartier. Il ne fallut qu'une poignée de minutes pour lancer une attaque fulgurante et décisive, à donner le vertige. Ici, elle se fit morsures de serpents; là-bas, mâchoires de caïmans et ruades de cheval; plus loin, ce furent des vents tourbillonnants. Et les cases vacillèrent; les portes s'ouvrirent. À genoux! Mains sur la tête! Plus vite! Revolver au poing, l'adjudant-chef imposa à tous l'obéissance. Le ciel était blanc et rose. La lumière tutoyait l'ombre des cases qui se vidaient peu à peu. Les gendarmes y pénétrèrent pour y déloger le nommé Crabe la Boue, et une vieille qui, les cheveux ramassés dans un foulard, avait l'air d'attendre une punition dont elle était sûre qu'elle lui tomberait un jour sur la tête. Les hommes s'allongèrent à plat ventre de peur qu'une fusillade n'éclatât. Les enfants se réfugièrent dans la robe de leur mère, ne comprenant rien à ce chambard matinal. Les enfants n'ont jamais rien compris à la guerre, mais ils sont toujours aux avant-postes. (Quelquefois, ils servent même de couverture aux troupes.)

Un chien écopa d'un coup de botte, il ravala ses aboiements et se coucha à son tour, le museau entre les pattes.

Au retour du silence, l'adjudant-chef Draguinot tenait la Chattoire sous ses lois souveraines. Un rai de soleil salua sa ténacité. Le jour se leva. Les manguiers libérèrent des chants d'oiseaux, un concert de louanges. La nuit n'était-elle plus qu'un mauvais souvenir? Pas vraiment. L'adjudant-chef semblait soucieux, il ne pouvait détacher ses yeux marron clair des suspects réunis dans une arrière-cour sous la surveillance des fusils : cinq hommes, deux femmes, un garçonnet, dont les noms étaient connus des témoins. Le compte n'y était pas. Déçu, il se pinça le menton. La consternation se lisait sur son visage, comme s'il ne discernait plus le vrai du faux à travers toutes les nuances du bleu. L'adjoint Choppy s'approcha. Ils échangèrent quelques mots à voix basse.

Plus tard, ils savoureraient leur joie.

L'adjudant-chef demanda à ses hommes de ratisser le terrain, de passer la zone au peigne fin, de fouiller les cases, de battre les buissons, de surveiller les champs, car l'idée que la gendarmerie coloniale pourrait essuyer un échec lui était intolérable. Lui-même était trop ombrageux pour supporter une telle vexation, d'autant que les lazzis n'avaient cessé de ternir les couleurs du drapeau français. Trapu et robuste, de tempérament sanguin, ce Draguinot rougissait si vite de colère que les créoles l'avaient surnommé « Coq Bataille », un clin d'œil à la crête du gallinacé qui s'enflamme à la vue d'un rival.

Ce matin-là, le sort ayant contrecarré ses plans, il s'usa les yeux à fureter dans les coins d'ombre. Là, il y avait du menu bois, des fagots ; là, des bacs à eau ou de la paille pour les bœufs. Là, des chèvres qui bêlaient, des cochons, des poules. Désappointé, il s'en prit aux malandrins qui, hébétés de stupeur, n'osaient le regarder en face. « Où est-il ? hurla-t-il. Je veux le savoir. Dites-moi où il se cache, et vous ne serez pas exposés aux tracasseries de la police. Je suis seul à décider de quelles manières chacun d'entre vous sera bien traité ou maltraité. C'est à vous de choisir. C'est le moment de vous épargner la prison et de me dire tout ce que vous savez, je dis bien tout. » Si ces gens ne brisaient pas la loi du silence, Sitarane déjouerait le flair des chiens et se fondrait dans la nature ; avec la forêt pour complice, il serait rocher, arbre, rivière, fantôme dans la mesure où, s'il fallait croire Fontaine, le sirop de cadavre le rendait invisible.

Avant même que le nommé Ambiry n'eût le temps d'adopter la meilleure attitude lorsqu'on est à genoux, face à une rangée de fusils, avec cette peur qui creuse dans l'âme, accélère le tremblement du corps, le canon de revolver de l'adjudant-chef lui écrasait déjà la tempe. Si étrange que cela puisse paraître, il cessa de trembler. La menace d'être abattu dans la lumière du soleil ne lui laissait guère le choix entre trépasser et trahir Sitarane. Ce n'était pas une trahison, en fait, juste la petite voix qui le priait de ne pas dilapider sa vie, de survivre d'une minute, d'une heure, d'un jour. Plus devant, il aviserait. Régler chaque problème à temps pour n'avoir rien à regretter. Enfant, il avait grandi dans l'Androy, le pays des épineux (du Sud malgache) qui lui avait appris à ne pas nager contre le courant et à se méfier du crocodile qui dort. Sous l'œil effaré des voisins, il s'épancha donc auprès de l'adjudant-chef Draguinot, il lui fournit d'inestimables renseignements sur Sitarane et Saint-Ange. Sans balbutier, il expliqua tout, déballa la vérité. Des mots à la bouche, il était délateur. Toujours cette aisance à parjurer, à dénoncer, à vouloir que quelqu'un vous ménage quelque perte. La langue ne tarit pas, dénoue une situation tendue à l'extrême. Ambiry l'avait si bien pendue qu'il ne pouvait plus la brider. Il ne se repentait même pas d'avoir trop parlé. Bla-bla-bla. Ses amis pensèrent qu'il n'avait pas seulement une infirmité au pied, au cœur aussi, celle-là était plus handicapante — une honte.

Peu après, les gendarmes revinrent bredouilles. Sitarane s'était évaporé dans le bois, s'y enfonçant, s'y terrant, s'y perdant, débarrassé de la matière de son corps. Ou alors, il courait vers les hautes plaines. L'adjudant-chef Draguinot rangea son arme et les félicitations qu'il eût aimé adresser à ses hommes. Son enthousiasme habituel avait fait place à une sorte de morosité. Il n'appréciait pas du tout la façon dont le Nègre africain lui avait faussé compagnie. Il ne se sentait pas à l'aise dans son uniforme ni fier de lui, mais il ne laissa rien paraître lorsqu'il annonça la nouvelle à l'adjoint Choppy : « Il est passé à travers les mailles, mais je parierai qu'il est encore dans le secteur. Ce n'est plus à présent qu'un jeu du chat et de la souris. Et, à ce jeu-là, j'ai des arguments devant qui les gredins plient tôt ou tard. » L'adjoint au maire répondit un « on verra bien » évasif. Une phrase qui n'éclairait pas l'avenir mais l'assombrissait.

Les deux hommes se replièrent sur leurs idées. Ils les examinèrent comme à la loupe, les écartèrent ou les combinèrent autrement, afin de voir un peu plus clair au fond d'eux-mêmes, incapables de rejeter cette solitude qui s'était abattue sur leurs larges épaules.

Tout à coup le matin fut glacial.

Il n'y eut autour d'eux qu'une terre hostile, et la brume se rassemblait sur les collines, avec la forêt, les remparts, les cratères, les fumerolles au sommet de la montagne, telle une blanche crinière.

Les mains des prisonniers liées dans le dos, on les poussa vers le chemin où les attendait une carriole à ridelles tirée par deux zébus. Les chiens aboyèrent et grognèrent, sans s'approcher des bottes ; au passage du convoi précédé de gendarmes à cheval, les femmes se signèrent. Il y avait plusieurs kilomètres à parcourir entre la grotte de la Chattoire et la prison de Saint-Pierre, mais l'adjudant-chef ne remania pas ses plans, malgré une victoire en demi-teinte. Traquer les larrons jusqu'au sommet du piton de la Fournaise. Les mettre hors d'état de nuire, puis les envoyer derrière les barreaux jusqu'à la fin de leurs jours, se dit-il, et il caressa la crosse de son arme en se dressant sur ses étriers. S'il échouait dans sa mission, une carrière moins brillante s'ouvrirait devant lui à Madagascar, en Afrique, en Cochinchine ou en Inde. Une telle mésaventure chagrinerait son épouse et ses enfants. Il les entendait déjà se plaindre de leur misérable sort, de leur vie gâchée. Il expira, rejeta l'air froid en même temps que ses craintes, rabaissa enfin le casque sur ses cernes qui s'élargissaient nuit après nuit.

L'adjoint Choppy les regarda partir, à pas lents et lourds ; il n'osa pas faire un geste de la main — un simple geste d'encouragement, et, tandis qu'un vent glacé le mordait, il pensait qu'il y avait quelque chose d'insolite dans cette affaire, et il se souvint de ce que lui avait confié la demoiselle Ernestine Généreuse à propos des forces nocives qui, présentes dans le jeu, donneraient du fil à retordre à la loi. On jouait une partie serrée, et on ne devait rien négliger pour la gagner. Quand il remonta dans son break attelé d'une jument alezane, il crut entendre la plainte des victimes dans son dos. C'était la voix du monde de l'au-delà qui lui rappelait cette vérité (une vérité de l'époque, bien sûr), à savoir que la pure justice n'est pas charitable, elle punit, réprime, châtie ; cette voix lui rappelait également qu'à un cri aigu et bizarre il fallait répondre immédiatement par un autre cri aussi aigu et bizarre. Dans ce cri, il y aurait la damnation. Seul le couperet l'arracherait aux disciples de Satan. Il jaillirait de leur bouche et révélerait une âme damnée. Il était d'accord pour dire que « la justice des hommes n'admet pas de pardon. Le pardon n'est pas juste ; la justice est liberté et une ».

C'est vrai qu'il y avait quelque chose d'anormal dans le matin, un peu comme si ce qui était mort faisait toujours partie de ce qui était vivant. Mais si la mort est une présence, que nous dit-elle ? se demanda l'adjoint Choppy. Il tira sur les rênes pour que la jument allonge le pas. Son costume d'élu du peuple était de plus en plus difficile à porter, le doute le rongeait lorsqu'il assistait ainsi impuissant à la fuite du temps, et pour la première fois il éprouva un sentiment de gâchis au cours d'une enquête dont les prémices dévoilaient la sauvagerie de l'homme. Les enquêteurs détenaient des coupables mais pas le cerveau sans lequel aucun des forfaits n'aurait été possible. Il se ressaisit, cependant, lorsque le visage, la voix, les mots de la demoiselle Ernestine Généreuse lui revinrent à la mémoire (« La lumière ne meurt jamais », lui avait-elle dit dans son luxueux boudoir), et il aurait juré que la Force demeurait vigilante plus que jamais. Il aimait cette Force-là. Autant que la loi. Autant que le règne de la justice.

8

Baba-sec

Revenue de son effroi, la population s'impatientait maintenant de voir Saint-Ange sous les verrous, et, après les aveux des huit nouvelles personnes écrouées, dont Zabèl, la compagne de Sitarane, quelques jours à peine le séparaient de la prison. Cette impatience — les représentants de l'ordre l'avaient lue ainsi —, était une tension vers un avenir paisible, comme après un cyclone, une éruption volcanique ou un tremblement de terre. Abominable absurdité contre laquelle il fallait lutter mois après mois, et rejeter avec force l'impression d'être vulnérable dès la nuit tombée. En conséquence, le souci de réussir un coup de maître qui frapperait l'imagination des créoles, les laisserait sans voix ou la bouche pleine de compliments, enjoignit l'adjudant-chef Draguinot à hausser la barre pour en finir avec la vision des chairs lacérées. C'était un devoir pour lui d'éradiquer le mal dans une île où les croyants mendiaient à un Dieu bon et miséricordieux sa compassion. Ils lui dédiaient un flux de prières, le bénissaient, l'honoraient. Le dimanche, sur le banc de l'église, ils reconnaissaient volontiers qu'ils vivaient dans le péché, aussi accomplissaient-ils des actes de propitiation, demandaient des messes pour le repos des âmes du purgatoire, et au moment du retour ils rasaient les murs le front bas afin d'éviter les mauvaises rencontres.

Dans chaque maison, le renforcement des portes à l'aide de plaques d'acier signifiait que la mort rôdait ; elle rôdait partout. Et le sentiment que cette nuit serait peut-être la dernière se transmettait d'un regard à l'autre, d'un bruit à l'autre, d'un silence à l'autre. On ressentait une gêne oppressante comme si on était assis dans sa chambre pendant que les meurtriers, attablés autour d'un bon repas, attendaient les douze coups de minuit pour tuer. Les nerfs à vif, on se sentait presque défunt. On se voyait agonisant ou mort, à mesure que le soleil déclinait. Si un chien glapissait, on se réveillait pour vérifier l'heure, et sans faiblir devant l'adversité on se regroupait pour réciter des dizaines et des dizaines d'Ave avec le chapelet béni par le curé Delpoux, toujours si prévenant.

Ce matin-là, avant l'aurore, les gendarmes bardés de cuir, de fer et de cordes, comme s'ils allaient guerroyer contre des tribus rebelles en Afrique noire, prirent la direction de la Rivière Saint-Louis. À pied et à cheval, une évidente excitation les forçait à activer le pas, et quelle allure! En tête de la troupe, l'adjudant-chef Draguinot, le Coq Bataille, était plutôt satisfait de lui. Les résultats de son enquête n'étaient pas reluisants mais pas catastrophiques non plus. À ce jour, il n'avait pas hésité à seller son cheval pour battre les chemins, à la poursuite d'un Sitarane qui demeurait introuvable. Il avait assisté aux interrogatoires dans le cabinet du juge et renseigné M. Choppy, l'adjoint au maire de Saint-Pierre, heure après heure. Il lui appartenait aujourd'hui d'inverser le destin. Recherchant le triomphe de la loi sur la barbarie, il se dressait de temps en temps sur ses étriers pour prouver sa volonté d'embastiller les criminels. Que chacun puisse dormir du sommeil du juste, semblait-il dire aux curieux qui, debout ou accroupis devant les paillotes, le regardaient avec insistance, admiratifs. Lorsqu'une population démoralisée attend autant de vous, depuis si longtemps, vous n'avez pas le droit d'échouer. Et, pour que la réussite fût de son côté, l'adjudant-chef, si déterminé à répondre à cette attente, avait fourbi ses armes et élaboré de nombreux plans d'action à partir de sources d'information sûres. Dans la situation présente, en effet, il était déconseillé de se lancer dans l'aléatoire, de se fier à l'inspiration ou au petit bonheur la chance. Il n'essaierait même pas ; c'était trop risqué.

Pour stimuler ses hommes, il ôta son casque, le brandit en direction de la montagne où l'exploit les attendait. Il trottait vers quelque chose de revigorant qu'on pourrait appeler la récompense de ses efforts, ferme dans ses desseins, quoique le visage crispé, c'est normal par cette journée qui s'annonçait imprédictible. Quand, après avoir remis son casque, il commença à sonder le sous-bois, on le vit espérer de nouveau. On aurait même dit que la victoire cheminait suffisamment près de lui pour qu'il la reconnaisse, et l'aime.

La montagne était une muraille, laquelle ne présentait pas le moindre enfoncement qui pût servir de refuge aux tueurs. C'étaient des falaises abruptes que pluies et vents minaient avec la complicité du temps. L'air se raréfiait ; le soleil piquait la peau. Le regard n'accrochait aucun horizon. Tout était pentu, vertical, vertigineux. En contrebas du chemin pierreux, à l'aise dans son lit, la rivière s'écoulait entre les arbres, comme une zone interdite dans un splendide jardin. Elle épousait les ruptures de pente, corrodait la berge sinueuse, contournait les rochers dans une écume aussi blanche que le vol des pailles-en-queues qui, apeurés par le pas des chevaux ferrés, caressaient les hauts sommets.

L'adjudant-chef Draguinot s'était porté sur la droite. Il chaussa ses jumelles et signala une case isolée derrière un rideau d'arbustes et de chokas. Il descendit de cheval et ses hommes l'imitèrent. Ils prirent leurs armes et se dépêchèrent dans la sente qui longeait le torrent fougueux. Sans guide. Sans émerveillement à la vue du spectacle. Rien ne pouvait les distraire de leur but. Tantôt une cascade tombait au-dessus de leur casque. Tantôt l'eau réfléchissait une lumière aveuglante. Tantôt des oiseaux jaillissaient des touffes d'herbe. Tantôt un abîme s'ouvrait derrière les épineux. On s'imagine bien qu'ils n'étaient pas triés pour l'infanterie d'élite. Oui, mais on sait à présent les valeurs pour lesquelles l'adjudant-chef eût sacrifié sa vie : amour de la justice, de la colonie, de la patrie. Ne souhaitant pas se faire repérer trop tôt par la fripouille, il avait emprunté le sentier muletier, s'agrippait à une branche ou à une racine, choisissait la pierre où poser le pied pour ne pas glisser dans le précipice, bêtement. Dans son entourage, juste pour le taquiner, on disait très gentiment qu'il ne lui manquait qu'une grosse moustache pour faire un gendarme parfait. Une moustache et une belle prise. Il en rêvait depuis des mois. Ce rêve ne le quittait plus, c'était une obsession, et il soutenait ses hommes qui peinaient dans un terrain accidenté.

Il rêvait et l'on rêvait; il s'arrêtait pour écouter et l'on s'arrêtait pour écouter; il épongeait son visage en sueur et l'on épongeait son visage en sueur. Il donnait la mesure à la manière d'un balancier de métronome. Après son échec à la Chattoire, doutait-il du succès de l'expédition? Non, pas lui. S'il marquait une courte pause, c'était pour prendre la meilleure résolution; lorsqu'il relevait son casque, il découvrait un front large habitué à se faire obéir sans élever le ton, mais avec une vraie autorité. C'était un homme à poigne dont le sang-froid était aussi séduisant que son aplomb. Celui qui aurait voulu broncher se taisait. Celui qui aurait voulu trépigner de rage demeurait au garde-à-vous. Comme tous les adjudants-chefs, à de rares exceptions près, il n'aboyait que par respect de la tradition, et il lui semblait nettement préférable d'être fait sur le même moule — celui de la gendarmerie coloniale qui avait fait ses preuves —, plutôt que d'être considéré comme un original disposé à briser le moule dans lequel la vie l'avait jeté au sortir de l'école, ou comme un de ces capricieux qui crachent dans la soupe. Pour prendre du galon, il avait dû trimer, pensez qu'à quinze ans il était déjà dans la caserne de cavalerie. Que n'aurait-il pas sacrifié à sa carrière ? Peut-être tout, excepté l'avenir de ses enfants. Une promotion l'autoriserait à rentrer en France, ainsi pourrait-il leur offrir une éducation convenable. C'est bien de voyager dans les îles et les archipels qui ne figurent pas sur la carte du globe ; c'est bien de voir du pays, mais c'est un gros handicap pour les enfants, se dit-il encore, et il se retourna pour s'assurer que la troupe avançait à une bonne cadence.

Après une demi-heure de marche, les gendarmes débouchèrent d'un sous-bois à l'arrière d'une cour. Sans incident de parcours. La première surprise fut de trouver la case déserte, porte fermée. L'adjudant-chef s'étonna qu'il n'advînt rien pour le surprendre, l'obliger à attaquer, à contre-attaquer. Et ce silence, effroyable. Il était si astreignant qu'il semblait que nul bruit ne pourrait plus tomber du ciel ou naître des eaux de la rivière. La traque a-t-elle acculé Saint-Ange au suicide ou à la fuite ? se demanda l'adjudant-chef Draguinot. Suicide ou fuite, il l'avait frustré d'une arrestation musclée (ce genre d'arrestation n'avait-il pas fait la gloire des gendarmes sous tous les cieux ?), alors il évacua sa déception sur la porte de bois. Un coup de pied, et les planches cédèrent. Des odeurs de brûlé, de moisi, de renfermé, de tombes profanées, jusqu'à avoir le cœur au bord des lèvres, s'exhalaient de la vaste pièce. Il avait également flairé des émanations fétides, celles de plantes séchées, d'insectes, d'animaux macérés dans du rhum-alambic. Puis des vapeurs de fruits mêlées à on ne sait quelle nauséabonde viande avariée. Puis la puanteur du sirop de cadavre, les miasmes des fossés croupissants. Tout cela sentait le remugle, baignait dans une atmosphère de relent pestilentiel, le sorcier-guérisseur ayant pratiqué la sorcellerie dans sa case. Il y avait ici et là (outre le baba-sec), des paquets d'os qui provenaient de dépouilles d'enfants, et des fioles dont aucune étiquette ne mentionnait le contenu.

L'adjudant-chef Draguinot examina le sol, le lit, les livres, les bocaux, le jeu de cartes, les meubles recouverts de poussière. Ensuite, sans quitter des yeux le squelette suspendu à une poutre, il tint conciliabule pour décider de quel côté orienter les recherches. Pas d'indices ni de traces. Qu'allaient-ils faire ? Il n'était pas question de rentrer bredouilles, de se lamenter, de s'excuser, de s'exposer une fois de plus à la risée de la population, du juge, des politiques, ni de baisser le front, ni de dévier le regard lors d'une rencontre dans la rue. Les gendarmes épinglent les suspects ; la police les interroge ; le tribunal les condamne ou les relâche s'ils sont innocents. Retournez la proposition, elle restera vraie. L'adjudant-chef le savait bien. Il prit une carte dans le jeu posé sur le guéridon. C'était un roi de pique, la carte fétiche de Saint-Ange (d'après les dépositions recueillies auprès de Fontaine). Il la déchira, éparpilla les morceaux sur le sol en disant qu'il réduirait le sorcier à crier merci. Le monstre-accro-au-sang était dans les environs, il le sentait. Il avait humé l'odeur de la bête aux abois, le voilà chasseur sous le ciel d'un bleu enivrant, et le vol des oiseaux qui fusaient des nids paraissait lui indiquer l'itinéraire à suivre sur les pentes. Il eut l'impression que l'île lui tendait la main pour qu'une même loi gouverne les peuples de la terre : la loi de la vie. Il y eut dans son cœur une confiance, une reconnaissance, une dette envers ses supérieurs qui l'avaient envoyé dans un pays du bout du monde pour défendre et servir une cause juste, bref, faire défiler les meurtriers devant le tribunal, le chef de bande en tête, une mission des plus exaltantes pour un gendarme.

L'adjudant-chef et ses hommes avaient repris possession du paysage, ils crapahutaient, ahanaient, le visage rouge. Ce feu qui leur brûlait la peau. Ce vertige qui les saisissait sur les hauteurs. Cet air, cet éblouissement qui grisait. Tout à coup, des cris montèrent du pied de la falaise. C'est terrorisant, des cris dans le silence, en des parages où ne vit aucune âme, où l'on n'est pas en sécurité, où tout ce qui peut vous surprendre relève de l'imprévu et de l'imprévisible, où ce que vous entendez semble provenir d'en bas, mais l'inattendu pourrait aussi vous tomber dessus dès le moment où la montagne est elle-même une menace. Des plaintes en des lieux si retirés de votre esprit où aucune hypothèse n'est plus à exclure, où la pensée perd sa limpidité et la raison sa lucidité, où vous ne reviendrez pas de votre surprise, selon vos propres prévisions.

Planté en plein soleil, du côté de la berge où se déployaient des aloès, avec des tisserins et des merles dans les branches, l'adjudant-chef se disait qu'il n'avait pas fait fausse route. C'était réconfortant pour lui de réentendre l'adjoint Choppy lui assurer, d'un ton persuasif, que c'était ici même qu'il aurait le plus de chance de piéger Saint-

Ange Gardien, nulle part ailleurs, et d'accrocher un nouveau trophée à son tableau de chasse, pourquoi pas.

L'adjudant-chef écouta encore, mais il ne sut dire ce que traduisaient ces cris. Une chose était sûre, ils l'invitaient à rattraper son retard, à se rapprocher du secteur pour découvrir l'aigu d'une voix placée sous la torture, ou quelque chose de ressemblant. Ses doigts, sous l'effet de l'orgueil piqué au vif, se crispèrent sur les jumelles qui fouillaient les bosquets, mètre après mètre, jusqu'à la seconde près où il vit une sorte de jeu malsain avec la souffrance et la mort, un jeu saugrenu, car là-bas on jouait à pendre un individu à la branche d'un arbre. On l'injuriait. On lui crachait et pissait dessus. On bafouait sa dignité. Quel qualificatif donner à ce spectacle? Dans la perversité, n'est-on pas à la fois victime et bourreau? Face à la bêtise humaine, on est plus enclin à se fâcher qu'à rire gras, se dit l'adjudant-chef qui se fâcha tout rouge.

« Suivez-moi! » ordonna-t-il à ses hommes qui, ne l'ayant jamais vu avec un visage si congestionné, s'empressèrent de réajuster leur casque avant de dévaler la pente. Une telle bêtise doit faire courir tout gendarme, se dit l'adjudant-chef. Courir comme un dératé, un lapin, un lièvre, un zèbre... Ces stéréotypes qu'il reprenait à son compte lui fouettaient le sang, envoyaient dans ses veines une force neuve, et derrière lui on dut consentir un bel effort pour suivre la cadence et adapter son trot au trot impérial du chef. Le souffle au ras des lèvres, ils couraient encore. Sûrs d'eux, ils s'élançaient vers le bas de la falaise parce que leur principale fonction consistait à rétablir l'ordre.

Ni mouvement ni bruit ne devaient échapper à la vigilance de la gendarmerie coloniale qui arrivait rarement après la bataille. Que ce fût ici ou ailleurs, elle rappellerait toujours la loi de façon légitime et impartiale : « La défense est de droit, la vengeance est infâme. » La morale du devoir l'aiguillonnait en tous lieux, et la voilà qui accourait comme un seul homme.

La voilà sur la scène de l'infamie, enfin.

Il y eut des sauve-qui-peut, et les cris s'enfuirent vers les boqueteaux. Les rires grinçants également. On redoutait les escarmouches avec les casques, ainsi que les coups de crosse et les menottes.

L'adjudant-chef Draguinot pensa qu'il était inutile de traquer des fuyards aussi vils que poltrons. Il valait mieux économiser son énergie, d'autant que le type qui gigotait au bout de la corde comme une marionnette, asphyxié par strangulation, la langue pendante, le teint violacé, la figure couverte de crachats, le bas du pantalon souillé d'urine, n'en pouvait plus de souffrir. Il réalisa à quel point la mission civilisatrice de la France était incontournable dans la colonie. Qu'il le veuille ou non, il devait endosser la responsabilité d'un redresseur de torts, d'un défenseur de la veuve et de... Une voix de gendarme, sur l'arbre perchée, sollicita la permission de couper le nœud coulant.

« Mais coupez, sacrebleu ! aboya-t-il. Coupez donc ! »

La corde tranchée, le pendu tomba. Il porta la main à sa gorge, inspira l'air par la bouche, avidement, comme quelqu'un qui est resté longtemps la tête sous l'eau. On lui ôta le maudit nœud, et il renoua avec la vie, tout le cou stigmatisé de meurtrissures rougeâtres. L'adjudant-chef s'approcha, curieux. Il fixa les souliers et les vêtements mouillés, pensif. Le signalement que Fontaine lui avait donné de cet énergumène, dans le bureau du juge d'instruction, était fidèle à la réalité, un personnage odieux d'une tragédie lamentable. À observer Saint-Ange Gardien tassé sur lui-même, l'adjudant-chef se dit alors : À présent, il n'ignore plus que la quête du pouvoir est illusoire, et qu'on ne peut agrandir son territoire par le crime. Un jour ou l'autre, plus vite qu'on ne le croit, le sang versé appelle la sanction de la société si ce n'est celle de sa conscience.

Cet homme, qui lui semblait quelconque, minable, rebutant, n'avait pas hésité à tuer dans le but d'assouvir les êtres invisibles. Il se croyait être au-dessus des lois parce que l'indigence et l'ignorance avaient suscité chez les créoles le besoin de craindre quelqu'un, fût-il un charlatan, le besoin de consulter un tisaneur qui les avait emprisonnés dans l'espace délétère de la sorcellerie et mis comme en quarantaine. Il prétendait guérir leur corps, mais il les contraignait à s'enliser chaque jour un peu plus dans le fait-noir ; lui, un sorcier redouté et révéré à la fois, qui les avait embobinés, dupés, pigeonnés ; lui, un manipulateur si savant à entortiller les gens simples d'esprit, à genoux devant Balouga qui régnait sur une île où fourmillaient ses serviteurs zélés — des épaves.

Aujourd'hui, par un admirable retournement de la situation, c'était Saint-Ange le baba-sec, et il avait si bien dansé au bout de la corde raide qu'il n'était plus que l'ombre de lui-même, un simulacre de sorcier-guérisseur, un pantin désarticulé, un squelette déplorable, insufflant un tel sentiment de répulsion, ces yeux vitreux, ces lèvres sales, cette vilaine barbe de plusieurs jours qui lui dévorait les joues, tout en lui symbolisait un rêve fou qui avait tourné à sa déconfiture ; outre cela, il était en bonne compagnie, celle de gendarmes qui séviraient à la moindre incartade. Pourquoi ne pas coopérer ? se demanda Saint-Ange, et tandis qu'il réfléchissait, le talon d'une botte pointure 44 lui frôla le visage.

La chute l'avait brusquement tiré de son rêve de gloriole, il se voyait maintenant tel qu'il était sous le dur regard des gendarmes, sidéré de s'apercevoir qu'une paire de menottes l'attendait, et d'entendre des rires du côté de la clairière. Son sirop si délectable, sa poudre jaune, ses mises en scène à la croisée des chemins, ses conversations secrètes avec le démon, tout cela lui parut insignifiant, comme autant de mensonges à lui-même, et son nid de chokas, ses tisaneries, son art divinatoire, sa notoriété, d'une suffisance navrante, celle d'une crapule titillée à l'endroit le plus sensible : son amour-propre.

Heureusement que l'infatuation s'accompagne quelquefois de stupidité et, avec obstination, on creuse sa tombe. Le sorcier contemplait d'un œil morne, tuméfié, désabusé, son avenir proche, avec le sentiment que, pareil au cerf-volant qui, balayé par le vent, décrit des cercles dans sa descente, pique du nez dans la broussaille comme quelque chose qui s'écrase au sol, puis disparaît dans l'indifférence générale, lui, Saint-Ange Gardien, il ne pouvait plus se mouvoir de sa propre volonté. Qu'ont-ils à me zieuter comme ça? se dit-il en tournant la tête, inquiet du bruit des bottes. Il eut l'impression d'être un animal qui sent se refermer sur lui les mâchoires d'un piège à broyer chair et os. Le cliquetis d'une arme le bouleversa. Dès lors, il ne savait plus que faire. Ou alors, il ne le savait que trop. Les cris, les rires, les insultes de ceux-là qui l'avaient hissé au bout d'une corde résonnaient en lui comme autant de menaces. Il avait pris sa décision, et s'il défendait finement sa position, peut-être sauverait-il sa tête. Ce diable de *peut-être* l'irritait beaucoup, mais il ne laissa rien paraître ; il rampa et s'assit le dos appuyé contre le tronc de l'arbre qui donnait de l'ombre.

Pour qu'on ne l'accable pas de coups traîtres et revanchards, il feignit de se tortiller de douleur, la gorge sèche et du vague dans les yeux. Quel piètre comédien ! Mais rien de plus normal, au fond, puisque ses rêves s'étaient effondrés au soleil. Ce matin-là, il sentit fuir entre ses doigts ce en quoi il avait cru jusqu'à ce jour, les rites macabres, l'alchimie vénéneuse des plantes, les croyances superstitieuses, les pensées magiques, la prééminence du mal sur le bien, et il se réfugia dans la vilenie. Tout d'abord, nier le sang bu pour sceller un pacte, renier l'alliance avec Balouga, des fadaises. Ensuite, dénoncer avant d'être dénoncé. Enfin, mentir pour ne pas mourir. Une envie de vivre s'était emparée de lui. Il remua les lèvres, implora en vain l'appui du roi de pique. (Il ignorait que l'adjudant-chef avait déchiré en morceaux sa carte fétiche.) Qu'une voix amie lui dise à l'oreille que la décollation ne serait pas pour lui. Que, lors du procès, pour qu'il ne passe pas avec une aisance déconcertante de ses dialogues avec l'au-delà à une histoire de buveurs de sang, le tribunal ne se tromperait pas de coupable.

Oui, il désirait témoigner, parler tout son soûl pour éloigner la lame suspendue au-dessus de sa tête et remplir de sens cette nouvelle journée. En cet instant-là, il était en mesure de comprendre qu'il n'avait plus le choix : la loi avait vu dans son jeu. La loi triche, pensa-t-il. Il pencha la tête sur le côté, dans une attitude de prostration ou de soumission, écrasé par ce coup du sort, et il se dit, en fixant ses pieds qui portaient des traces et des odeurs d'urine, que des moments comme celui-ci sont les premiers pas vers la tombe ; ce sont les premières stations de son chemin de croix, comme s'il venait d'entrevoir le gibet sur lequel le larron fut crucifié à côté du Christ, et notre sorcier mécréant se mit à croire en Dieu. D'ores et déjà, il acceptait de payer sa dette vis-à-vis de la société, vis-à-vis des familles endeuillées et des enfants dont il avait éventré le cercueil la nuit pour voler leur squelette, parce que ses forfaits avaient jeté la consternation dans tout le pays, mais sa dette, il souhaitait la payer en passant le restant de sa vie dans un cachot. Qu'on ne lui inflige pas le châtiment de la guillotine !

Le dévisageant, l'adjudant-chef Draguinot se dit que Saint-Ange était une ordure comme Sitarane était une bête et Fontaine un beau fumier, c'était canaille et compagnie, mais ils avaient droit au jugement d'un procès équitable. Et qu'ils se méfient des juges. Il prit la gourde attachée à son ceinturon, dévissa le bouchon, offrit une gorgée d'eau à son prisonnier. En échange, il reçut un flot de paroles. Mots-cascades. Mots-fleuves. Ne pas prononcer un mot à double sens. Ne pas dire un mot pour un autre. Ne pas mâcher ses mots non plus, mais livrer le mot présent sur le bout de la langue. À l'ombre de l'arbre, Saint-Ange Gardien avait commencé à se confesser de ses « fautes », de ses « erreurs », de ses « péchés », non de ses meurtres. Mais de quoi était-il coupable ? Il tirait les cartes, préparait la poudre jaune, concoctait le sirop-le-mort, négociait avec les esprits maléfiques avant de suivre la « bonne lumière, le bon chemin... ». (Pour le déstabiliser, l'adjudant-chef l'interrompait de temps en temps.)

« C'est vous le chef de bande ?

— Mon capitaine, ai-je l'air d'un chef ?

— Non, pas vraiment... Je suis adjudant-chef, pas capitaine. Mais aujourd'hui, on ne sait plus qui a l'air de quoi dans ce pays gouverné par des démons, ni qui a brouillé les cartes. Il me faut un nom !

— C'est Sitarane, mon capi... mon adjudant... mon

adjudant-chef. Oui, le grand Sitarane. Le beau Sitarane.
Le fier Sitarane. Le Sitarane qui aime les bijoux, l'argent,
les femmes, le rhum-alambic, les morts, les morts-vivants.
Le poinçon à la main, il obéit aux ordres de Satan, boit
le sang du macchabée. C'est lui le chef, avec les pleins
pouvoirs.

— Et vous, vous êtes son bras droit?

— Ah non, Sitarane, comme je viens de le dire, obéit
à Satan; moi, je lui obéis pour les esprits, la poudre, le
sirop...

— Sitarane obéit à Satan, vous obéissez à Sitarane,
donc vous obéissez à Satan. Vous avez pensé à ça?

— Non, non, j'y avais pas pensé. Mais quand c'est
dit comme ça vient d'être dit, je comprends que je n'ai été
rien pour lui. Son bras droit c'est Fontaine. Parce que Fontaine est adroit de ses mains. Il vit avec la fille de Zabèl, qui
elle-même vit avec Sitarane. C'est une affaire de famille,
quoi.

— Où se cache-t-il?

— Fontaine?

— Non, pas Fontaine. Sitarane!

— Oui... bien sûr. Mais...

— Mais quoi?

— Si je parle, je suis un homme mort.

— Si vous ne parlez pas, vous êtes un homme mort
aussi, lança l'adjudant-chef en portant la main à son
revolver.

— Ce que je veux, c'est vivre.

— Et moi, je veux la vérité.

— Mon adjudant-chef, je le jure, je n'ai pas menti une
seule fois avec vous!» ajouta Saint-Ange qui demeura un
moment absent, l'air abattu, comme si ces mots vibraient en

lui d'une note angoissante, *si vous ne parlez pas, vous êtes un homme mort aussi... mort... mort... mort...*
Nouvelle goulée d'eau fraîche. Nouvelle cascade de mots. Nouvelle pique au cœur de Saint-Ange quand l'adjudant-chef fit semblant de manquer de patience. Le gendarme savait que, pour cette espèce de créature immonde, il était facile de transiger avec sa conscience, et l'idée de ficher un couteau dans le dos de ses camarades devenait légère, alléchante. Jouant sa vie à pile ou face, jamais le sorcier n'avait eu plus besoin de parjure que ce jour-là. Pile : Sitarane présenterait son cou à la guillotine. Face : lui, il sauverait sa mise. Le bourreau ne lui raserait pas le crâne, ni ne lui tendrait un verre de rhum et une dernière cigarette. La délation lui apparut comme la seule porte de sortie et fit naître en lui un sentiment de tranquillité. Du bout des lèvres, il consentit à s'octroyer malgré lui le rôle du complice (n'avait-on pas abusé de sa naïveté, de son amitié, de sa maîtrise des sciences occultes, de sa parfaite connaissance de la nature?), dans l'espoir qu'il réussirait à détourner de sa personne l'inclémence des juges. Ce rôle huila si bien les rouages de sa mémoire qu'il réclama de nouveau à boire. Il but, parla; il parla, et but encore. Il fallut prendre une deuxième gourde tant il avait grand'soif de dire sa vérité; il haletait presque. Finalement, à ses yeux, cela n'avait pas l'air d'une trahison. Ce qu'il recherchait avant tout pour éviter l'affreuse réalité, c'était un remontant dans le mensonge car, voyez-vous, la vie l'avait mis dans cette alternative : trahir ou mourir. Plutôt trahir!

C'est ainsi que l'adjudant-chef sut que, s'étant replié dans la grotte de la Chattoire, le Nègre africain s'y sentait en toute sécurité, hors d'atteinte des flammes de l'enfer, ivre de sa propre violence. Le riz, la viande fumée, le pain, les fruits, les bouteilles de vin volées lui permettraient d'y vivre pendant des semaines. Toutefois, après avoir demandé à ses hommes de reprendre le sentier, l'adjudant-chef se disait que la justice intervenait toujours au bon moment pour réprimer ou récompenser les actes. Dès demain, il irait déloger l'ignoble personnage de ses positions (il détestait le travail bâclé), convaincu que si dans la colonie les serviteurs de la Patrie, donc de Dieu, luttaient avec opiniâtreté et humilité, ils vaincraient. Il était dans un tel état d'exaltation que la fatigue n'appesantissait plus ses jambes. Il ne regardait plus Saint-Ange Gardien mais un point blanc très haut dans le ciel, le vol d'un paille-en-queue en pleine lumière. Le retour promettait d'être plus aisé que l'aller, d'autant que, en détruisant de jolis nids de fripouilles, il avait le sentiment de courir vers l'épilogue du drame.

9

La gueule du monstre

Sitarane dormait sereinement dans son lit d'ombres, et les quelques jours de solitude à manger, boire, fumer, cogiter, lui avaient fourni d'excellents motifs de s'y tenir, tout l'encourageait à entrevoir une accalmie jusqu'à ce qu'enfin, s'étant fait oublier, il pût replonger dans le crime. Aucun bruit discordant n'était parvenu à ses oreilles. Pas de danger en vue. Que cette atmosphère de miasmes. Le démon veillait et veillerait toujours à ce que ses frères honorent le pacte, se disait-il, et, de fait, la crainte d'être tué, ou d'être enterré vivant sous terre, ne l'effleura à aucun moment. Il ne redoutait pas la police. Selon lui, la grotte était un lieu sûr; un lieu saint. C'était un lieu sacré de par les liens subtils qu'il entretenait avec la mémoire de ses ancêtres vendus jadis comme esclaves, rappelons-le, aux maîtres blancs. Il se sentait invulnérable, comme si à la faveur de l'obscur il était dix, vingt, trente Sitarane. Et si personne ne divulguait le secret, les chasseurs passeraient près d'ici sans soupçonner sa présence.

Sitarane ne se mentait-il pas? Il se disait que, fusillée autrefois dans les bois, la liberté revivait aujourd'hui en lui, grandissait en lui. Comme il était dépositaire de l'histoire (au nom de quoi?), source de hauts faits et d'héroïsme, il portait la liberté en lui comme la femme porte l'enfant. Il lui promettait du soleil pour le matin, pour toujours et, bien sûr, il se battrait et mourrait pour elle. Qu'ils lâchent leurs chiens, et ils verraient sa colère exploser de tous côtés.

Car puissant il était, puissant il resterait. Il s'était persuadé que ses meurtres demeureraient impunis. Que la loi, endormie par la poudre jaune que Saint-Ange avait dû répandre dans les bureaux de la gendarmerie et du tribunal, serait inapte à le pourchasser, et même définitivement enfermée dans cette inaptitude. Fini la trépidation de la vie condamnée au carcan. Fini les bassesses. Fini la fuite. Et la vanité d'être admiré, un jour, occupait son esprit du matin au soir.

Prenant les dieux à témoin de la responsabilité qui pesait sur ses épaules, Sitarane psalmodiait les prières des morts-vivants pour que le sort lui soit favorable lorsque, le moment venu, il s'extirperait du ventre de la terre, et ce serait pour lui comme une seconde naissance. Quand la certitude d'avoir pris le bon sentier vous colle à l'âme (même s'il est ensablé, ensanglanté, parsemé de chairs putréfiées qui empuantissent l'air, comme le sont les sentiers de la guerre), et que vous possédez les armes pour revendiquer ce que vous présumez être votre bon droit, le carnage est plus aisé, stimulé par un jeu de justicier et le sentiment d'être à l'abri de toute mésaventure, d'où qu'elle vienne. Sitarane avait longé la route de la géhenne où tout est laid, terrifiant; où les ombres exsangues pleurent, où les oiseaux déchiquettent le foie de leur victime, lit-on dans des ouvrages sérieux. Il avait longé la route où le piton de la Fournaise gronde, la forêt brûle, le ciel s'enténèbre de cette obscurité propre au séjour des zombis. Il avait longé la maudite route où on tue, viole et boit du sang humain. La route où on défie les gendarmes, claque la porte au nez du bon sens et signe son arrêt de mort.

Mais cela, il ne pouvait pas l'admettre.

Sa lucidité l'ayant abandonné, il pensait que c'était plus

calme aux alentours. Il pensait que les lignes de son avenir étaient plus lisibles, et que l'Histoire, se rangeant de son côté, le hisserait au rang de ces personnages que nul n'oublie jamais. Ce héros que tout le monde envie, applaudit. Il se regardait agir, et se disait qu'on n'avait pas tout vu encore. Que ce n'était rien ce qu'on avait vu jusqu'à présent. Le meilleur était à venir pour lui; pour les gendarmes, ce serait le pire. Le pouvoir de la loi ne l'entraverait pas, ni le pouvoir de l'argent, ni le pouvoir de l'Église. Il était bien au-dessus de tout ça. Au-dessus de leurs bondieuseries. Il ne serait plus le nègre de la plantation, ni le bœuf qui tire la charrette. Il répondrait à la provocation par la provocation. Il frapperait fort et juste. Puis il inventerait une qualité de poudre à éblouir les juges; ils auraient des yeux couleur chair de mangoustan, qui rappelle la couleur du lait de la chèvre. Ils seraient angoissés de la facilité avec laquelle il passerait d'une ville à l'autre. Ils me croient à Saint-Pierre, se disait-il, et je suis à Saint-Louis. Ils me voient ici, mais d'autres me voient là-bas. Où suis-je en réalité? Malin celui qui pourra répondre à la question. Moi-même je ne saurais y répondre. Je suis et je ne suis pas. Ils me voient sans me voir, et ils pensent à tort qu'ils m'ont vu. Je vois sans me faire voir. Je suis un demi-diable qui porte le couteau, le poinçon, le poison, le pistolet, et quelle veine pour les nègres. L'île sera à eux pour de vrai. L'île est un volcan; je suis un volcan. Les nègres ont un volcan en eux, mais ils l'ignorent parce qu'ils ont traversé la mer dans les cales des bateaux. Dans ce que je dis tout bas, il y a la vérité de l'histoire, la mienne aussi, et je ne mens pas. Sitarane ne mentait pas : il se mentait. N'abusant personne d'autre que lui, le réveil serait d'une brutalité fulgurante. Il était, si nous pouvons user de cette image, son propre sorcier-manipulateur-de-soi. Sitarane jetait de la poudre aux yeux de Sitarane, la pensée embrouillée.

Le soir, une bougie éclairait le *lieu sacré* mais lui s'enfonçait dans les ténèbres. Une ample pièce de toile noire le drapait comme une statue, à l'antique, tandis que le châtiment approchait à grands pas.

Une nuit, plus exactement la veille de l'arrestation de Saint-Ange, aussitôt endormi sur sa paillasse posée à même le sol en terre battue, Sitarane avait rêvé de Lazare. De retour des champs où il était allé déterrer des racines, il avait été accueilli au portail par le chien sans qu'il eût besoin de le siffler. Il jappait tel un chiot, se frottait contre ses jambes, se roulait par terre, au point de lui donner envie de le caresser, de le gratter là où des puces l'avaient mordu, le mordaient. Mais soudain, piqué par on ne sait quelle guêpe, Lazare se redressa sur ses pattes, grogna, banda ses muscles pour bondir sur lui. Ce n'était plus le toutou gentillet et doux, mais un chien-loup-bouledogue des plus hargneux. À chaque aboiement, il s'enflait sur ses pattes, il s'enlaidissait, il redécouvrait la férocité de la bête armée de défenses pareilles à celles des sangliers. Sitarane pointa son fusil, tira, et les plombs de chasse dispersèrent la vilaine chair. À peine eut-il le temps de se réjouir que les lambeaux de chair se transformaient en des bêtes les unes plus affamées que les autres. Prenant chaque goutte de sang pour un vampire, il lâcha son arme et s'enfuit. Détaler plutôt que d'être mis en pièces en moins de deux. Sincèrement, il pensait s'être tiré d'affaire — sans une égratignure, et qu'importe s'il ne sentait plus ses jambes à déguerpir ainsi. D'habitude, quand l'horreur s'empare du rêve, on se réveille et constate que rien de ce qu'on a fait, dit, vu, entendu, n'épouse les contours de la réalité. Mais cette nuit-là, Sitarane ne put s'extirper de son rêve, convaincu que les chiens-vampires ne le rattraperaient pas. À vrai dire, ils ne souhaitaient pas le rattraper, mais le diriger vers la maison de ses victimes où il était attendu en haut des marches du perron. Et, d'une maison à l'autre, des êtres vêtus de blanc ou de rose, le teint hâve, les yeux vitreux, l'accusèrent du doigt : « C'est lui l'égorgeur ! C'est lui le buveur de sang ! » hurlèrent-ils.

Il se débarrassa de son sac, courut de plus belle, talonné par des grognements et mille autres accusations.

Au mitan de son rêve, sa course le mena jusqu'à la maison de M. Roussel où il buta contre l'obstination du gardien à l'affût derrière un arbre. Dans son dos, des crocs étincelants ; en face, la gueule d'un fusil. Il fonça sur son ennemi, le serra contre sa poitrine, mais plus il l'étreignait, plus la chair et les os se ramollissaient, tombaient en déliquescence. C'est alors qu'il se vit en train de se bagarrer avec le cadavre de Deltel. Comment terrasser une ombre ? La défaite lui tendait les bras. Ses mains passaient au travers du corps flasque, fétide, et ses coups faisaient jaillir du sang qui l'aveuglait. Lui brûlait le visage. Puis un cri le réveilla. Son propre cri. Il regarda autour de lui, l'air ahuri, et sa main trouva la bouteille de rhum qui lui tint compagnie jusqu'à l'aube.

À partir de cette nuit-là, tout était menaçant. Tout était épouvante dans la grotte où ne pénétrait ni bruit, ni lumière, ni murmure, et avec la journée qui s'étirait, s'émiettait, se fanait, comment garder sa raison ?

Désormais, le sommeil de Sitarane n'était plus fait de réconfort, mais de chutes inattendues dans les entrelacs du cauchemar. Il eut donc des signes avant-coureurs de sa disgrâce, mais il n'attribua pas une valeur prémonitoire à ses rêves, pas plus qu'il n'imagina, pendant qu'il en était encore temps, une manœuvre de repli — un repli stratégique pour être libre de ses mouvements et prolonger sa course, vivant parmi les vivants, et non vivant parmi les morts.

Puis un matin, l'esprit en alerte, Sitarane esquissa un rictus comme pour se dire que sa position n'était pas si inconfortable que ça. Il connaissait la galerie. Quand on pensait le voir ici, il était là-bas, et ainsi de suite. Dans ces profondeurs, un orgueil de nègre, une foi excessive dans les dieux des ancêtres qu'il appelait souvent à la rescousse. Il ne leur parlait pas en créole, mais dans la langue du pays natal. Il marmonnait des incantations, le couteau dans une main, et dans l'autre la bouteille de sirop de cadavre. Sa silhouette se confondait avec la pierre. Il se sentait regonflé par la présence d'âmes errantes avec lesquelles il traitait directement, témoins à décharge selon lui de ses promenades nocturnes sanglantes. Il aimerait revoir la lumière, mais une telle audace l'exposerait à des dangers. Il serait préférable qu'il s'isole, creuse, sue, pour que la grotte soit un labyrinthe d'allées tortueuses. Il n'y dormirait en paix qu'à ce prix, étant capable d'enterrer seul sa vie de vaurien sans qu'on l'aidât. La grotte : lieu poisseux où le soleil n'entrait pas, avec une puanteur de poubelle, des relents d'alcool, des roches suintantes, un avant-goût du cachot. La grotte : refuge crasseux mais imprenable selon lui, endroit rêvé pour se couper de la réalité, se disputer et se réconcilier avec soi dans la plus grande intimité, et ressasser de monstrueuses pensées.

De temps à autre, Sitarane fredonnait une vieille chanson africaine que sa mère lui avait apprise, une berceuse. Il mangeait, buvait ; il allait pisser quelques mètres plus loin, puis revenait à son coin d'ombre ; il toussait, se raclait la

gorge, et la paroi de la grotte était recouverte de crachats. Il éteignait une cigarette, en allumait une autre, et la
braise de sa cigarette était la seule lueur d'espoir qui brillait
entre ses doigts. Car pendant qu'il fumait, buvait, les contes
de l'enfance défilaient dans sa tête, si présents dans sa
mémoire. Comme un gosse qui a besoin d'être rassuré, ou
qui s'évade du réel par l'imagination, il en saisissait un, en
quête de légendes fondatrices, et le revivait intensément.

Écoutez ceci ! Qui n'a pas entendu l'histoire du roi des
rois, qui voyagea dans sept pays et maria sa fille unique à
sept seigneurs afin d'étendre son empire ? Le jour des noces,
il s'adressa à son sorcier attitré : « Dis, que dois-je faire ?
Je n'ai qu'une enfant. » Le sorcier le pria d'aller chercher un
chien, une chèvre, un chat, un rat, un bœuf, une poule, de
les réunir avec sa fille, puis de s'éloigner jusqu'à ce qu'il
vienne. Le roi rentra chez lui et suivit les bons conseils. Dès
son arrivée au palais, le sorcier s'attela à la tâche et ses
sortilèges donnèrent aux animaux une forme humaine. Il fit
appeler le roi et lança fièrement : « Voici vos sept filles ! »
Mais comme elles avaient toutes les mêmes habits, le même
corps de princesse, le même visage à traits fins, les mêmes
bijoux, le même sourire, le roi ne savait plus laquelle était à
lui, ni laquelle n'était pas à lui... Ah, il l'a eu, il l'a bien eu,
se disait Sitarane, joyeux. Un rat dans le corps d'une princesse ou une princesse dans le corps d'un rat, ça c'est fort ;
c'est très fort. Voilà un seigneur qui dort avec une chèvre
dans son lit. C'est encore plus fort. Viens ici, ma biquette,
viens par ici ! Quand il lui arrachera ses vêtements, alors
là, j'aimerais être là pour voir ça, pensait Sitarane en riant
de bon cœur. Et son rire emplissait la grotte. C'est vrai que
le peuple a besoin de rire ; les malfaiteurs aussi.

Chaque fois qu'il se remémorait cette histoire, Sitarane

enviait ces sorciers qui échafaudaient plus d'un tour de magie pour braver les puissants de ce monde dont le regard écrasait les petits comme des rats. Il se sentait un peu rat, se disait que personne ne réussirait à le faire devenir chèvre. Mais il se fourvoyait. Sa vie était à demi consumée, comme sa cigarette, et la loi ne le laisserait plus dormir en paix. De plus en plus étriquée serait sa marge de manœuvre. Mais lui il préférait lire son histoire à l'envers, par exemple il accordait aux contes un pouvoir démesuré sur le présent et l'avenir. Il le savait. Donc, sa liberté était une illusion; sa grotte, une prison. De plus, il ne pouvait pas délester sa pensée de projets de meurtres qui continuaient à le titiller dans la pénombre comme un aiguillon. Se tromper avec autant d'entêtement, c'était la rançon de ne plus être en mesure de penser juste. La mort était ancrée dans l'impro- bable, un dénouement déroutant dont il ignorait tout dès l'instant où il avait perdu le lien avec le monde extérieur, un territoire inconnu semblable à la savane où rôdent les grands fauves. Le bonheur pour lui c'était ce répit dans la solitude alors que ce n'était qu'un sursis. S'il remuait l'ombre de son ombre, il s'exposerait à un péril car sa liberté finis- sait là où finissait la grotte. En avait-il pris conscience? À le voir ainsi le dos au mur, cloué sur place tel un cloporte, un soleil moribond dans la tête, on répondrait oui, et cette froi- deur en lui, sachant ce qui lui manquait. Ce n'était pas la chair de Zabèl (il avait sous la main du rhum-alambic), ni la science et la prescience de Saint-Ange (il avait un sachet de poudre jaune dans sa poche); ce n'était pas le vilebrequin de Fontaine, ni son habileté à percer des trous. C'était quelque chose de rare qui enivre, une odeur qui flatte la perversité, les narines se dilatent; c'était cette hideur qui rend si excitant le contact entre un homme et un cadavre.

La nuit, Sitarane restait longtemps allongé sans dormir. La paroi rocheuse suintait goutte à goutte ; il entendait le bruit de l'eau comme si la grotte pleurait, pleurait. Des jours succédaient aux jours, et d'autres nuits blanches. Il portait en lui un soleil cadavérique après s'être éreinté à se bagarrer contre l'ennui. À se bagarrer contre son fantôme qui lui chuchotait : « Allez, viens donc ! » Il tétait sa bouteille pour que l'image disparaisse devant son regard voilé. En vain. Le jour et la nuit semblaient confondus, et la paroi ne s'éclaircissait à aucun moment de la journée. Rien n'était translucide à l'entour ; tout était compact, opaque, ténébreux, comme si l'ennemi avait enveloppé la grotte de la Chattoire dans une couverture de suie qui ne laissait filtrer aucune lumière.

Puis, un matin, Sitarane avait perçu un autre bruit que le bruit des gouttes d'eau sur le sol. Son cœur tapait si fort qu'il y avait appuyé la main pour le contenir, et la minute suivante il s'employait à entailler la roche avec son long couteau et son poinçon. Qu'il creuse ou assassine c'était le même geste, le même acharnement, la même frénésie. Trouer, blesser, taillader la chair de la terre. La faire s'écrouler. La faire s'écouler en larmes de boue et de sang. Les dames Férons brûlées vives dans leur lit. Deltel, égorgé à la veille de son mariage. Les époux Robert, foudroyés en pleine jeunesse. Maisons pillées. Cadavre profané. Sang bu. Sitarane tentait de justifier ses actes en se disant qu'il avait rendu coup pour coup et amassé des tas de souvenirs. Il avait réorienté son destin pour parler au nom des nègres. Il avait répondu à leur appel. Il les avait convoqués à l'heure des règlements de comptes. Il les avait vengés. Il leur avait offert une nouvelle dignité (laquelle ? on n'en savait rien). Il avait défié la loi et provoqué la mort qui le guettait à chaque tournant. Et nargué les gendarmes en les égarant dans des sentiers sans but. Et semé la douleur dans les maisons à lambrequins, à magasins de café, à caves à provisions. Il avait banni la pitié de sa vie, la bonté — et ne se ferait aucun scrupule de tuer d'autres personnes comme des chiens. Sa main n'avait pas tremblé à ôter la vie, comme elle ne tremblait pas à entamer la paroi rocheuse; le trou s'élargissait à mesure qu'il frappait. Quand il suspendait son geste, le silence était tel qu'on croyait entendre gémir la terre. Ce silence qui s'alourdissait au fil des heures. Cette poussière qui buvait sa sueur. Ces ombres qu'il embrassait à chaque mètre gagné sur la roche, et il fixait le trou comme on fixe une tombe. Il prenait une poignée de terre et la regardait à la lueur de la bougie. Cette terre était sienne. Par l'odeur qu'elle exhalait, il renouait avec la morgue, se moquait des gendarmes qui le pistaient, un bataillon dans la plaine, un autre sur la colline, un autre encore au sommet du piton de la Fournaise. Dans leur charge de cavalerie, ils le piétineraient tel un serpent. Mais il avait confiance. S'il se planquait, il n'aurait pas à trembloter. Creuser jusqu'à atteindre la mer et voir l'horizon. Creuser jusqu'à se jeter à l'eau et nager avec la souplesse du crocodile vers la liberté qui, le grisant, le ferait nager encore plus vite vers les côtes du Mozambique.

Sa force ne fléchissait pas. Le poinçon ne se fatiguait pas, mais le noir devenait plus noir. Un noir dévorant. Il en était bouleversé. Mains moites. Sueurs aigres. Ne s'autoriser aucune pause, pourtant. Le monde de dehors l'appelait quelquefois. Et lorsque sa vie de gardien lui revenait à la mémoire, il revoyait l'habitation de la dame Hoarau. Puis le vert des champs de cannes. Le temps à soi dans le sentier, à l'ombre des manguiers. L'envie d'une femme aussi. Peut-être avait-il trop tardé à se mettre à la tâche afin de revoir le ciel transparent, la surface bleue de la mer et la ligne d'horizon. Il ne le pensait pas. En tout cas, la terre ne lui résistait pas. Oui, la creuser jusqu'à mériter sa liberté. Jusqu'à la voir s'ouvrir à la lumière comme s'ouvre un ventre de femme. Où est-elle, Zabèl? se demanda-t-il. Qui trahit-elle? Car elle est capable de le trahir, de dire n'importe quoi, maintenant. Elle peut dire ce qu'elle veut. Elle peut dire tout ce qui lui trotte par la tête. Elle peut le balancer à la police. C'est même la première chose qu'elle va faire quand elle sera en présence du commissaire ou du juge. Ah, ce défaut qu'elle a de passer ses journées à cancaner, se dit-il encore. Mais il n'avait plus à regarder dans la direction de sa compagne. Il avait tué son chien, et l'avait maltraitée, elle, plus d'une fois. C'était du passé. Son instinct l'obligeait à s'attaquer à la pierre pour qu'il n'aille pas en prison, ni ne retourne à la poussière avant que son heure ne soit venue. Il se cramponnait à cette idée pour libérer son corps de l'ombre. Seul ce boyau exigu, cette excavation humide le tirerait de ce mauvais pas. Seule cette béance lui procurerait un peu d'espoir. Quel espoir? Il n'y avait rien pour lui faire réaliser à quel point il était en train de creuser sa tombe. Bête pourchassée, il ignorait que les gendarmes avaient bloqué les sorties de la grotte.

C'était cela, mais il l'ignorait : il était seul. C'était sa punition, dès le jour où il s'était refugié dans la grotte.

Il avait été un peu plus seul chaque jour, avec le couteau et le poinçon ; il était terriblement seul, accroupi au fond de ce trou boueux, maître de son destin selon lui, mais pas à la cime d'un piton ou sur une plage de sable, non, il patientait dans le sinistre corridor de la mort, même s'il ne cessait de se dire que d'ici quelques semaines il serait ailleurs.

D'où venaient-elles ces voix d'outre-tombe? Un pan de mur obstruait le passage, avec un filet d'eau et des excréments de chauves-souris. Hier encore, il courait dans les sentiers, à travers champs et bois; il plongeait dans l'eau diaphane de la cascade; il voyait des visages craintifs ou admiratifs, l'éclat du soleil et la clarté de la lune, et aujourd'hui cette prison souterraine. Que s'était-il passé? Avait-il fait un faux pas? Lequel? « Zabèl! » grognonna-t-il. Mais ni la pierre ni la chauve-souris ne lui répondit.

C'était cela être seul, vraiment.

Quant à l'adjudant-chef Draguinot, désireux de montrer qu'il était à la hauteur de sa réputation méritée après l'arrestation de Saint-Ange, il avait invité l'adjoint Choppy à assister à l'opération baptisée « rat musqué », d'autant que, face à Sitarane qui jouait sa dernière carte, lui, il possédait plusieurs atouts : des renseignements fiables, des hommes disciplinés, deux chiens dressés, et Zabèl, la concubine du Mozambicain, qui avait accepté de l'accompagner sur le terrain. Elle était le joker qu'il n'hésiterait pas à sortir, estimant être le maître en ces lieux, après Dieu, et il y commanderait à sa manière.

L'adjoint Choppy, qui se tenait à l'écart de l'agitation des casques, suait sous son chapeau et dans son costume de ville. Pourvu que la victoire soit de notre côté, se dit-il. S'ils venaient à échouer, il n'aurait pas le courage d'affronter le maire, le conseil municipal, les administrés. Et quoi leur dire de plus? Il leur avait tout dit, tout garanti, tout juré, et il lui tardait que cette enquête soit achevée. Qu'il voie le bout du tunnel. Il eut une pensée pour Ernestine Généreuse, celle dont la clairvoyance était d'une rare acuité. Elle avait une personnalité, un don, et ses révélations pouvaient modifier le cours du destin. La fin du cauchemar était également son affaire, et elle s'y était intéressée avec intelligence. De la savoir à leurs côtés, la confiance s'amenait au triple galop. L'espoir de vivre autre chose nourrissait le sentiment que les gendarmes abattraient le monstre à coups de crosse et d'articles de loi, ils le dompteraient, ils le garrotteraient, le châtreraient, le châtieraient. Après des heures à y penser dans son bureau, à en parler avec ses proches, ce jour pourrait être l'un des plus beaux jours de sa vie.

Pour cet élu du peuple, comme pour les gendarmes, les bienfaits de la civilisation française dans cette colonie ne porteraient leurs fruits que si la loi réprimait la turpitude, la luxure, les délits, tout ce qui était attentat au droit d'autrui, désordre, déraison, violence. Le triomphe du bien sur le mal rendrait les êtres plus dociles et plus lisibles, notamment ces hommes et ces femmes originaires de Madagascar et de l'Afrique. Pour lui, même s'il ne savait expliquer clairement pourquoi (en vérité, il ne voulait pas s'avouer que c'était l'un des préjugés les plus tenaces contre la population noire), les maux qui infectaient la blancheur coloniale venaient de ces gens. D'où la nécessité de brandir le sabre et le goupillon pour garder l'éden dans le giron de la France. Ses aïeux avaient vécu comme entre parenthèses lors de l'occupation anglaise (1800-1805), et durant cinq ans ils s'étaient contentés de regarder le bonheur se dissiper dans le sillage des bateaux qui croisaient au large. Du jour au lendemain, l'avenir s'était retrouvé sans projets ; les rêves ne se partageaient plus : ils séchaient au soleil. Ce fut une longue période de frustration, à une époque où l'île éveillait les convoitises et où, délaissée par la métropole, elle sombrait dans une torpeur léthargique.

Plus jamais ça ! se dit l'adjoint Choppy en observant les

gendarmes qui se démenaient pour trouver une issue heureuse, ils peaufinaient leur plan d'attaque, ils se serraient les coudes comme si mille sagaies s'étaient dressées contre eux, sans compter les sorciers, tout un régiment.

À la dernière minute, l'adjudant-chef, plutôt que d'envoyer ses hommes en expédition dans la grotte, décida de confier ce rôle à l'un des chiens. Ce n'était pas l'un de ces roquets noirs comme du charbon, courts sur pattes, maigres et peureux, mais un mâle berger allemand au pelage noir et fauve, aussi faussement indifférent qu'un guépard qui chasse, habitué à l'air glacé des hauts, au clair-obscur, au danger qui surgit de nulle part. Le poil dense, rude et couché, il portait un collier sur lequel était gravé un numéro, mais pas de laisse. Assis sur son arrière-train au pied du maître-chien, il attendait ; il ressemblait à ces dogues racés, élevés dans les villes où l'on rencontre des prédateurs à tous les coins de rue, ou dans ces pays du monde où les dictateurs s'abritent derrière des rideaux de fer pour mitrailler la foule et faire régner la terreur.

Le mâle renifla un bout de tissu que son maître présenta devant son museau en lui tapotant sous le ventre. Il resta calme, le regard pareil à celui des squales dépourvus de sentimentalité. Né pour pister le fuyard, l'acculer au gouffre, le tuer, sa truffe disait qu'il avait déjà connu ce plaisir, ici ou sous d'autres cieux où flottait le drapeau tricolore, pour la gloire et la liberté de la patrie. Ce mâle avait beaucoup voyagé et, d'une colonie à l'autre, il avait sans doute laissé d'atroces souvenirs au sein de populations désemparées. Ce mâle avait sans doute déchiqueté de la chair nègre à satiété, sans aucun regret. Ce mâle avait égorgé des pendards avec ses dents qu'il ne montrait pas. Pas plus qu'il ne montrait la haine qu'on lui avait fourrée dans le crâne, méthodiquement. C'était un tueur, pas un buveur de sang. Il avait été dressé pour obéir aux ordres, explorer des galeries, des enfers, et se saisir de sa proie avec une froide insensibilité.

Le gendarme maître-chien qui, sous son casque colonial, avait le même regard que l'animal, ordonna : « Attaque ! » Sans agressivité dans la voix. Pas un mot ni un geste de plus. Aucun signe d'énervement ni chez l'homme ni chez la bête. Et le mâle s'en alla de ce pas s'acquitter de sa mission avec l'élégance du lion qui, dès qu'il paraît, transforme la forêt en un guêpier ; devant lui, la vie s'accélère et la mort rôde pour que nul ne conteste la morale de la fable qui prétend que la raison du plus fort est toujours la meilleure. Dès qu'il se déplace sur son territoire, le fatalisme de la savane reprend ses droits, et le vent fait courir dans les hautes herbes un chant de deuil. Une odeur de carnage. Ou bien on se trouve sur son chemin au mauvais endroit et au mauvais moment, et il faut agir très vite pour sauver sa carcasse ; ou bien il n'y a rien à redouter de la noble crinière qui passe, et la prudence recommande de ne pas bouger, ni gronder, ni même frémir en se recroquevillant sur sa peur, jusqu'à la prochaine alerte.

À l'instant précis où le mâle entra dans la grotte, le maître consulta sa montre de gousset comme si le chien et lui, qui travaillaient en équipe, devaient être plus forts que le temps. C'était à l'animal de se rappeler tout ce qu'il lui avait enseigné, de se débrouiller seul face aux embûches tendues par le nègre, d'analyser les données et de contre-attaquer de sa propre initiative. C'était à lui de rapporter le trophée pour qu'on raconte plus tard son épopée dans les chaumières, et le cite en exemple dans les écoles de dressage et le décore de la croix de guerre. C'était à lui de se fondre dans l'ombre emplie de toutes sortes d'odeurs putrides, voyant tout à force de vouloir tout voir, de se comporter en héros, puis de réapparaître sous les hourras comme s'il avait des ailes ou mille pattes. Ou des ailes et mille pattes. Un monstre de chien qui ne courait pas mais volait, une légende déjà. Il était impossible que l'assassin pût échapper à la science de la traque du chien qui étonnerait son monde. Il avait trop de qualités, n'est-ce pas? Le nègre est fait, comme un rat, pensa le maître, sûr de son enseignement, et selon ses alléchantes prévisions tout rentrerait bientôt dans l'ordre.

Les minutes s'égrenèrent lentement. Cette lenteur n'était pas du goût des gendarmes qui attendaient, revolver au poing. Ils fouillèrent dans leur mémoire, non, ils n'avaient pas de souvenirs de missions ratées par le chien. La réussite et le sentiment du devoir accompli illuminaient leur visage, leur uniforme, les galons dorés qu'ils portaient à l'épaule. Bien des années après leurs exploits, cette lumière demeurait intacte. On en parlait dans les chambrées, à la cantine, au foyer, au poste de garde, dans les états-majors, dans cette communauté fermée baptisée la caserne où la gendarmerie défilait la tête haute, au pas cadencé, et dans les regards on lisait combien chacun s'était escrimé à préserver le bien. C'était toujours le même refrain. Le même chant de la victoire tintait sous le casque colonial, le drapeau de la nation planté en terre inexplorée; le même sang du vaincu sur la baïonnette, le même roulement de tambour, la même sonnerie de trompettes qui, hier, incitaient les militaires à serrer les rangs, le petit doigt sur la couture du pantalon. Comme aujourd'hui devant la grotte. Les casques se remplissaient de chants, d'échos, de résonances venus d'un passé glorieux qui leur offrait une sorte d'éblouissement, la conscience de protéger une île tombée sous la coupe d'une bande de forcenés. Ce n'était pas comme la fierté qu'on pouvait ressentir pour sa patrie. C'était désintéressé puisqu'ils ne défendaient ni leur sol ni leurs maisons, cela avait une saveur singulière « à ne partager qu'avec ceux qui avaient guerroyé contre les sauvages. C'était l'orgueil de secourir les agneaux livrés à des loups », écrivit plus tard Aldo Leclerc dans son journal *La Patrie créole*.

L'adjudant-chef Draguinot n'était pas du genre à s'abandonner à d'amères réflexions, toutefois lui aussi commençait à trouver le temps long. Temps lourd tout à coup, incertain. Il ne coulait pas, il se traînait malade. Malade et maussade. Le temps se gâte, se dit-il, des rides au coin de l'œil. Parce que le berger allemand ne revenait pas. Chien de race, cependant; l'ennemi du fugitif. Chien-gendarme, employé dans des opérations isolées, à ses risques et périls. C'était un vrai commando, qui avait reçu plusieurs décorations. Chien fidèle, qui ne pensait qu'à sa fidélité envers son maître. Chien-soldat, qui allait au but avec un sens de l'obéissance exemplaire. L'adjudant-chef ne comprenait pas pourquoi le temps s'éternisait, il n'en voyait pas la fin. Pourtant ce chien, initié aux méthodes de combat sophistiquées, jamais il n'avait osé le fixer, ni le caresser dans le sens du poil, ni lui donner un ordre quelconque. Franchement, il l'avait vu à l'œuvre dans des conditions beaucoup plus périlleuses que celles-là, et il avait eu l'insigne honneur de féliciter et le chien et le maître-chien.

Dans le silence semé alentour, les oiseaux s'étaient tus.

Devant le temps qui traînassait, sans qu'on sache pourquoi, on crut voir un signe néfaste, avec le pressentiment de quelque chose qui viendrait tout gâcher (on évitait d'évoquer la mort), un signe perçu comme une catastrophe qu'on tentait de conjurer en pensant que le berger allemand s'en était bien tiré jusqu'à maintenant. C'était un guerrier. Il n'agissait pas avec témérité. Tout était calculé, analysé. Il faisait partie de ces chiens d'exception qui entraient à la Légion étrangère, sa photo publiée dans le magazine de l'armée.

Une heure passée, la patience vint à manquer. L'inquiétude finit par rembrunir les hommes qui persistaient malgré tout à croire que leur fidèle ami allait revenir d'un moment à l'autre. Ces mots sonnaient comme une prière, avec ce malaise si particulier lié à l'inéluctable. Le maître-chien était indécis, partagé entre le désir de rassurer son chef et le sentiment que, dans des moments aussi cruels, le mieux c'était de faire preuve d'humilité. Il ne disposait d'aucune information ni d'aucun plan de la grotte de la Chattoire. Pour ne rien cacher, il n'avait jamais connu une telle angoisse qui, face à l'absence de son chien précipité vers l'inconnu, ravageait ses nerfs et son optimisme. Son chien projeté vers d'hallucinantes vibrations. Entouré d'ombres volantes. Il avançait sur un terrain mouvant, miné, dans un monde de silence. Le maître-chien éprouvait de la difficulté à prendre une décision et, une moue dégoûtée lui tordant la bouche, les poings fermés dans le dos, il se demandait s'il n'avait pas commis une bévue. Mais laquelle ? Peut-être celle d'avoir sous-estimé l'ennemi qui, plus irréductible qu'on ne l'imaginait, s'était retranché derrière des fortifications. Pendant que le maître-chien patientait, depuis une éternité, semblait-il, son visage gris cendre se creusait à force de vouloir canaliser des bourrasques d'humeur abominable.

L'adjudant-chef Draguinot le tira de son irrésolution en lui chuchotant que Sitarane avait dû se servir de la poudre pour endormir le berger allemand, le neutraliser (ou l'éliminer ?) sans qu'il eût le temps de bondir, de mordre, d'étrangler, comme s'il s'était couché de son plein gré, oubliant tout le reste. Si on n'excluait pas cette hypothèse, il fallait bien se rendre à l'évidence : sa mission était momentanément terminée. Cette petite phrase, même si l'adverbe venait corriger le côté tragique, se mit à bouillonner dans le cerveau du maître-chien qui ne pouvait supporter un tel échec, qu'il considérait comme un échec personnel. Il porta un sifflet à ses lèvres. Ce n'était pas le sifflet d'un agent de police. Si le son aigu émis était peu perceptible à l'oreille humaine, le chien, lui, pouvait le capter à une distance raisonnable, quel que soit l'endroit où il se trouvait, sous terre ou au sommet d'une colline. À ce signal de détresse, il devait *décrocher* et retourner sur ses pas. Le gendarme siffla une fois, deux. Puis il attendit. Il siffla encore. Mais, en dépit de ses efforts, de sa peine (le maître, fût-ce un gendarme, peut-il ne pas aimer le chien qu'il a dressé ?), le mâle berger allemand matricule 974-1 ne réapparut pas. À contrecœur, il se rangea à l'avis de son supérieur : « Hypothèse confirmée ! » dit-il. C'était un choc. C'était tout simplement affreux d'avoir à dire ça sur un ton neutre. La grotte leur avait volé un chien sans livrer le fuyard qui s'y cachait et se jouait d'eux. Ils eurent le sentiment que, ayant reçu un sérieux avertissement, ils devaient prendre en compte cet aspect du problème s'ils ne voulaient pas avoir à ruminer des histoires déshonorantes.

Quelque chose d'important venait de se produire.

« Qu'est-ce qu'on fait ? s'enquit l'adjudant-chef. On est là pour se battre, pas pour se laisser abattre.

— Il y a la femelle.

— Eh bien, qu'attend-on ? »

Cachant sa déception, le maître-chien appela donc la

femelle berger allemand. Il la caressa sous le ventre, lui parla en s'efforçant de modérer son émotion, puis il l'emmena à l'entrée de la grotte. « Viens ! » lui dit-il. La femelle, qui avait l'ouïe fine, remua les oreilles comme si elle avait perçu un frémissement dans la voix. Une hésitation. L'amère impression qu'elle ne reviendrait pas non plus de ce trou noir, béant. Que, le sachant déjà, le maître craignait de se retrouver seul avec son affliction. Sans chien. Sans consolation. D'une malice finaude, la femelle épia son maître qui devait lui expliquer pourquoi il insistait tellement pour qu'elle aille se jeter dans la gueule du loup qui avait dévoré le mâle, mais, chose étrange, le regard du maître errait dans le vague. Tant pis. Elle n'avait pas le choix ni son mot à dire à qui que ce soit. Encore moins le droit de désobéir, de se fourvoyer, d'imaginer que la mort la frapperait, et qu'elle aussi, assoupie au fond de la grotte, ne pourrait pas répondre à l'appel salvateur du sifflet.

Quand son maître, le visage fermé, lui tendit le chiffon à renifler, puis lui mit un masque à gaz confectionné pour chien, elle sut que c'était l'heure de la séparation, pourtant elle ne bougea pas. Moment de doute, douloureux. En toutes choses, d'instinct, elle lui obéirait. Il pouvait être sûr de ça. Elle sacrifierait sa vie, mais ne faillirait pas à sa mission et ne lui ferait pas honte. Avec ses trente kilos et ses griffes, elle était capable d'assommer l'ennemi dans l'ombre, pour son maître qui lui avait enseigné l'art de tuer en silence. C'est tuer qu'elle devait, et tout irait bien pour la gendarmerie. Toujours, lorsqu'elle pensait à son maître, un homme qui aimait la caresser sous le ventre, ce mot résonnait à ses oreilles : tuer. Une dernière caresse, et qu'on en finisse. L'ordre vint alors en syllabes détachées : « Aaaa-taque ! » La femelle bondit à la recherche de sa proie. Elle avait été éduquée pour vivre cette aventure et connaître la solitude à chasser dans le vent, à flairer une odeur de gibier de potence qui raviverait sa haine, puis à faire en sorte qu'on ait une excellente opinion d'elle. Qu'elle soit bien notée et décorée. Qu'elle ait des éloges, une médaille autour du cou. C'était l'instant de vérité pour elle. L'ultime apprentissage : celui à vaincre ou à mourir là où le mâle avait échoué on ne savait pour quelle raison, peut-être baignait-il dans son sang.

Et qu'y avait-il d'autre?

Le maître-chien fit quelques pas à l'intérieur de la grotte, mais ne dépassa pas la lumière du jour. C'était la ligne rouge, qu'il ne franchirait pas. Il fit demi-tour, la tête baissée, pour dissimuler les larmes qui lui montaient aux yeux. Des larmes insoupçonnées jusque-là. Promesses de l'infortune à venir? Plutôt pessimiste, il ne consulta pas sa montre. Le temps ne comptait plus. Qu'elle revienne! se dit-il. C'était là l'essentiel. En tant que dresseur, son vrai rôle n'était pas de cueillir des lauriers coûte que coûte, mais de ramener ses compagnons vivants à la caserne. Perdre une bataille ce n'est pas perdre la guerre, dit l'adage. Le pire c'est que tout le monde le regardait, l'adjudant-chef, mais aussi le brigadier, les sous-fifres, et la femme, une alliée. Il se crut obligé de se composer un visage imperturbable pour prouver qu'il était sûr de sa chienne.

« Un vrai commando, cette femelle! » dit-il, de nouveau les mains dans le dos. Il flattait la certitude confuse qui s'étalait là, devant lui, parce qu'il n'avait plus qu'elle à flatter. Il la flatta encore en guettant les environs. Il se dit qu'il y avait un sortilège dans cette grotte semblable à la mâchoire de l'ogre des contes. C'était tout ce qu'il entrevoyait, mais à aucun moment il n'eut le sentiment de mal faire son travail qui consistait à capturer un criminel et à le renvoyer en enfer, d'où il ne pourrait plus s'évader pour perpétrer de nouvelles iniquités. La prison était le lieu désigné ; la géhenne c'était le lieu idéal, car il ne pouvait qu'être damné, brûlé vif, la tête en bas dans les braises et les flammes. Que les avocats et les juges rayent de leur vocabulaire ces expressions « pitié et pardon », « charité et miséricorde », « bonté et compassion », ces balivernes qui établiraient la faiblesse du tribunal et l'inefficacité de la loi, pensa-t-il encore.

Le temps passa ainsi, à se représenter la mort de Sitarane qui se terrait plus que jamais. Lorsqu'il serait capturé (ce qui ne saurait tarder selon l'adjudant-chef qui envisageait la possibilité de dynamiter la roche !), il se trouverait un avocat pour défendre sa cause, inévitablement, quoique, pour des milliers de créoles, sa cause fût indéfendable. Clap, clap. Il fallait le décapiter. Verdict de culpabilité. Verdict impartial qu'on attendait de la part du jury, et sans lequel les familles des victimes ne pourraient pas faire leur deuil.

Le maître-chien prit sa gourde, but une gorgée d'eau et d'espoir. Il lava ensuite ses yeux, sa peine. Raide comme un bambou, il rongeait son frein ; le soleil chauffait son visage, ses mains, et l'anxiété ternissait son regard. Il épiait l'entrée de la grotte, interrogeait mentalement ses deux chiens : Comment c'est là-bas ? Là-bas où vous êtes sans moi. Sans aide. Sans maître. Sans la possibilité d'assurer vos arrières. Comment c'est là où vous vous êtes égarés ? Il n'y eut pas de réponse à ses questions, bien sûr. Alors il se dit que ses chiens ne se souvenaient plus de lui, ni de son enseignement. Lorsqu'il déposa sa gourde par terre, il ressentit une piqûre au cœur, comme si, pendant qu'il cherchait à entrer en communication avec ses bergers allemands, le poinçon les éventrait, et le vampire de la Chattoire se penchait maintenant vers l'un, l'autre, assoiffé. Soudain le maître-chien prêta l'oreille. Il avait cru entendre un gémissement, puis plus rien. Que le silence. Finalement, il aurait aimé entendre un aboiement, un cri, une plainte, tout, sauf ce silence assourdissant. Il se tourna vers ses camarades qui, l'arme au poing, ne pouvaient rien faire d'autre qu'attendre. Si la mort parle aux hommes, c'est ainsi qu'elle leur parle. D'une voix plus aiguisée qu'une épée. Elle vient de nulle part mais s'adresse à vous, même si vous n'en avez pas conscience sur l'heure. Peu à peu le message se précise. N'est-ce pas la colère du vent dans le feuillage qui fait naître en vous un sentiment d'insécurité? Ou le gazouillement d'un oiseau, très haut, sur la branche? Ou le jappement agressif des roquets, lesquels s'énervent toujours à ces contacts prolongés avec des étrangers qu'ils n'apprécient pas? Ou le meuglement des bœufs? Les gendarmes ne pensaient qu'à cela, dans la position du garde-à-vous. Les muscles tendus. Les veines du cou tendues. Les traits tendus, l'air grave.

Ils respiraient sans bruit; ils attendaient.

Le maître-chien écoutait inquiet, à la manière des enfants, la nuit, seuls dans leur lit. Il l'ignorait, mais il devait s'écouler du temps encore. Et rien d'autre que l'écoulement obsédant du temps. Par la pensée, il se transporta à l'intérieur de la grotte piégée pour voir la femelle berger allemand se faufiler entre les pierres. On s'est rendu compte que, lorsqu'on a l'angoisse et le souffle au ras des lèvres, pour réguler l'accélération désordonnée d'un cœur qui dissémine la peur dans le sang, l'imagination va chercher dans un vieux fonds de lieux communs très riche. C'est un filon de premier ordre. Dans le cas présent, le dresseur de chiens ne s'ennuya pas à faire un tri parmi ces expressions : il voyait sa chienne marcher à pas feutrés, fouiller le noir avec des yeux de lynx, pister le bandit avec son flair de renard (et le masque à gaz?), oui, insistait l'imagination débordante, elle avait du nez, le nez fin, le nez creux, elle possédait la course du léopard, la souplesse de la panthère, la force du lion, la cruauté du loup... Mais, on s'est aperçu également qu'un poncif, académique ou pas, en appelle un autre qui dissipe les illusions. Et si elle s'était précipitée dans la gueule du loup?... On était ici à la Chattoire, non sur le bord de mer, calme et reposant. Ici, un soleil jaune incendiait l'air, l'arbre, la pierre; il dardait ses rayons, outrageusement. Quand on le regardait, tout était luminescent, le front ruisselait de sueur. C'était un tueur d'ombres, ce soleil, et sa lumière rendait tout éblouissant — éblouissait.

Le maître-chien écouta encore.

Cette fois-ci, il entendit le gémissement d'une bête blessée. Et il ne fut pas seul à l'entendre. Cette plainte, ultime expiration; un râle; une bouffée agonisante. Ne pouvant plus s'illusionner sur ses chances de succès, il voyait la victoire fuir son camp, car la roche coupante meurtrissait le flanc droit de la femelle, puis le flanc gauche, la roche freinait sa progression, épuisait le cœur qui hoquetait. Trottiner. Chanceler. Refouler ce trou noir qui s'agrandissait devant ses yeux et ruinait son souhait de sortir vivante de la grotte. Ses idées s'embrouillaient. Ébranlement du corps prêt à s'affaisser. Elle suffoquait, et ne se reconnaissait plus à se lamenter comme une chienne mâtinée de roquet, avec un collier mais sans maître. Avec une plaie mais sans remède contre la mort.

Pourtant elle était heureuse de toucher au but, d'être si

proche de l'aveuglante lumière. Elle aimait les hommes en uniforme, les casques, les armes luisantes, les chevaux. C'est alors qu'elle perçut le son du sifflet, une sollicitation à laquelle elle devait répondre. Des vibrations sonores toniques. Elle se souvint de la générosité de son maître, puisa dans ses dernières forces pour profiter de la qualité de secours qui parvenait jusqu'à elle par vagues successives. Le réconfort venait de là-bas, de ce minuscule point phosphorescent. Dès qu'elle n'eut plus peur, la mort s'éloigna d'elle. En pareil cas, respecter l'ordre émis peut sauver une vie. Il lui fallait cette injonction pour ne plus osciller sur ses pattes, attirée vers le sol par la douleur de la blessure qu'elle jugeait imméritée. Affaiblie par ces frissons qui ne la quittaient pas ; un léger tremblement de froid, de fatigue, de colère. La roche se rapprochait d'elle, jusqu'à lui barrer la route et troubler sa vue, son flair. Elle sentait qu'il lui était difficile de résister au vertige. Elle ne gémissait plus. Sa gorge bloquait tout geignement comme dans un collier de serrage. Non. Elle ne s'était jamais rendue aussi ridicule. Elle aurait dû crever sur le champ de bataille plutôt que de donner cette image d'elle, pitoyable, le poil sale de je ne sais quoi, les yeux exorbités, et de seconde en seconde, elle déclinait.

Et puis flotta autour d'elle une présence amicale. Une voix chaude et familière monta dans l'air et, en même temps que l'appel à la vie, elle s'écroula. Le maître accourut. Il s'accroupit devant la femelle qui présentait une entaille au niveau du cou. Délicatement, il retira le masque à gaz qui l'avait protégée contre la poudre jaune mais pas contre le poinçon. Et tout à coup, sous ses mains tremblantes, il sut que la femelle matricule 974-2 était morte. Les yeux fermés et la gueule ouverte, elle saignait. Il la souleva de ses bras, avec une douceur plutôt rare chez un gendarme. Mais celui-ci s'acquittait d'un devoir, il rendait hommage à un « enfant de la patrie ». C'était un fameux chien-soldat-commando. Cette souffrance, expulsée de la grotte comme un enfant mort-né, salissait la lumière. Triste jour pour une fin prématurée, mais belle, digne. Exemplarité d'une mort. À dix mille kilomètres de la France, le maître-chien se mit à fredonner : « Allons enfants de la patrie, le jour de gloire est arrivé... » Il pesta ensuite contre le tueur de chiens. Ce qu'il lui aurait fallu, c'était le coupable. « Montre-toi, fils de nègre ! Viens te mesurer à moi, si tu es un homme ! » cria-t-il avec rage, et on ne s'étonnerait pas de le voir courir subitement vers la grotte, s'y enfoncer à son tour pour aller assouvir sa vengeance. Mais il ne courut pas ; le regard fixe, il suivait le sentier qui s'ouvrait devant lui, comme s'il ne distinguait plus rien du ciel, des arbres, des hommes ; comme si le soleil allait s'éteindre pour que sa peine ne soit plus visible. Personne n'aurait pu prévoir cela, se dit-il. Il n'avait rien à se reprocher. Il n'avait rien à reprocher à sa chienne qu'il emmena en arrière de la ligne de feu. C'était la première fois qu'il la portait dans le creux de ses bras, le corps était chaud, sans vie, pesant à cause de la douleur qu'il éprouvait, et il pensa au mâle berger allemand disparu également sur le théâtre des opérations. Furieux contre le criminel qui se cachait dans le ventre de la terre, à bonne distance de la loi, côtoyant les veines de feu, jusqu'à songer à l'impunité, le maître-chien se sentait las au point de ne plus pouvoir adresser une prière au dieu des chiens. Le contrôle sur ses émotions lui échappait ; sa confiance s'était effritée. Las d'attendre. Las de tout ce sang versé, il se demanda s'il n'était pas mort lui aussi, quelque part en lui-même.

10

Comme un rat

Devant la grotte de la Chattoire, l'adjudant-chef Draguinot se demandait comment arracher le maître-chien de son silence. À la caserne, il était apprécié parce qu'on lui prêtait le pouvoir qu'a le dompteur de fauves. On l'admirait. On le complimentait. On le traitait avec beaucoup d'égards. Comme il n'était pas astreint à abattre la grosse besogne, il ne recherchait pas la compagnie des autres militaires et passait ses journées avec les bergers allemands. Il ne faisait pas le mystérieux, il l'était. Tout le monde s'autorisait à dire qu'il était un homme remarquable, une de ces têtes qui n'avait jamais assez d'apprendre les ficelles du métier, de perfectionner son art, de vanter la force du chien, son intelligence, sa fidélité, sa pugnacité à vaincre ou à mourir. Et puis, il n'avait pas fini d'en éduquer un qu'il le voyait déjà rejoindre la cavalerie d'élite.

C'était avant tout un homme du devoir.

Et il attendait qu'on le venge.

Sous un ciel de feu à brûler les yeux, l'adjudant-chef ordonna de poursuivre la mission, et les gendarmes prirent position au-dessus de la grotte, une échelle de corde enroulée autour de l'épaule, le fusil en bandoulière ; ils n'avaient plus droit à l'échec, bien sûr. Triompher du crime, c'était la raison de leur engagement dans la gendarmerie. L'adjudant-chef se dit qu'il traquait Sitarane depuis tant de mois que rien n'ajournerait cette échéance : l'arrêter. Il n'était pas absurde qu'il espère. Il connaissait ses hommes par cœur, ainsi que le *Préambule au Service intérieur des Armées* : « Il importe que tout supérieur obtienne de ses subordonnés une obéissance entière et une soumission de tous les instants. » C'était son catéchisme, son credo militaire. Mais avant de distribuer à chacun son rôle, il devait s'assurer qu'on avait évacué l'image de la chienne morte. Ne pas se hasarder en direction de la disgrâce. Inutile de convoquer celle qui s'invitait toute seule. Il devait veiller au bon moral de ses troupes et démontrer qu'il n'avait pas peur d'elle, si laide la disgrâce avec sa couronne d'épines. Si apte à programmer la déroute. Mais il n'est pas juste, se disait-il encore pour se raffermir, quoique le cœur battant, que ce soit toujours les mêmes qui dérivent de revers en revers, jusqu'à la souffrance. Il n'est pas juste que les larmes remplissent les mêmes paupières. Il n'est pas juste que le mâle berger allemand ne soit pas revenu de là-bas, et que la femelle se soit écroulée devant eux. Détestant faire les choses à moitié, qu'il les fasse bien. Plus tard, il aurait tout le loisir de méditer sur la nature humaine, sur les ténèbres qui enveloppaient la mer, l'île, les champs, les routes, les maisons, les hommes — tout ce qui soulignait la perfection de la vie.

Alors il se tourna vers le brigadier-chef.

Comme s'il jouait dans un film muet où les mots sont superflus, il lui fit un signe de la main pour qu'il aille chercher Zabèl. Jusqu'à maintenant, il n'avait pas eu à utiliser de telles méthodes, mais, puisque le tueur se plaisait à disséminer le fléau devant ses pas (les traces d'agonie de la chienne prouvaient sa cruauté), chacun devait lutter avec ses propres armes.

Assis à l'ombre d'un manguier, l'adjoint Choppy s'éventait avec son chapeau et s'impatientait. La population s'impatientait. Le juge s'impatientait. Le bourreau s'impatientait. Toute cette horreur. Le joug de la mort et de l'effroi. Le sang de la chienne qui, au fond des yeux, dans la mémoire, ne s'effacerait pas de sitôt, se dit l'adjoint. Combien de fois avait-il repensé, depuis, à ces nuits de folie meurtrière, et combien de cauchemars?

« La voici, mon adjudant-chef! »

Face à Zabèl, la concubine de Sitarane, jamais l'adjudant-chef ne s'était senti si seul dans sa vie. Il pensa que si on savait quelque chose de l'ordre qu'on aurait à donner, avant d'avoir à le faire, à ordonner, on n'ordonnerait pas. Il serait même préférable de se taire, et pourtant.

Qu'on se figure une créole noire de taille moyenne avec une petite bouche, un petit nez, de petits yeux, un visage si décomposé qu'il vous inspirait de la commisération à le regarder. Un corps frêle, amaigri par les coups, qui disparaissait dans la robe. Tout était petit chez Zabèl, sauf la souffrance qui l'écrasait. Sauf la tristesse qui déferlait sur elle comme la mer déferle sur la grève. Sauf son ventre. Selon le diagnostic établi par le médecin de la prison, elle était enceinte de plusieurs mois. Mais une grossesse si contrariée parlait-elle de joie ou d'une cuisante douleur? À considérer l'écrabouillement de cette femme souffreteuse, on détectait la griffe de Balouga sur son corps qui ne lui appartenait plus, ni sa vie, ni sa destinée. Et son enfant, que deviendrait-il? C'était sa seule raison de vivre. Il y avait aussi sa fille Lisette, la compagne de Fontaine.

Précisons que ni juge ni gendarmes n'avaient exercé sur Zabèl une quelconque pression pour qu'elle se range du côté des autorités policières et les aide à capturer Sitarane. L'enfant, qui recevait d'elle tout son amour et sa tendresse, ne devait pas naître et grandir et moisir dans un cachot humide. Pour cela, il lui fallait trahir le Mozambicain, « un damné comparable à nul autre, un goûteur de sang humain », murmurait-on de tous côtés. Zabèl portait en elle non pas le ressentiment, mais la promesse d'un autre avenir pour la chair de sa chair — une lumière qui réchauffait son âme naufragée — et, pour en finir avec ses peurs et ses pleurs, elle avait saisi la bouée de sauvetage tendue par le juge.

Debout en plein soleil, auprès de ce gendarme qui la toisait des pieds à la tête, Zabèl se souvint qu'un soir des policiers étaient venus la cuisiner dans sa cellule. Spontanément, elle leur avait dit qu'elle souhaitait voir son fils naître à l'air libre, dans une cahute, qu'importe, mais libre. De plus, elle ne souhaitait pas que Lisette vieillisse en taule. Qu'avait-on à leur reprocher au juste? Rien. En revanche, elle reprochait à Sitarane sa méchanceté ; les criailleries de l'homme irascible éclataient en lui, et ses grincements de dents continus résonnaient dans la nuit ; de lui émanaient des odeurs nauséabondes, celles du sang de cadavre, celles de ses victimes revenues du cimetière pour le hanter. Elle se rappela qu'un policier lui avait alors demandé ce qu'elle pouvait proposer au juge. Elle lui avait répondu : « Je sais comment entrer en contact avec Sitarane si la grotte le retranche du reste de l'île. » Elle savait comment le faire jaillir de son trou. Son compagnon, en effet, avait fait installer dans la galerie souterraine un conduit de bambou pareil à une canalisation d'eau, et il avait imaginé un système de communication fort simple mais efficace : deux coups sur le bois signalaient une visite (celle de Saint-Ange Gardien) ; trois coups rapides un danger imminent ; trois coups à intervalles réguliers une affaire pressante. Le policier avait rapporté la proposition au juge Hucher qui s'était frotté les mains, enfin la chance venait heurter à sa porte. Il s'était exclamé : « Qu'on lui accorde tout ce qu'elle demande ! »

Aujourd'hui, Zabèl devait honorer ses engagements envers la justice. Mais cela ne l'effrayait pas. Elle savait pour les gestes, l'attitude, le ton suppliant de la voix, la patience. Tout avait été organisé dans le bureau du juge, et chaque détail étudié jusqu'à la minutie en présence de l'adjudant-chef Draguinot qui, se remémorant tout cela, avait faim d'un dénouement rapide et sans bavure. Zabèl également. Elle aurait aimé brusquer le cours des choses pour le plaisir de voir les gendarmes (certains s'étaient camouflés derrière les massifs d'acacias comme des caméléons) encercler Sitarane, l'empêcher de tracer. Fers à nègres pour l'esclave du malin. Des entraves de chevilles. Des chaînes à collier. Des menottes à charnière. Des chiens. Des fusils. Des geôles. Des marques de la gendarmerie sur le front. Et puis Zabèl ne souhaitait pas que son enfant porte le nom d'un Sitarane[1] qui préférerait crever plutôt que de caresser l'ombre d'un remords.

À présent elle marchait vers la grotte, et cette exigence de paix l'accompagnait pas à pas. Sous l'influence du curé Delpoux, elle avait repris peu à peu le dessus. Elle pensait à la lumière qui la guidait, et elle n'avait plus peur. Elle n'avait plus rien à craindre de personne puisqu'elle avait déposé son fardeau aux pieds de la Vierge Marie qui l'avait prise sous son aile, qui veillait sur elle, qui lui instillait la foi, qui la soutenait pour qu'elle ne flanche pas au

---

1. Aujourd'hui, nous connaissons l'identité des descendants de Zabèl, mais nous ne la déclinerons pas : on n'oublie rien dans cette île ; on se venge de tout.

dernier moment. Elle avait aussi l'impression que Lazare gambadait à ses côtés, et que ses jappements l'aidaient à surmonter cette rude épreuve.

On ne pouvait plus freiner Zabèl dans son cheminement. La freiner c'était tuer l'enfant dans son ventre, l'étouffer à l'aide du cordon ombilical. Elle devait aller jusqu'au bout de son idée qui consistait à dessiner les lignes du futur. Ce bout était proche, plus que quelques minutes. Tant de fois, elle avait voulu l'atteindre sans y parvenir. Le courage lui avait toujours manqué. Elle avait pensé que ça lui était interdit. Bien au-dessus de ses forces. Elle s'était trompée. Le juge lui avait certifié que le plus court chemin d'un bout à un autre, c'est la ligne droite. Tout dépendait d'elle. Uniquement d'elle. C'était ce matin-là ou jamais. Cette minute de réflexion fut un temps où son ange gardien se réconcilia avec elle. Une saine détermination ranima le rêve qui l'habitait. Les spasmes de la grossesse la poussèrent en avant. Son fils était vivant en elle, et il aimerait naître d'elle qui ne voulait pas qu'il vive dans une prison. Ces jours-ci, elle s'était mise à respirer à son rythme. Elle était la source de vie, la promesse de l'échappée belle vers d'autres horizons. Mais si elle écopait, comme on disait autour d'elle, quinze ans de prison, on lui retirerait son enfant qui serait placé dans une famille d'accueil. C'était son inquiétude quand elle se pencha pour ramasser une pierre. Douceur de la pierre polie par le temps, qui éclaira le cœur de la future mère. Il lui sembla aussi que l'intérieur de la grotte s'illuminait tout à coup. Le Nègre africain n'y était plus en sécurité. Il se trouvait désormais à portée de la pierre.

Zabèl frappa sur le bambou une fois, deux, trois, un bruit sonore courut le long du conduit, signe que le message fut transmis à l'intéressé qui, après la visite des chiens, devait être sur le qui-vive. D'un naturel suspicieux, avait-il flairé le guet-apens, s'interrogeant : « Qui c'est? Qu'est-ce que c'est? Qu'est-ce qu'on me veut encore? C'est quand même incroyable d'être dérangé le matin, ou la nuit, je ne sais plus, qu'on me laisse en paix...» On peut également penser que Sitarane fit mine de n'avoir rien entendu. Ensuite, il avait écouté de nouveau, le poinçon à la main. Non. Plus rien. Voilà qu'en l'espace d'une seconde, étonné de ne plus rien entendre, il s'était retrouvé un peu plus seul dans la nuit de la grotte, indécis, à l'écoute de tout bruit, inquiet de ne plus entendre quelqu'un l'inviter à sortir. Ami ou ennemi? avait-il dû se demander. Le regard fixe, il avait bloqué sa respiration pour mieux écouter le silence et grincer des dents. Qui que ce fût dans l'ombre, il devait l'impressionner. Lui prouver qu'il pouvait tuer ou endormir hommes, bêtes, fantômes en quelques minutes seulement.

Dehors, le silence s'était installé autour de Zabèl, laquelle posa la main sur son ventre comme pour supplier l'enfant : « Aide-moi, je t'en prie! » Puisqu'il n'avait pas cessé de manifester son impatience de voir le jour, et son désir de vivre, elle n'avait fait qu'obéir à sa voix lors de l'entretien avec le policier-enquêteur : qu'il la soutienne donc. Qu'il écoute sa prière et ne fasse plus qu'un avec elle, implorant Dieu de n'avoir jamais à découvrir le visage de son père. Qu'il ne sache rien de lui ni de son histoire. Le bambou parla de nouveau. Son père était fou, un fou à exécuter. À la fin de son procès, il se courberait devant la guillotine pour ne plus se relever. D'un cachot à l'autre, on disait que dans l'arrière-cour de la prison, à l'abri des regards, on huilait la machine pour Sitarane; que les gendarmes avaient commencé le compte à rebours. Bientôt ils tiendraient la Chattoire en leur pouvoir et donneraient la parole aux armes si nécessaire. Deuxième coup. Bientôt la cour trancherait dans le vif, et son nom volerait en morceaux. Car ses forfaits étaient des offenses à la face du Seigneur qui n'aurait pour lui ni pardon ni miséricorde. Où qu'il aille, il ne pourrait plus se rétracter de ses actes. Le vent de poussière ne recouvrirait pas ses traces mais effacerait le chemin devant lui. Troisième coup. Il recevrait la peine capitale. Brouillard dense dans tous les azimuts, le ciel, la terre et la mer se refermeraient sur lui pour l'avaler et le digérer comme le serpent digère sa proie, lentement. Âme errante parmi les âmes errantes, le cliquetis de ses chaînes retentirait dans la caverne enténébrée jusqu'à la fin des temps. « Qu'est-ce que tu fais là-dedans? hurla Zabèl, la pierre à la main et la rage au ventre. C'est bien lui, ça. Il ne changera jamais. C'est lui tout craché. Il ne suit que les ordres de Balouga, puant de la bouche, plus mauvais chaque jour. Mais il aura beau faire, il tombera en enfer... enfer... enfer... »

Le temps passa, indifférent.

Les gendarmes suaient, les pommettes rouges.

Le bambou continua de parler à intervalles réguliers. Toujours rien. Ce silence ne surprit pas Zabèl. Elle se disait que Sitarane restait fidèle à lui-même, il n'en faisait qu'à sa tête, mais cette grotte-prison était bien trop douce pour un filou de sa catégorie. Abrité de la pluie, avec un haut plafond, un volume d'air conséquent, une paillasse, une couverture, de la nourriture, du vin, du feu, des cigarettes et de l'herbe à fumer, sans doute se figurait-il être chez lui, comme dans un sanctuaire inexpugnable. Zabèl ne désespérait pas, néanmoins. Être sûre de soi, de son droit, de la loi. Sitarane était le responsable de ce désordre, que le bambou parle donc au nom de l'ordre et de la justice.

« Tu m'as entendue, cette fois? dit Zabèl en levant sa main armée de la pierre. Le sang appelle le sang... »

Le bambou parla, sonna, résonna. Sitarane n'apparut pas. Le bambou balbutia, bafouilla, alarma les bêtes alentour. Sitarane feignait toujours d'être mort avant l'heure. Devant pareil silence, désorientée de voir que ses efforts n'aboutissaient pas, Zabèl ne toucha plus au bambou. Son rôle était-il au-dessus de ses moyens? Non. L'obligation de réussir en présence de la loi l'amena à modifier son mode de communication. C'est sa voix qu'elle envoya dans le conduit, disant qu'elle était là devant la grotte avec un message de Saint-Ange. Avec des nouvelles de Saint-Ange. Des recommandations de Saint-Ange. Et des prières de Saint-Ange. Ange, annn-ge, annn-ge. Comme une berceuse ou un ensorcellement à distance, ces sonorités caressantes coulèrent dans le tuyau. À la sortie, Sitarane ne perçut pas les mots distinctement mais des vibrations sonores, une musique à son oreille. Peut-être qu'à ce moment-là, au gré de l'instinct, il pensa qu'il pourrait dévier le cours de son histoire ou s'en inventer une autre. Quoi qu'il en soit, s'il ne saisissait pas cette opportunité, le courant l'emporterait.

Zabèl, qui aurait souhaité qu'on interprète pour elle le sens de sa vie, aimait à croire que Sitarane refuserait l'idée d'être piégé tel un rat au fond de son antre. Elle était même persuadée qu'un jour ou l'autre il retournerait au grand air pour reprendre ses complots. Une fois qu'on a goûté au sang, se dit-elle, on en redemande. Sitarane n'était pas le type à s'avouer vaincu, à admettre le fait qu'il serait traqué du matin au soir. Ce qu'il voulait (ce qu'il avait toujours voulu), c'est que son nom sème la terreur dans les cases, et qu'on le craigne et le vénère comme un dieu sauvage. Lorsque Zabèl hurla :

« Qu'attends-tu pour te montrer ? »

Le bambou répondit : « Gronrrrooooo ! »

Dans sa tonalité primitive, ce son eut sur Zabèl un effet inespéré : il la transfigura. Loin de la faire tressaillir, le rauque de la voix l'apaisa, l'enfant bougea dans son ventre pour louer sa persévérance. Elle s'y était bien prise. Un léger sifflement fusa entre ses lèvres minces et sèches, à la manière des femmes créoles qui extériorisent ainsi leur contentement.

Un quart d'heure après, elle vit venir vers elle une silhouette voûtée, familière, qu'elle reconnaîtrait dans la nuit, mais elle se garderait bien de s'élancer pour lui sauter au cou et s'informer de sa santé. C'était le dernier homme qu'elle embrasserait. Qu'il crève ! se dit-elle. Oui, mais pas maintenant. En tout cas, pas ici. Elle savait quelle était la force nuisible qui avait incité Sitarane à tuer, à chavirer sa vie à elle pour la vider des rares moments de joie. Tarabusté par la rogne de l'homme qui, n'endiguant plus ses envies malignes, s'embourbe jusqu'au cou dans le mal, sans chercher à comprendre ce qui lui arrive, il était capable de tout tenter, ses bas instincts se déchaînant. Sur sa figure sale de poussière, elle lisait la haine, le rictus de l'hyène. Il n'y avait aucun espoir de réveiller sa part d'humanité, un, à cause de ses méfaits, deux, parce qu'il ne se gênerait pas pour en commettre d'autres qui lui vaudraient d'être décapité mille fois.

Hier, la femme offensée n'avait pas réagi aux gifles ; aujourd'hui, elle se disait que le bonheur ne lui était plus interdit à présent qu'elle portait la vie. Elle invita Sitarane à quitter la grotte. « Viens ! lui dit-elle, Saint-Ange m'a remis quelque chose pour toi. » Elle savourait cet instant, avec ce sourire de la femme qui est un mélange de gravité et d'insouciance.

À travers les branches, les signaux lumineux du soleil : d'alerte ou de paix ? Ça donnait froid dans le dos, l'ambiguïté.

Sitarane suivit Zabèl jusque dans la lumière ; il lui fit confiance. Clignements d'yeux. Il mit la main en visière au-dessus des rides de son front, n'ayant pas vu le soleil depuis des jours. La prudence l'immobilisa là. Son regard, posé devant lui à une dizaine de mètres, car il n'avait pas encore franchi le seuil de gravillons, interrogea le sentier, les hautes herbes, les rochers. Il s'habitua à la lumière, au silence. Ôtant la main de son front, il chercha le manche de son poinçon fiché dans la ceinture de son pantalon et ne le trouva pas. Ce fut comme un souffle panique. Il se traita de crétin, mais fit un autre pas en avant. On a constaté que, comme chez la plupart des félins, le sens du danger est inné chez les criminels avertis. Un détail intrigua le Nègre africain : Zabèl ne lui souriait plus, ne marchait plus ; elle trottinait comme quelqu'un qui, après avoir déblatéré des mensonges, s'empresse de se mettre à l'abri des représailles. « Saleté ! » gronda-t-il. Il se baissa, ramassa une pierre et la lui jeta. Vlan. Avec sa rancune.

Les gendarmes tombèrent du sommet de la grotte, suspendus à leur corde, mais Sitarane s'évanouit aussitôt dans l'ombre.

La déception était grande dans les rangs — partant, le désarroi.

Les arbres clignotaient : Alerte !

« Il se fout de nous », tempêta l'adjudant-chef Draguinot. Il se précipita vers la grotte, rouge comme un coq bataille. Puis il s'arrêta, se retourna et ajouta : « On y va tous, quitte à se faire trouer la peau ! »

L'adjoint Choppy ne put se tenir plus longtemps sur la

réserve. Il se redressa et agita son chapeau à bords roulés pour encourager la dangereuse initiative. « Si le Mozambicain doit sortir de sa tanière, ce sera les deux pieds devant, ou alors il faudra l'y enterrer vivant ! » lança-t-il. On pouvait percevoir de l'exaspération, de la rage, mais aucune abdication des ambitions sous les paupières des gendarmes qui avaient juste perdu leur air suffisant.

L'adjoint Choppy se rassit car le soleil étincelait, et tout d'un coup la colère du vent dans les herbes comme il advient à midi.

Mais ce ne fut pas nécessaire de sonner la trompette, de resserrer l'étreinte, de brandir son arme, de prendre la tranchée d'assaut, de courir au-devant de la mort, ils se concertaient, les gendarmes, lorsque de la grotte monta un grognement qui les fit frissonner de joie, et on n'y entendait d'autre bruit qu'une voix affolée. Pas un casque ne bougea. Pas un seul mot ne fut prononcé. Souffle bloqué. Sitarane s'arracha de la pénombre à reculons, tournant le dos à la lumière, devant les crocs du berger allemand qui n'était plus sous l'emprise de la poudre jaune. Endormi, oui ; étranglé, non. Tant pis pour le tueur qui avait commis une erreur. Tant mieux pour le maître-chien qui revivait. C'était un miracle. D'autant que Sitarane s'était affalé dans l'herbe qu'il semblait vouloir brouter pour dissimuler sa honte et, disons-le en toute vérité, comme on le fait depuis le début, sans intention d'en rajouter, en nous fondant sur les copieux rapports de la gendarmerie, c'était le malfrat le plus repoussant qu'il y eût jamais dans l'île. L'adjudant-chef Draguinot écrirait plus tard que « ses cheveux, son visage, ses mains, ses pieds, ses vêtements lui donnaient l'aspect d'un revenant égaré en ce monde, hagard ». Jamais, il n'avait vu tant de laideur se couvrir de tant de veulerie. « Rien qu'à le regarder, la nausée cédait la place à un écœurement d'autant plus impérieux que l'image de la chienne morte était omniprésente dans nos esprits. »

Sitarane se sentait gauche dans son rôle de prisonnier, et il commença à suer, à trembler, à douter non pas de lui, mais de la présence du dieu de ses ancêtres à ses côtés. Pendant ce temps, le mâle berger allemand, qui avait reniflé l'odeur du sang de la femelle sur le gravillon, montrait les dents, l'œil acéré, comme si lui revenait l'honneur de traduire à sa façon l'opiniâtreté de son maître, et celle de la gendarmerie coloniale luttant contre ceux qui pillaient les maisons, volaient, violaient, sirotaient du sang de cadavre, tuaient des chiens à coups de fusil et de poinçon. La gendarmerie qui procurait à la lointaine mère patrie de la force, de la fierté, de la fidélité aux lois et aux institutions de la nation. La gendarmerie qui, pour tracer le chemin de la liberté, abattre les obstacles de la sorcellerie, de l'ignorance et de la superstition, se déployait comme une armée royale. Voilà ce qu'on peut encore lire dans le rapport établi à l'époque par l'adjudant-chef, avec cette impartialité de l'historien, et, témoin privilégié, il ne s'était pas laissé influencer par le ressentiment de la population qui réclamait des têtes.

À présent que la mort le reluquait avec insistance, lui faisait les yeux doux, le Nègre africain leva les bras au-dessus de sa tête. Le brigadier-chef le fouilla et le menotta, tandis que Zabèl, flageolant sur ses jambes, se cachait derrière les uniformes. C'était réconfortant pour elle de voir Sitarane, qui l'avait rouée de coups si souventes fois, mettre un genou à terre devant les bottes. C'était agréable, oui, de l'entendre mugir comme le vent quand le vent est mauvais, il maugréait qu'on n'avait pas fini avec lui, qu'il se rendrait invisible et s'évaderait de la prison, qu'il tuerait tous les traîtres, à commencer par « cette mère maquerelle de Zabèl ». Il ne saurait jamais, ni ne devinerait la raison de ce parti pris, l'enfant à naître, à grandir, à protéger. Maintenant qu'il était inoffensif, tout à coup il parut petit, gros, laid aux yeux de Zabèl qui le regardait de biais, surtout ne pas croiser son regard d'assassin — d'ailleurs, pourquoi le regarder encore, se dit-elle. Qu'il l'oublie, car elle, la femme battue, elle l'avait relégué parmi ses cauchemars les plus vieux, les plus inaccessibles de sa mémoire. Elle posa ses mains sur son ventre, l'une sur l'autre, fermement, et elle pria pour que le juge d'instruction, au caractère pondéré, tienne parole vis-à-vis d'elle et de sa fille.

L'adjoint Choppy s'approcha du groupe. Il félicita l'adjudant-chef Draguinot, puis il lança d'un ton incisif :

« L'idéal de la paix est dans un rat mort ! »

Cette phrase allait-elle contribuer à placer Sitarane sous le coup d'un jugement populaire ? Condamné avant d'être jugé ? Exécuté avant d'entendre le verdict du jury ? On ne saurait le dire avec justesse.

Tout en analysant le comportement du Nègre africain, l'adjudant-chef Draguinot, dans son for intérieur, se disait que la violence était inhérente à la naissance d'une île peuplée de volcans, d'esclaves, de putes, d'Européens aventuriers ruinés par la Révolution française. Pourtant, il avait appris à aimer ce lieu de délices, cet éden de verdure et de vertu, cette vision idyllique plus fascinante que mirage, plus prometteuse que miracle. Il avait appris à aimer cette douceur de vivre quand les criminels dormaient sous les verrous, bien sûr ; et quand le drapeau français ondoyait. Contraste de couleurs. Contraste entre Noirs, Blancs, métis. Une invitation à profiter de la vie dès lors qu'on avait déniché une branche à laquelle s'accrocher pour se sentir jeune sur ses cent ans. Il avait compris que rien ne fait douter autant la vie comme la loi des contraires. Comme cette mort venue d'un autre âge, qui avait anéanti les dames Férons, Deltel, les Robert. Et que rien ne rassure autant la vie comme cette loi qui contraindrait Sitarane à glisser la tête sous la lame. Pour l'instant, celui-ci ressemblait à la papangue qui, fauchée par un tir au vol, n'a plus d'ailes. Dès qu'on commença à entasser dans la charrette les objets trouvés dans la grotte, le vague de son regard fit peine à voir.

Si un casque se tournait vers lui, il rentrait le cou dans les épaules comme s'il se trouvait dans un labyrinthe de difficultés. Il avait saisi que, pour le mettre hors d'état de nuire, le tribunal ne lésinerait pas sur les moyens, démontrant par des arguments, prouvant par des preuves, donnant la réplique, obligeant les buveurs de sang à rompre le pacte.

Soudain un nuage avala le soleil.

Les gendarmes s'éloignèrent de la grotte. Ils ne chantaient pas, ne pavoisaient pas, en souvenir de la femelle berger allemand morte sur le champ de bataille, héroïquement. Quant à l'adjoint Choppy, il revoyait le visage de la demoiselle Ernestine Généreuse, d'une intelligence et d'un savoir rares, et il la remercia du fond du cœur, elle dont les compétences dépassaient les frontières du monde terrestre, de fait, elle appréhendait toutes choses sous l'angle du mystère. Sa générosité était plus grande qu'on ne le chuchotait sous les varangues, et elle savait qu'on respectait ceux qui aidaient à détruire le mal.

Sitarane titubait dans le layon. La mort s'annonçait brutale à ces signes : la lumière ne réapparut pas, les arbres ne protestèrent pas mais ramassèrent leur feuillage et posèrent sur lui une ombre lourde; les roquets, les crocs dehors, aboyèrent à son passage, plus rancuniers que des chacals; en haut du chemin, des hommes dressèrent le poing en hurlant « à mort! à mort! », et des femmes, la pierre à la main, attendirent qu'il soit à leur hauteur pour le lapider, tandis que les enfants se cachaient dans la robe de leur mère, muets de stupeur. Et comme cela se passe la plupart du temps, voyant le principal intéressé qui ne réagit pas, plongé dans un abîme de silence, qui regarde sans voir, qui ne parle pas, qui ne ronchonne pas, on prend feu et flamme, jusqu'à allumer le désir de la persécution. C'est ce que firent les gens face à la mine confite du meurtrier. La foule vindicative, qui grossissait tout au long du parcours, éprouvait une sensation bizarre devant l'immobilité de la face de fantôme — ce masque de la mort. Bientôt il ne la porterait plus sur le cou, cette tête affreuse, marmonnait-on ici et là, sans rire, mais frissonnant, car la tension était insupportable pour tous. Les gendarmes, qui se doutaient qu'il suffirait d'un instant de distraction pour que leur prisonnier soit lynché sur place, serrèrent les rangs. Dès qu'on voyait l'ombre de Sitarane, on avait envie de le pendre. Objet d'aversion pour les femmes qui disaient qu'après sa venue au monde il avait dû être un monstre d'enfant avec une malformation du visage, une infirmité du corps, une difformité du cerveau. Ça ne s'était pas arrangé avec le temps, et la mort seule corrigerait cette erreur de la nature.

On avait également remarqué que le fer, le fer du poinçon qui soutenait la colonne vertébrale de Sitarane, avait plié sous les sarcasmes de la foule; le sachet de poudre était vide; et cet homme qui, hier encore, courait comme la brise court sur la mer, marchait d'un pas hésitant, le regard anxieux chaque fois que ses doigts se refermaient sur une absence d'avenir.

Les crachats étaient imbuvables pour Sitarane qui regardait le ciel s'obscurcir de plus en plus — son ciel pourrait-on écrire —, il ne se souvenait pas d'un temps si capricieux, même dans les hauts de l'île où s'attardent les nappes de brouillard l'après-midi, où survient la pluie sournoise. Crachin. Crachats. Crimes. Que ne pleuvait-il pas sur lui? La ligne d'horizon avait disparu. La colère débordait parfois dans un excès de déraison, et les habitants eux-mêmes ne savaient plus s'ils insultaient l'homme ou la bête, car à cause de l'un ou de l'autre, ou des deux, le nombre de leurs cauchemars s'était accru; cela faisait maintenant presque un an qu'ils ne dormaient plus de la nuit, ou ne dormaient que d'un œil — et les enfants souffraient de terreurs nocturnes.

La vengeance est sauvage.

L'île était à l'heure de la vengeance.

La vengeance comme moteur de la folie collective. Rien de plus stupéfiant que de voir Sitarane chercher un regard ami dans la foule : « Toi, tu ne me reconnais pas? » Personne ne le reconnaissait sous la pluie fine. Les bœufs meuglaient dans la brume. Les fers des chevaux résonnaient. Le charretier beuglait hue, dia, hé, attention! Une pierre atteignit Sitarane au visage. Il porta la main à sa bouche. Un filet de sang dessina une balafre sur son menton. Ses menottes le faisaient bouillir, mais les larmes ne montaient pas. Alors il soupesa les chances qu'il avait de sauver sa tête. C'est un peu mince, pensa-t-il, dans une lueur de lucidité. À moins de convaincre Fontaine de tenir le même langage que lui, qu'il atteste contre vents et marées que Saint-Ange était le chef de bande, qu'il lui fasse porter le chapeau en le chargeant de tous les péchés de la terre. Convaincre le menuisier de l'obligation de parler d'une même voix pour s'élever au-dessus de leur dépit, ou alors ils s'y enfonceraient chaque jour un peu plus face au juge désigné pour leur tirer les vers du nez. Complicité, main tendue réciproquement. Gommer tous les différends de leur mémoire. Déclencher une danse de la réconciliation. Mots tourbillonnants au rythme du tambour. Sceller un nouveau pacte. Soumission aux ancêtres, assis dans le cercle de flammes qui les protégerait de la foudre du tribunal. C'était le chemin à suivre. Et, du bout de la langue, Sitarane attrapa une goutte de son propre sang qui raviva en lui le goût du sirop de cadavre.

11

Nègre bouc émissaire?

Ce titre que j'emprunte au journal *La Patrie créole*, une des rares interrogations d'Aldo Leclerc, ne doit pas vous laisser croire que je tente d'ouvrir une courte parenthèse dans l'intention de brouiller les cartes. Et puis admettons que j'en ouvre une, qui sera assez présomptueux pour dire où, quand, et comment la refermer? À l'intérieur de cette parenthèse, je peux écrire ceci : un, à la lecture des propos et des faits, peu après son arrestation et son incarcération à la prison de Saint-Pierre, par un revirement d'opinion imprévisible, Sitarane apparut comme le défenseur des soixante-quinze mille descendants d'esclaves qui gémissaient encore sous le harnais après la Grande Abolition de 1848; deux, les laissés-pour-compte de la société coloniale affirmèrent que le sang versé était dérisoire en comparaison de la saignée que les négriers firent subir à l'Afrique durant près de deux siècles, avec la complicité des conquérants blancs; trois, pour combattre la montée des fausses croyances et la « propagation de l'inhumanité », l'Église, alliée aux hommes de pouvoir, rétorqua que les assassins avaient perpétré plus de forfaits qu'il n'en faudrait pour damner un régiment de diablotins.

N'entrons pas dans ce débat maintenant, même si ces mots ont du sens, comme un potentiel de tous les débats à venir.

Poursuivons la réflexion!

D'un côté, les Blancs se mirent à exécrer le vil Mozambicain; de l'autre, les nègres et métis l'élevèrent à un rang plus haut qu'il ne l'aurait cru lui-même en le comparant à un soleil rouge — le dieu de la Vengeance. On ne l'appelait plus Simicoundza Simicourba (un nom à coucher dehors, impossible à franciser et à absoudre selon ses détracteurs), mais Sitarane. Il s'était fait un nom. Sous ce nom de guerre, il était plus populaire que tous les saints de l'Église catholique. Il appartenait aujourd'hui à l'histoire, et demain la légende s'ouvrirait à lui. « Plus vite il mourra, plus vite il renaîtra », se disait-on de bouche à oreille, bref, on formait des vœux pour que sa mort se transforme en espoir.

L'histoire veillait sur son nom, sur sa personnalité, sur sa popularité qui grandissait au fil des mois, raison pour laquelle rien ni personne ne pouvait plus le préserver de tous les dangers qui le guettaient dans sa cellule, la perfidie, la xénophobie, les jugements préconçus (on en a déjà parlé), la condamnation, la décollation, l'errance parmi les vivants et les morts.

Jour après jour, les événements apportaient une nouvelle touche au portrait de cet amateur de cadavres, l'exposaient à la vue de tout le monde sous des couleurs trompeuses pour les uns, flatteuses pour les autres.

Mais qui souhaitait qu'il meure ?

Tous.

Naturellement, l'impatience de ceux qui adulaient le personnage était beaucoup plus grande que l'impatience de ceux qui détestaient le criminel. Rien d'étonnant à cela. Puisque Sitarane avait vécu sa vie (on parlait de lui au passé), qu'il devienne, pour les uns, le martyr des opprimés et, pour les autres, l'exemple de châtiment réservé à ceux-là qui foulent aux pieds les commandements et la loi des hommes. Avant même l'ouverture du procès, tel le médiateur du chœur de la dramaturgie antique, le journaliste Aldo Leclerc osa écrire que plusieurs têtes étaient livrées à la vindicte populaire (l'expression « livrées à » est dégradante), et que les fanatiques buveurs de sang devaient expier leurs fautes, sous-entendu qu'il convenait de leur appliquer l'exécution capitale (l'« exécution capitale » est encore plus dégradante) qui ferait réfléchir à deux fois les étrangers qui songeaient secrètement à constituer une armée du crime dans le pays.

Ce gratte-papier de service, qui s'était érigé en justicier, ignorait sans doute que le malheur frappe celui qui n'en appelle qu'à la force bestiale (une force liée à la loi de l'Ancien Testament) si au préalable il n'a pas mis de son côté l'opinion publique, cette incontrôlable énergie qui circule dans l'air. Le chroniqueur, comme on le verra plus tard, joua avec sa vie de manière arrogante en négligeant ce détail. Ce fut un déchaînement des passions, par sa très grande faute. Quelque chose trottait dans la tête de chacun, qu'on pourrait traduire avec ces mots : « Qu'on nous donne ce que nous voulons ! » Et l'on savait pertinemment qu'ils voulaient tous entendre le bruit du couperet à l'aube.

Dans les grottes et les paillotes, dans les maisons des Blancs et les coulisses du tribunal, on susurrait que Sitarane trépasserait bientôt. C'était une certitude. Pour tester la guillotine, on lui avait fait exécuter une vingtaine de racines de manioc. Ensuite, on avait assemblé les planches du cercueil, creusé une fosse dans le cimetière de Saint-Pierre, désigné le prêtre qui proposerait au condamné à mort le baptême, le sacrement de la pénitence et la rémission des péchés. On avait acheté du rhum et des cigarettes, choisi le bourreau et, quelle prévenance, négocié une place en enfer pour le Mozambicain, selon la parole des commères. Qu'il marche jusqu'au cœur de la déchéance. C'est à ce prix que l'éternité lui ouvrirait les bras, le presserait contre elle, et qu'il ressusciterait des morts. Il reviendrait ainsi du pays des âmes errantes, et les vivants utiliseraient son nom pour nuire à leurs voisins et dialoguer avec le monde des esprits.

L'invoquant, on dirait : « Au nom de Sitarane ! »

Il marquerait si bien son époque qu'on dormirait encore moins de la nuit, fort occupés à prier sur sa tombe.

On aurait faim : impatients de jeter des sorts.

Seul un avocat commis d'office, inexpérimenté, la conduite un peu lunatique, pourrait encore croire à la générosité de la justice, à un élan de charité, à la bonté humaine, alors que sous les varangues on chuchotait que ce serait effrayant et absurde de croire à une incongruité pareille. La foule lyncherait ce novice, cette toge imbécile. Elle lui ferait payer cet air hautain qu'a le coq au lever du soleil. Et seul un hurluberlu de prêtre, une larme à l'œil, révolté par les silences d'un monde indifférent, miserait sur... Non. Au sein de la vénérable Église, les prêtres estimaient que les assassinats de Sitarane étaient l'œuvre d'un serviteur du diable, de fait, il ne méritait ni la pitié des hommes, ni celle de Dieu. On ne se questionnait plus à son sujet, inflexibles. Qu'il pleure et crie. Qu'il aille parler aux morts. De tous côtés, des commentaires fondés sur des sentiments excessifs. On se disait qu'il faudrait à l'île des roulements de tambours. Des grondements de tonnerre. Des ciels zébrés d'éclairs. Une chanson de guerre. Un hallali. *La Marseillaise*. Une musique de chasse à l'homme, comme du temps où les détachements traquaient les fugitifs dans les montagnes, et que l'aube éclate de joie, que le vent rugisse de plaisir, que la terre étanche sa soif. On discutait de tout cela avec beaucoup de décontraction, en opinant de la tête de temps en temps.

12

Vent fou

Le train de nuit entra en gare, d'où il repartit aussitôt en reprenant de la vitesse. Peut-être s'arrêterait-il dans le désert de sable de L'Étang-Salé, au bord de la mer qui se confondait avec le ciel. Mais non. Plus d'arrêt. C'était le train de minuit, sinistre. Il fonçait en direction de la ville de Saint-Pierre comme s'il avait le feu aux roues, le diable à ses trousses, ou comme s'il avait hâte de connaître la suite. Ou alors, il se pressait parce qu'il n'avait pas non plus de pitié pour quiconque. Pour lui comme pour la gendarmerie, il était important d'être ponctuel, des braises dans ses entrailles. Surtout ne pas faire attendre le prêtre, la foule, le bourreau, la mort, le croque-mort, le gardien du cimetière. Personne, se demanda Sitarane, n'y aura-t-il donc personne pour empêcher ce train de fumer, de siffler, d'inviter les gendarmes à la vigilance? Devant l'inéluctable, il se hérissait. Les sifflements aigus déchiraient ses tympans, ils lui disaient que tout le pays savait que ce jour viendrait, forcément, à moins que...

On peut écrire aujourd'hui que Sitarane avait commencé à agoniser dans le bureau du juge Hucher, magistrat de trente-cinq ans qui faisait ses premières armes dans l'île et déclarait haut et fort que le plus grand crime c'est violer la loi. Qu'on versât le sang, c'est une action impie. Mais qu'on le fît en commettant des atrocités c'est la pire des abominations, comme prêter un serment d'allégeance au démon. Il y a de la sauvagerie dans ce poinçon qui taquine le visage, qui creuse les rides du front, qui jette l'horreur dans des yeux agrandis, se dit-il, la nuque appuyée contre le dossier du siège. La mort s'approche. L'atmosphère révèle sa présence. On la sent. On la craint. On voit le temps s'effacer devant elle. Elle est là, criarde. Parce qu'un jour la vengeance est apparue tel un besoin, une exigence, une réparation. Ce désir de vengeance dont se décharge la pensée, un peu à la manière d'une plaie infectée, empoisonne le cœur qui le garde en lui, le nourrit, le réchauffe au nom de la parole biblique qui affirme clairement que Caïn sera vengé sept fois, mais Lamek soixante-dix-sept fois.

Le magistrat en était là de ses réflexions quand on toqua à la porte. Il redressa le buste, secoua la tête pour chasser le sombre pressentiment que la France n'avait pas fini avec la guerre, que les pays européens ne tarderaient pas à s'engager dans un massacre qui durerait assez longtemps pour qu'il y eût des millions de morts dans les livres d'histoire. Puis les couleurs du drapeau français accroché au mur lui sautèrent aux yeux, il toussota comme font les personnes qui regrettent un instant d'égarement, alla ouvrir à l'adjudant-chef Draguinot qui salua en claquant des talons. À ses côtés, Sitarane paraissait fourbu, mou, il respirait presque la timidité. C'est lui Sitarane, l'effroyable Sitarane ! pensa le juge. Un sentiment d'incrédulité le submergea, et il observa encore le prévenu.

« Qu'il s'asseye ! » finit-il par dire, sans se montrer discourtois avec celui que le journaliste Aldo Leclerc, friand de métaphores animales, avait comparé à une bête indomptée — indomptable.

L'adjudant-chef poussa Sitarane vers la chaise, sans lui ôter les menottes, car, selon le commissaire de police qui l'avait longuement interrogé, il cachait son jeu. Plus que les autres suspects, il était un habile dissimulateur, un manipulateur fécond en paroles hypocrites. Un tueur-né. Non seulement il serait très imprudent de libérer ses grandes mains (« Attention à la colère et à la traîtrise du sanglier capturé ! » avait-il conseillé), mais la méfiance devrait être de rigueur jusqu'à la fin de l'instruction de cette affaire. Aux regards des gens bien-pensants, Sitarane était un individu haïssable, et son penchant à lécher la plaie béante était maintenant connu de tous, ainsi que sa nouvelle manie de produire un bruit de borborygme, exprimant de la sorte ses intimes frustrations.

L'adjudant-chef resta debout derrière la chaise, au garde-à-vous, le casque sous le bras, à admirer l'ordre qui régnait dans la pièce. Le juge se cala dans son siège. De son temps, à Paris, on apprenait aux jeunes magistrats que leur première mission était d'user de tous les moyens disponibles pour parvenir au but fixé : la vérité. Tant pis pour l'inculpé (on ne parlait pas encore de présumé innocent) qui, tout bien considéré, ne devait s'en prendre qu'à lui-même d'être assis sur le banc des accusés, à tort ou à raison, et le plus souvent à tort. Ce dernier pouvait adopter une attitude, la changer, avouer, se taire, mentir, se défausser d'un meurtre sur un acolyte, présenter des faits réels comme imaginés, s'insurger enfin contre de prétendues fausses accusations.

« Qu'il s'asseye ! » Il l'avait dit sur un ton neutre, comme s'il s'agissait d'un criminel ordinaire. Ce qui n'était pas le cas. Il le savait très bien. Il plissa légèrement les yeux pour étudier ce visage, ce front, ce nez, ces lèvres, ce menton, et ce regard qui se déroberaient au cas où il lui parlerait d'autres choses que de la haine, au cas où il y aurait derrière quelques vérités indicibles. Hélas, non. Sitarane était assis les jambes allongées, plutôt détendu, comme le sont les hommes qui s'asseyent sur le perron de leur case, le chapeau sur la tête, fumant avec cet air détaché qu'ils ont quelquefois quand ils regardent passer le temps. Il n'y a rien là d'anormal, se dit le juge, qui dévisagea l'inculpé une deuxième, puis une troisième fois. Il scruta ses mains : que pouvait-il y avoir de diabolique et d'abject en elles, cerclées par les menottes?... Fontaine maniait le vilebrequin avec dextérité. Saint-Ange possédait le secret des plantes et de la poudre jaune. Sitarane cultivait la science du mal. Pourquoi s'en faire puisqu'on avait coffré le monstre à trois têtes? Pourquoi gaspiller son temps à instruire le procès des buveurs de sang? Pourquoi se triturer les méninges et chercher à convaincre les jurés?

À présent que ses complices avaient avoué leurs crimes, Sitarane ne songeait-il pas à égorger de nouveau? Aveux, mensonges, revirements, se croire impunis ou au-dessus de la loi, intouchables et invulnérables, tout cela s'était effondré d'un bloc et la faux de la mort planait sur la tête de Sitarane, lequel savait ce qui l'avait conduit ici, ce qu'il risquait dès lors que plus personne ne doutait de sa condamnation à mort. Même s'il laissait au repos ses mains aux ongles cassés et sales, on voyait qu'elles avaient creusé la terre et trempé dans du sang. Que cet homme fût debout ou assis, pensait le juge, il était capable de haine, si bien que toutes sortes de contrevérités fuseraient de sa bouche. Oui, mais la guillotine est-elle un symbole de la civilisation? Que son ombre soit sur Sitarane, Fontaine ou Saint-Ange, elle n'est pas un symbole de la civilisation. Ce n'est pas ça la civilisation. Ce qui avait beaucoup surpris le juge Hucher à son arrivée dans la colonie, c'était la droiture des gens de justice (comme on le verra, il ne s'était pas trompé sur ce point), l'organisation rationnelle de la justice, le respect de la dignité humaine, la défense de ses droits, les débats, les conclusions.

Ayant étudié *De l'esprit des lois* de Montesquieu, il ne regrettait qu'une chose, c'est qu'on ne mît pas quelque lenteur dans des affaires si sordides puisque les accusés étaient écroués, et qu'on n'accordât pas au peuple le temps d'apaiser sa rage et aux juges le temps de juger de sang-froid. Cela devenait morbide dès qu'on parlait de chairs lacérées et de cadavres. On lisait dans les regards la joie de se venger, une jouissance ; joie et jouissance plus néfastes qu'utiles, néfastes à l'homme, il devait par conséquent procéder à une interrogation minutieuse afin d'éviter les exagérations et les incidents de procédure.

Et les questions succédèrent aux questions, entrecoupées de brèves réponses. Sitarane savait que tout aveu signerait son arrêt de mort, aussi avait-il choisi non pas d'éclairer le juge de ses lumières mais de le diriger vers l'obscur de l'affaire. Avouer et mentir tour à tour. Se taire et parler. Émouvoir et irriter. Mais il n'aurait pas le loisir de jouer longtemps à ce petit jeu, car le juge Hucher, qui n'aimait pas tourner en rond ni qu'on le tourne en ridicule, pouvait décider à tout moment de confronter les témoins entre eux, l'accusé avec les témoins, l'accusé avec d'autres accusés, d'utiliser tous les éléments du dossier à son gré, notamment la déposition des sept hommes, des deux femmes, du garçon de quatorze ans (il avait l'air plus âgé) arrêtés par les gendarmes.

Sitarane était le huitième homme.

Ce jour-là, le juge Hucher l'amena insidieusement à s'enfermer peu à peu dans son discours, à tenir des propos différents et contradictoires, à revenir sur ses déclarations, à oser de subites volte-face. La somme d'informations qu'il avait à sa disposition contraignit Sitarane à rabâcher les mêmes arguments et à émettre des phrases incohérentes, jusqu'à cet instant crucial où ses idées s'embrouillèrent tout à fait, il se racla la gorge avec nervosité, puis cracha des invectives, des fanfaronnades, des borborygmes intempestifs. « C'est ce que je voulais, éructa-t-il. C'est ce que voulaient Saint-Ange, Fontaine, toute la bande. Tous, ils me disaient : Tu fais ci, tu fais ça. Et je l'ai fait. C'est là que j'ai été content avec moi. Que j'ai été moi-même, hein. Assis, on ne voit pas qui je suis, mais, si on me libère, on verra tout de suite qui je suis. Comme la dame Robert, on se mettra à genoux devant moi, oui... » En proférant ses menaces, il remuait sur sa chaise, bougeait les pieds, se grattait le dos de la main.

Le magistrat ne manquait ni de ressources ni de ténacité. Comme un puzzle, les pièces commençaient à s'ordonner dans sa tête autour des assassinats et de la responsabilité individuelle des principaux prévenus. Autour de la complicité des uns et des autres, pour que la sanction soit proportionnée au délit. À l'école de la magistrature, année après année, il avait appris à démêler ce que les juristes appellent des écheveaux d'affaires compliquées et, avec la fermeté qui le caractérisait, aucune énigme ne demeurerait insoluble. Dans le dédale de cette tragédie, la conviction qu'il tenait le bon bout du fil ne l'avait pas quitté. Il s'attacherait à établir la vérité par recoupements et à remettre une enquête bien ficelée à ses supérieurs, car on échafaudait des coups fourrés dans le bureau des avocats de la défense qui tenteraient d'obtenir la révision du procès.

C'était leur droit; à lui d'être sage.

Comme ses premières conclusions seraient lues avec

attention, celles des gendarmes avec circonspection, il se méfiait de tout le monde, de lui-même, d'un travail fait à la va-vite, et, sans vouloir refaire la société à sa manière, il n'aurait pas supporté qu'on lui amène un prisonnier torturé par des policiers, qui aurait des difficultés à s'exprimer et jouerait les bouches cousues. À aucun moment, heureusement, il n'eut à rappeler une question déplaisante à Sitarane qui tâchait de battre le record d'insipides bavardages. Le jeune magistrat écoutait, épiait, analysait, décortiquait ce qu'il entendait et voyait sous ses yeux. Mensonges et grimaces défiguraient Sitarane qui le fixait de façon haineuse, avec un air de provocation, voire d'effronterie. Il lui semblait que l'assassin n'était lié à la vie que par cette haine qui l'avait averti de sa mort prochaine puisque l'émotion étreignait son cœur, passait malgré lui dans sa voix en contractant les muscles de sa gorge. Comme si un chatouillement désagréable au niveau de la nuque l'énervait, il continuait à dévoiler sa noirceur d'âme, à s'agiter sur sa chaise. Possédé d'un tic nerveux, il dilatait ses narines, et sa lèvre inférieure frémissait. D'insupportables visions paraissaient mobiliser toute sa concentration : le couperet qui, tel un vent fou, foncerait sur lui et n'épargnerait pas un seul de ses songes affreux, et puis le silence de la foule terrifiée par l'odeur du sang répandu dans le froid du petit matin — son sang.

En présence de l'adjudant-chef Draguinot qui rêvait d'un nouveau galon à déposer aux pieds de ses deux enfants, Sitarane était sur le point d'avouer sa défaite ou de la recevoir tel un déshonneur.

Un sourire en coin, le juge pensait qu'il fallait profiter de ce procès du siècle, qui défraierait la chronique, pour débarrasser la région de tous ces vampires, alors la vie y serait plus douce, l'atmosphère enflammée par les alizés plus pure, moins étouffante à se promener dans les rues. Il avait le sentiment que l'île aurait le courage de tourner la page afin d'en écrire une autre plus glorieuse de son histoire. Seule une minorité de pendards s'acharnerait à bafouer la loi, mais plus rien ne freinerait la marche de la justice. Sans passion ni sentence arbitraire, sans haine ni colère, le tribunal rendrait le verdict avec le pardon dont s'accompagne toute punition, ici comme en France.

Son regard traversa la sombre carapace de Sitarane, pénétra dans sa chair, dans son cœur, dans son esprit, avec la force d'un éclair pour que s'envolent et ne reviennent plus les ombres qui dormaient sur les pièces de son dossier. Du bout des doigts, avec délicatesse, il caressa son menton pointu en se demandant si cette misérable crapule avait droit à autant d'égards, lui qui n'en avait eu aucun pour une femme enceinte. Si une vie ne comptait pas pour lui, pourquoi la sienne compterait-elle plus que celle de Deltel? Le tribunal, qui devait pardonner, n'aurait rien à se faire pardonner. Le jeune enquêteur pressentait que, dès qu'il aurait donné aux événements des interprétations les plus justes sans tirer de conclusions hâtives, le pardon aurait le tranchant d'une hache. Il devait fouetter Sitarane avec l'inusable loi du talion, le pousser dans ses derniers retranchements et l'acculer à des aveux complets. Ses aveux seraient écrits. Une écriture officielle, avec des mots chargés de sens. Là, mentionnés dans son rapport.

« Le temps presse, dit le juge, et le parquet s'impatiente. Si le procès tarde, je crains qu'on ne vous dise: vous avez pris une vie, on vous prend la vôtre. Combien de crimes avez-vous commis? »

Sitarane demeura rêveur et distrait un instant. À quoi se

cramponner lorsque la mort flirte avec votre ombre? Quelles pensées vous obsèdent? Quels cauchemars hantent vos nuits? Le plus atroce, c'est l'idée de n'être plus à l'abri nulle part. Où se protéger contre le froid, l'effroi, les soupçons, les erreurs judiciaires, l'inimitié générale? La même réponse : nulle part. Il se sentait nu sous le flot d'accusations, pieds et mains ligotés. Il avait déjà vu la mort d'aussi près, les yeux dans les yeux, mais ce n'était pas la sienne. À ce moment-là il était dans le rôle du meurtrier, le beau rôle puisqu'il les avait vues mourir, ses victimes, couchées dans leur lit, dans des draps souillés d'un sang qui n'était pas le sien. Mais là, c'était différent, dans le bureau du magistrat qui lui disait sans détour qu'à l'aube d'un prochain jour la cour de la prison serait noire de monde, et qu'il aurait à soutenir des milliers de regards qui traceraient un trait d'union entre lui et l'échafaud, l'échafaud et lui, un peu comme s'ils étaient faits l'un pour l'autre. Lorsqu'il sonderait le ciel : « Qu'y a-t-il après? » Tout ne serait que confusion, pleurnicherie, soubresaut avant qu'il ne soit chassé de l'existence des hommes.

Cloué sur sa chaise, Sitarane se disait que sa vie, aussi légère qu'une cigarette, n'aurait pas plus de saveur que le mauvais rhum servi dans un petit verre par le bourreau. Abandonné à son sort, il serait là à espérer, dans un cauchemar éveillé où tout bouillonnerait en lui comme la lave en fusion, que le remords pointe son nez à l'heure de remettre son âme de pécheur endurci à je ne sais qui. Ne serait-ce pas l'essentiel, le remords?

Marchant vers la machine infernale, il entendrait des voix s'écrier dans la clarté de l'aurore : « Que l'oubli engloutisse ce monstre! » Hum, la question de l'avenir de Sitarane après son exécution serait plus compliquée, à moins de resservir le cliché que tous les criminels vont en enfer pour l'éternité, dans le seul but de sauver les apparences — rien que les apparences.

« Avez-vous tué Deltel ? » demanda le juge Hucher, qui lança un clin d'œil à l'adjudant-chef dans l'espoir que l'inculpé aurait assez de bon sens pour ne plus mentir avec cynisme.

« Non. C'est Saint-Ange, répondit Sitarane.

— Pourtant, dans la grotte de la Chattoire, on a retrouvé couteau, poinçon, revolver, balles, montre en or...

— C'est le couteau de Fontaine. Je l'ai eu entre les mains parce qu'il me l'a prêté pour couper les aloès qui barrent le sentier, c'est tout. Après, je lui ai rendu son bien, sans faire de manières.

— Les gendarmes s'entraînent au tir, et vous, vous vous entraînez au maniement du couteau en coupant des aloès. Ce qui explique que, cette nuit-là, vous ne l'avez pas raté, Deltel. Geste précis et... mortel.

— Je lui ai donné plusieurs coups, oui. Mais, si je ne l'avais pas fait, Saint-Ange et Fontaine m'auraient égorgé. Ça c'est sûr, si je n'avais pas fait ce qu'ils me disaient de faire. Ça se voyait que Fontaine était de mèche avec Saint-Ange qui m'a crié : « Tu le tues ! » Aujourd'hui ce sont des mangeurs de paroles, et ils m'ont tout mis sur le dos.

— Que s'est-il passé chez les Robert ?

— La même chose... Ils dorment. Fontaine et Saint-Ange ont un couteau à la main, ils me menacent. Je dois obéir. Je frappe l'homme à l'endroit que m'indique Saint-Ange, comme étant la plus tendre qu'il me dit (Sitarane porta ses mains à sa tempe droite, effaré par ce qu'il racontait, comme si c'était quelqu'un d'autre qui avait tué à sa place). La femme se réveille. Elle demande à faire sa prière. Elle est là avec ses larmes et son Notre-Père. C'est la barre de fer qui l'assomme. Elle est morte comme ça. Saint-Ange saute sur elle, braille : "Ça, c'est pour le diable !" Il a dit ça pour nous faire croire qu'il salissait la femme pour le compte du diable. Mais c'est lui le diable qui domine mon cerveau ; il me commande de faire ci et ça, et moi je fais, oui, c'est ça. »

Sitarane ne tenait plus sur sa chaise à s'entendre dénoncer ses amis, à revoir ses gestes, à se gratter le dos de la main, à s'interroger : Que vont-ils faire avec moi ? comme s'il ne le savait pas déjà.

Après un silence, le juge Hucher se renseigna :

« À qui appartient le vilebrequin ?

— C'est pour le métier de Fontaine : il est menuisier. Le métier de Saint-Ange, c'est poison et sirop-le-mort...

— Sirop-le-mort ?

— C'est fait avec le sang des cadavres. Saint-Ange nous force à le boire pour qu'on soit invisible, la nuit.

— Et pourquoi Férons, Deltel, Robert ?

— L'informateur, c'est Fontaine. C'est lui qui me disait de partir ici ou là pour l'argent, la nourriture, et moi je l'écoutais.

— Chez M. Roussel, vous avez échoué. Pourquoi ?

— C'est ma faute. Saint-Ange était contre ce coup-là. J'ai voulu y aller quand même. Sans lui. Sans son accord. Sans sa bénédiction. Je me croyais plus fort que lui. Mais comme il n'était pas là pour nous placer sous la protection des esprits, ça a tourné au vinaigre.

— Vous aviez d'autres "projets" en vue ?

— C'est Fontaine qui me disait où, pourquoi ; Saint-Ange, il tirait les cartes pour me dire quand, comment.

— Le chef de bande, qui c'est ?

— C'est Saint-Ange, le sorcier-guérisseur. Moi, je peux pas être chef. J'ai pas été à l'école et je sais pas lire.
— Mais vous savez tuer, n'est-ce pas? »

Sitarane secoua la tête énergiquement, comme si le mot « tuer » ramenait à sa mémoire quelque chose qui le saisissait à la gorge et coupait sa respiration. Il sentait accourir le froid du danger, et il en avait le frisson. Il aurait voulu crier : Arrêtez! Arrêtez tout! Ce que j'ai fait, je l'ai fait. Mais je ne suis pas assez vieux pour mourir. Pas de cette façon. Je suis en bonne santé, et ma vie ne peut pas se terminer comme ça. C'est pas juste. C'est pas la loi. Il aurait voulu dire ça au juge, mais il se dégonfla. L'implacable et méthodique juge Hucher lui paraissait sec et méchant, à le dévisager avec une telle intensité que, s'immobilisant sur sa chaise, il devina que, debout derrière lui, l'adjudant-chef Draguinot avait l'œil fixé sur son cou. Le sentiment d'une sentence injuste, choquante et inacceptable (de son point de vue) pesait sur sa destinée, et rien ne venait écarter le couperet de sa route. Le temps s'accélérait. Il avait l'impression de rapetisser chaque fois que le juge doutait de sa sincérité, remettait ses propos en question, le ramenait au rang d'un parasite qui vivait sur le dos des Blancs.

Ce type de situation commençait à agacer Sitarane qu'un rien agaçait, d'autant qu'il était tombé dans une souricière. Comme il avait peu de sympathie pour les uniformes en général, il les recouvrait de son mépris, avec la soudaine envie de les lacérer ou de les trouer d'une balle. Il n'était pas un raté, non. Le responsable du ratage, pensait-il, c'était Fontaine qui, une nuit, en escaladant le mur de clôture de la maison de Robert, l'instituteur, avait laissé fuir du sang de cadavre de la fiole. Il détestait ce spécialiste du vilebrequin dont la mèche se cassait lorsqu'elle butait contre le fer des portes, mais refuser de s'allier à lui devant le tribunal c'était renoncer à vivre, rendre inutile la plaidoirie de son avocat : qui a ordonné, qui a tué, qui est le cerveau, qui est le bras, qui est le coupable. Ce n'est qu'après qu'on verrait s'il était digne de vivre ou pas.

« Et la poudre jaune ? » s'enquit le juge d'un ton amène, presque doux, celui qu'on prend pour avoir des nouvelles de quelqu'un. Il lui fallait enfoncer le clou, comme on lui avait appris à le faire, en offrant à l'inculpé une raison de se placer au-dessus de la plèbe pour mieux côtoyer les dieux, soudain il est moins avisé, plus volubile, plus naïf aussi, il se montre plus coopératif, une étincelle de fierté dans les yeux. Assis en face de vous, il bombe le torse, vous défie du regard, se dit être seul à savoir ce que vous ignorez. Et puis il déduit que vous êtes prêt à négocier pour recevoir des confidences.

« La poudre jaune ? reprit Sitarane d'un petit air évasif. Hé !... Hé !... Qu'y a-t-il à dire... qui pourrait intéresser la loi ?

— Tout, voyons.

— Et pourquoi je mangerais le morceau ?

— Pour sauver votre peau.

— C'est sûr, ça ?

— Tout dépendra de ce que vous me direz.

— Ben, la poudre jaune c'est le métier de Saint-Ange. Je n'ai jamais vu une poudre aussi valable que cette poudre. Une poudre magique. Les yeux dorment en une seconde. On roupille avant de piger quoi que ce soit. Celui qui connaît la force des plantes est un grand sorcier...

— Quelles plantes ?

— C'est le secret de Saint-Ange.

— N'est-il pas aussi le vôtre ?

— Non! C'est un vrai secret que ce secret-là.

— Dans la grotte, pourtant, les gendarmes ont trouvé un sachet de cette poudre, et le mâle berger allemand...

— Oui, je l'ai endormi avec. C'est Saint-Ange Gardien qui l'avait préparée pour moi l'autre jour.

— Mais la chienne, vous l'avez poignardée?

— Les femelles, c'est plus fourbe. Elle m'a attaqué par-derrière, le museau au ras du sol comme si j'étais une bête. J'aime pas les chiens qui me reniflent. J'aime pas les gendarmes qui me surveillent. J'aime pas non plus cette façon de me courir après avec un tas de questions.

— Eh bien, ça, c'est mon métier... Quand vous tuez, un couteau ou un poinçon à la main, que ressentez-vous?

— Je sais pas... Tout d'un coup, mon corps n'est plus à moi. Je me sens plus fort qu'une bande de gendarmes. Mon cœur aboie comme un roquet qui a la haine. Et puis j'entends la voix de Saint-Ange qui me dit de frapper, et je frappe. J'ai dix bras, dix couteaux, qui vont de l'avant. Ça part tout seul. J'ai même pas le temps de guider ma main qu'elle a déjà frappé.

— Et après?

— Il y a quelque chose qui me colle aux doigts, qui me saute aux yeux, je ne vois plus rien. Je vois rouge. Mais ça ne dure pas. Après, je retrouve mon corps, je redeviens moi-même, j'oublie tout... »

C'était au tour du juge Hucher de demeurer songeur une minute, d'observer Sitarane avec une contention d'esprit, comme s'il lui manquait une pièce essentielle du puzzle. Il se demandait si reconnaître ses fautes en rejetant la responsabilité sur l'autre n'était pas un réflexe de défense ou un système de défense, ou peut-être les deux à la fois, qu'adoptaient ces larrons invétérés pour fuir la sanction. Bref, ils n'étaient pas si nuisibles qu'on voudrait bien le faire accroire. Si satisfait qu'il fût par les réponses à verser au dossier, il n'abandonnerait pas son sens critique, s'en tiendrait à l'opinion qu'il s'était faite sur les malfaiteurs, et sur quoi se fondait son enquête : leur pacte de sang avait volé en éclats, et ils mentaient. Il n'était pas loin de penser que les magistrats (juges, substituts du procureur, procureurs) qui instruisent les affaires criminelles, plongent souvent la main dans les eaux suspectes des bassesses humaines pour pêcher la vérité que les renégats cachent derrière des artifices ingénieux : déformer les faits, fausser la réalité, travestir en calculs leurs turpitudes, s'abaisser à des compromissions. Ils n'ont pas fini de se moquer de la justice qu'ils s'appliquent déjà à tricoter un tissu de mensonges, les uns plus éhontés que les autres, pour le dixième interrogatoire au cours duquel ils reprennent du poil de la bête avec une impudence à vous démoraliser, à vous démonter, ayant rassemblé pour vous, avec soin, des ripostes perfides destinées à vous induire en erreur, sans que cela les gêne.

Cette proverbiale méfiance du juge qui ne fait aucun crédit à la nature humaine, le juge Hucher l'entretenait en lui. Selon son intuition, Sitarane n'avait pas renié Satan, certes, mais il aurait tort de nier sa culpabilité. Ses œuvres viles, il les porterait devant le tribunal, ce qui lui vaudrait de boire la coupe jusqu'à la lie. Il irait languir ensuite en prison et, comme une vieille paire de chaussettes qu'on laisse de côté, on le reléguerait au fond de l'oubli — seule place méritée par ceux qui piétinent les Tables de la Loi. Avec le volontarisme de l'homme qui, au service de l'État, s'était juré de combattre l'iniquité, d'une plume alerte il écrivit « trois fois coupable » sur la feuille qu'il classa dans une chemise bleue, et la chemise dans un dossier en carton qu'il rangea dans le tiroir de son bureau. Il aurait voulu en savoir plus sur le sang bu des victimes, ainsi que sur la composition de la poudre jaune, mais Sitarane semblait être ailleurs, tout à coup muet, si peu concerné par le jugement à venir. Il feignait l'insouciance, ou alors il sentait sa vie se disloquer à force d'une réalité masquée.

Le juge chercha le regard de l'adjudant-chef qui, debout derrière l'inculpé, attendait la consigne. Il l'étudia encore un peu, l'uniforme impeccable et le casque sous le bras, les cheveux coupés ras, la fossette au menton, le nez droit, puis il lui fit un signe discret de la tête.

Depuis plusieurs mois qu'il traquait la bande de tueurs, l'adjudant-chef avait eu le temps de les imaginer derrière les barreaux, et aujourd'hui il ne se préoccupait pas plus de leur retournement de veste que du problème crucial des circonstances atténuantes. Un gendarme doit rester un gendarme, quel que soit le lieu où il promène son uniforme. Donc, ce n'était pas le plus important à ses yeux. Le plus important c'était de réduire au silence (doux euphémisme) tous ces parasites. Qu'ils se soumettent donc aux lois ou disparaissent. Les timides déclarations de Sitarane n'avaient convaincu ni le juge ni l'adjudant-chef, qui se figurait que de tacites et réelles connivences, presque une silencieuse et immémoriale fraternité, liaient la gendarmerie et la magistrature. Plût au ciel ! pensa-t-il, conforté dans son orgueil. Traitant le prévenu sans ménagement, il l'aida à se lever et le poussa vers la porte. Sitarane ne bougonna pas. Soit crainte décuplée, soit indifférence, il avait de plus en plus l'air vacant. Il n'empêche que, avant de quitter le bureau, il marqua le pas, se retourna comme s'il avait oublié un détail à mentionner dans le rapport, mais le juge s'épongeait le visage avec un fin mouchoir blanc en dentelle. L'entretien était clos, mais le dossier n'était pas classé.

De toute manière, du point de vue strict de la loi, des peines capitales se profilaient à l'horizon du procès. Le procès signifiait : ou la prison, ou la mort. Mais avant tout, cela voulait dire administrer la justice. Et partout. Il n'y avait aucun doute là-dessus.

En revanche, selon les prédictions de la demoiselle Ernestine Généreuse, nul ne saurait dire ce qu'il adviendrait de Sitarane après sa mort dès lors qu'il jouissait d'une popularité grandissante parmi les descendants d'esclaves. C'était à prendre en compte pour le bien-être de la société.

13

Pacte rompu

Coiffé de son casque, l'adjudant-chef Draguinot s'éloigna avec son prisonnier qui semblait crouler sous l'inquiétude.

Ils passèrent devant la salle numéro 13 où deux gendarmes montaient la garde depuis une heure environ, ils surveillaient un triste individu qui, assis au centre de la pièce, les coudes sur la table, penché sur une quantité de chagrins, clamait son innocence trente-six fois par jour, il mangeait peu, buvait peu, hurlait beaucoup dans sa cellule. C'était Fontaine, l'homme au vilebrequin. Pris dans un tourbillon d'émotions contradictoires, un essaim de souvenirs mordants devant ses yeux rouges, il avait épuisé ses forces. Il lui était impossible à présent de soupeser ses maigres arguments. Un bruit de bottes (celles de l'adjudant-chef dans le couloir du tribunal) réveilla subitement en lui la crainte de mourir. Mais de quoi l'accusait-on puisqu'il n'avait ni frappé, ni tué, ni profané un cadavre ? Pourquoi l'envoyer à la guillotine, alors qu'il s'était borné à percer quelques malheureux trous dans une porte ? Bien sûr qu'il possédait vilebrequin et mèches anglaises, comme tout artisan qui se respecte. Bien sûr qu'il avait appris à s'en servir avec adresse. Bien sûr qu'on l'avait appelé pour réparer des maisons, et payé pour l'excellence de son travail. On l'avait encensé aussi... Jusqu'au jour où il ne fut plus digne d'être encensé.

Aujourd'hui, il ne savait plus comment se consoler de sa disgrâce. Il y avait des murs qui l'asphyxiaient, des grilles, des portes, des aboiements, des menaces, et le martèlement des pas des gardes, ce qui expliquait son regard apeuré, comme si un désespoir goulu tournait autour de lui.

Hier, la loi avait contraint Fontaine à marcher vers la prison, et demain vers le bourreau qui huilait sa machine. C'est ce qu'on chuchotait partout, et son avocat, maître Le Vigoureux (son esprit le serait-il lors du procès? et le style de sa plaidoirie?), lui avait d'ores et déjà conseillé de ne pas se rebiffer contre le destin car les mailles du filet étaient si resserrées que même le menu fretin ne passerait pas à travers. Les lourdes charges retenues contre lui réduisaient la marge de manœuvre à une peau de chagrin, dans la mesure où « c'est connu qu'il n'existe pas plus de crime parfait que de justice parfaite et l'imperfection tient à la nature de l'homme qui inscrit la perfection dans le cycle lent de l'évolution » (*dixit* Le Vigoureux, un brin résigné). Discours abscons auquel Fontaine ne comprenait rien, évidemment. Et chaque conseil que l'avocat s'entêtait à prodiguer à son taciturne et grincheux client ne faisait qu'augmenter le pessimisme de celui-ci qui, plutôt que de s'ouvrir à lui, tout au moins jusqu'à la veille du procès, préférait répéter « non, non, non », en donnant des coups de poing sur la table. Il n'avait fait que percer des trous. Un, deux, trois trous dans la porte. Rien de plus. Ne fallait-il pas qu'il ait un vilebrequin entre les mains pour pratiquer son métier, et qu'il perce des trous pour qu'on reconnaisse son talent et l'applaudisse?

Dans sa cellule, il revoyait les scènes funèbres qui s'étaient déroulées sous ses yeux, il regardait le ciel à travers les barreaux, d'une manière émouvante, comme s'il était debout près d'un gouffre qui attendait on ne sait quoi de lui. Rien pour le préserver de l'angoisse, pourtant ce refus de l'inexorable quand toute la prison faisait grand tapage de sa condamnation à mort ; pourtant, ce désir de vivre ancré en lui. Il ne supportait plus le persiflage des détenus qui, le croisant à l'heure des repas, passaient le pouce sous la gorge. Horrifié, il grimaçait pour traduire son dégoût. Il avait l'impression de se survivre, d'être dépossédé déjà de son souffle. Il s'estimait moins coupable que Sitarane et Saint-Ange (à bon droit, d'ailleurs) et minimisait la gravité de ses fautes ; tout en pusillanimité, il s'énervait quelquefois à distribuer des gnons à l'aveuglette pour qu'une cohorte de démons cessent de venir lui réclamer son âme. Vaine irritation. La nuit, dormant d'un sommeil agité, il perçait des trous pour le plaisir du travail bien fait et s'attirer de nouveaux compliments, sauf que dans son rêve, sous l'œil fixe de créatures vêtues de blanc et de rose, du sang brunâtre s'écoulait par les ouvertures pratiquées dans le bois, souillait la mèche, quel étonnement pour le menuisier qui se disait que les vilebrequins n'étaient pas faits pour blesser l'homme.

Un jour, à l'heure de la promenade dans la cour intérieure de la prison, il s'était approché furtivement de Saint-Ange. Il l'avait imploré d'user de son influence, de ses sortilèges, de sa science des esprits afin de le sortir de ce guêpier, en échange il témoignerait contre Sitarane qui ramperait devant la cour comme une couleuvre à écraser du talon. Après l'avoir écouté, Saint-Ange avait pensé que, si pour une raison inconnue le menuisier ne sauvait pas sa tête, du moins ferait-il débouler celle de Sitarane dans le bac à sciure. Avec un peu de chance, il pourrait gagner sur tous les tableaux dès l'instant où, selon les dires de son avocat, le tribunal ne demanderait qu'une ou deux vies pour exaucer le souhait de la population. Accédant à la supplique de

Fontaine, il lui avait donné une poignée de main, la garantie d'intervenir en sa faveur. Le menuisier avait été troublé par cette main large, puissante, convaincu qu'à eux deux ils vaincraient de haute lutte, d'autant qu'il avait lu sur le visage du sorcier un air de contentement, l'air de celui qui évolue avec aisance dans le monde visible et invisible.

Ce sorcier s'appelait Saint-Ange.

C'était désormais un ami, son protecteur.

Fontaine y avait vraiment cru à faire les cent pas sous le soleil. Mais de retour dans son cachot, face à lui-même, il avait fourragé dans sa tignasse, puis caressé sa nuque et, résigné, il s'était préparé à affronter la énième nuit blanche, assis sur son grabat, à se dire que de toute façon il faisait trop chaud pour dormir. Il y avait du bruit d'un couloir à l'autre, des gémissements, des bouts de phrases qui se liquéfiaient en un ricanement exaspérant : « J'te dis qu'il a les jetons... la trouille de clamser... d'aller rejoindre la société des ventres en l'air... il fait dans son froc parce qu'il va crever ! » Il s'était pelotonné en boule sous sa couverture, agacé par la partie de rigolade entre fripons.

Depuis plusieurs semaines déjà, Fontaine refusait le sommeil à cause d'un cauchemar qui le fréquentait : dans le layon couvert de gravillon, il grimpait à travers les massifs d'aloès jusqu'à sa paillote ; soudain, voyant que la cour était déserte, que la porte claquait, une sensation de vide s'emparait de lui et il se mettait à courir dans tous les sens comme un chien fou ; et puis, il découvrait, avec une netteté époustouflante, la face hideuse de Sitarane qui recherchait quelque chose à l'angle de sa case, derrière la roche à laver le linge, sous le tas de bois mort, dans le poulailler, un bâton à la main pour fouiller dans les touffes d'herbe. Il s'élançait vers lui, mais, après avoir fait quelques pas, son corps devenait de plus en plus lourd, finalement l'angoisse le clouait sur place, et il s'entendait crier d'une voix chevrotante : « Qu'est-ce que tu fais chez moi ? Que cherches-tu ? », comme si son destin était lié à ce bâton qui fourgonnait partout, nerveusement, et Sitarane, torse nu, en pantalon de toile blanchie au lavage, tournait en rond dans la cour envahie d'ombres, maintenant il lançait des coups de pied dans les mottes de terre. « Je la trouverai ! s'exclamait-il. — Mais quoi ? demandait Fontaine, qui avait l'air d'une épave humaine. — Ta tête ! Que veux-tu que ce soit d'autre ? Je crois qu'elle a roulé par-ci, ou par-là. Ne te fais pas du mouron, je la trouverai ! » Vengeur d'une mauvaise farce qui l'horripilait, Fontaine pensait, toujours dans son rêve récurrent, que la nature n'avait pas été tendre avec le Mozambicain qui avait un crâne difforme, des lèvres épaisses, un gros nez épaté, des yeux pareils à deux cratères, des cheveux laineux, des oreilles décollées, une figure qu'il ne pouvait regarder sans trembler. Chaque fois qu'il regardait ce masque de la fourberie qui enlaidissait ses nuits, il se réveillait le cœur au galop.

Au matin, il se disait qu'il allait falloir rediscuter de sa protection avec Saint-Ange, qu'il lui resserre la main, le rassure, lui, non un avocat défaitiste. C'était ça qui le requinquerait. Après tout, n'était-ce pas lui qui convoquait les esprits à la croisée des chemins, à minuit ? Il était bien l'homme de la situation, son dernier recours puisqu'il était à la croisée de sa vie.

L'un des deux gendarmes, le casque vissé sur le crâne, interrompit les pensées de Fontaine en ouvrant la porte.

« Monsieur le juge vous attend ! »

Il se leva, sortit de la salle d'attente ; à présent, il trottinait devant le gendarme, sans les menottes. Le juge Hucher l'avait interrogé plusieurs fois déjà depuis son emprisonnement. Mais aujourd'hui, le menuisier jouait son va-tout : il pensait que s'il revenait sur ses premiers aveux, s'il confiait au juge ce qu'il attendait de lui, il pourrait se glisser à travers les mailles d'une justice qui allait plus vite que les violons. Trop vite à son goût. Tout était souci pour Fontaine qui, dans le but illusoire de ralentir la course du temps, évoquait seul les choses qu'il faisait de ses mains expertes ; portes, fenêtres, toitures ; il se rappelait les louanges de l'un, l'autre ; sa femme ; que tout cela vienne s'agglutiner autour de lui tel un bouclier à décourager le bourreau. Une ombre fondait sur lui. Cette ombre, c'était celle d'une gueule d'acier — une buveuse de sang.

Le juge Hucher avait eu raison de se souvenir de Montesquieu. L'accélération du temps du procès, à travers ses différentes phases préparatoires (enquête, instruction, jugement, condamnation), pourrait troubler effectivement la sérénité des jurés, fausser leur jugement, même s'ils étaient amenés à délibérer ensemble, à se communiquer leurs pensées, à polémiquer, à modifier leurs avis pour les rendre conformes à ceux du plus grand nombre.

Dans le bureau du juge, Fontaine s'assit sur la chaise que Sitarane avait occupée il y a quelques minutes, mais l'atmosphère était plus détendue, si détendue que le gendarme était ressorti en refermant la porte.

« Eh bien, qu'avez-vous à me dire ? s'enquit le juge.

— Des tas de choses ! » lâcha Fontaine, excédé de voir Sitarane venir le persécuter dans son sommeil, nuit après nuit. Aiguillonné par la soif de vivre, il croisa les doigts, respira à fond, avoua que le chef de bande c'était le Nègre africain. Le couteau, c'était son couteau. Ainsi que le poinçon, la poudre jaune, le sirop de cadavre. L'incendie de la maison des dames Férons, c'était lui aussi. Et l'assassinat de Deltel, des Robert. Le viol de la femme enceinte, c'était son idée. Une fois que Sitarane avait parlé, personne n'avait plus rien à redire, à cause du pacte de sang. Dans la grotte ou au milieu du carrefour, nul ne pouvait désobéir à Sitarane. Nul ne pouvait contredire Sitarane. On devait faire ses quatre volontés. Que lui, avec ses deux revolvers, sa bouche puante pour commander de faire ceci ou cela, sous peine d'avoir la gorge tranchée.

Les yeux du juge s'écarquillèrent sous la surprise, face à un Fontaine bavard et décidé à éclairer la cour lors du procès.

Il fallait bien rompre le pacte à un moment ou à un autre, mû par la force qui répugne à ce que l'homme soit basculé en avant, et que son corps atterrisse entre les planches d'un cercueil.

Avec une curieuse complaisance, le menuisier parvint à sourire pour sceller un pacte plus raisonnable : être solidaire de la loi.

Les gendarmes reconduisirent ensuite à la prison un homme qui se sentait tout ragaillardi, comme si sa rencontre avec le juge était un motif de croire à nouveau en son innocence. Il faisait « hon » tous les dix pas, ce qui voulait dire qu'il avait établi un lien entre la promesse implicite du magistrat et la légèreté de son corps. Innocent. C'était ce qu'il entendait. Ce mot lui avait rendu sa vigueur. Il lui parlait de liberté. De l'adorable Lisette. Il avait vu, ce jour-là, après cette dernière entrevue, un point lumineux dans le ciel.

En rangeant ses notes dans le tiroir de son bureau, le juge pensa que le menuisier était inculpé au même titre que les autres, et que les jurés avaient un pouvoir souverain :

déclarer l'accusé innocent ou coupable, après avoir pesé chaque chose à la balance de la raison, c'était la règle d'or, ils façonnaient l'avenir, orientaient la société vers un monde meilleur. Souvent il bénissait le ciel d'avoir permis à la France de planter son drapeau au sommet de cette île. La France, une nation généreuse, l'un des motifs pour lesquels il continuerait à œuvrer pour transmettre à ces gens-là les bienfaits de la civilisation, tandis que ses amis, à Paris ou à Lyon, se démanchaient pour faire carrière et laisser un nom. Eh oui, le milieu judiciaire peut être parfois petit et égoïste, s'exclama-t-il, l'œil brillant, persuadé que, dans les prochaines décennies, la France s'évertuerait à répandre sa générosité au-delà de ses frontières, partageant avec les autres peuples la chaleur de ses convictions et son opiniâtreté à combattre partout l'injustice, car tout cela était juste ; tout cela était cruel aussi ; cruel et juste à la fois.

14

Haut et trop court

Ce n'est pas très agréable de porter le chapeau, se disait Sitarane, recroquevillé dans son cachot humide et fétide, comme s'il avait raté quelque chose. Il envisageait son avenir avec anxiété, et ce terrible sentiment de peur avec objet (cet objet de supplice qui s'était attaché à sa mémoire) l'empêchait de respirer. Les bribes de conversations qui arrivaient à son oreille, les on-dit qui circulaient d'une cellule à l'autre l'affectaient, ainsi que cette rumeur sournoise qui prélude aux procès retentissants. Il ne lui était guère possible de tout retenir, mot pour mot, ni de fixer sa pensée sur les propos qui donnaient à réfléchir, parce que cet objet dansait devant ses yeux, si aiguisé qu'il le mènerait plus loin que la souffrance, jusqu'à la mort. Et plus loin que la mort, jusqu'à cet enfer qu'on n'avait pas cessé de lui promettre. Le curé Delpoux, lors de sa dernière visite, lui avait soufflé que s'il était à sa place (un bref signe de croix, car le malheur est évitable quand il est conjuré), il demanderait à recevoir le baptême, à se confesser, afin de reprendre son âme au diable avant qu'il ne fût trop tard. Sur un air connu, il lui avait resservi son couplet sur la bonté d'un Dieu clément, miséricordieux, tout-puissant : « Dieu aime les ouvriers de la onzième heure. Le repentir n'est pas une seconde faute ; il nous lave, il nous blanchit, il nous rachète. Et il y aura plus de joie au paradis pour un seul pécheur qui se repent que pour quatre-vingt-dix-neuf justes. » Après un silence, il avait ajouté ceci : « Si celui qui se repent est un buveur de sang, un incroyant, un sorcier impénitent, un nègre du Mozambique, quelle victoire sur Satan qui rêve de dominer le monde. Je me repens, il se repent; te repens-tu, mon fils?» Ces paroles, au lieu de calmer Sitarane, l'avaient entraîné dans un tourbillon de scènes sanglantes, de hurlements de bêtes aux abois, de sons discordants, de souffles saccadés, d'odeurs infectes. Ces paroles avaient poussé de noirs orages dans son ciel, la nuque tassée sous le sac de péchés que Fontaine le menuisier avait déposé sur ses épaules lors de leur première confrontation dans le bureau du juge. Éclair, foudre, tempête, soleil blessé, rivière rouge, champs noyés, tout cela avait tournoyé dans le grincement des roues d'une vieille charrette.

Sitarane, ce matin-là, n'avait pas coupé la parole au prêtre de la paroisse, même si son prêche ne l'intéressait pas du tout. Et il n'y avait relevé, à l'écouter d'une oreille distraite, c'est d'accord, aucun message stimulant. C'était plutôt déstabilisant, tout au moins l'avait-il ressenti ainsi, comme si l'air avait manqué de miséricorde pour qu'il se sentît bien à le respirer, pour que l'espoir pût accourir, avec attendrissement. Il n'aurait su dire pourquoi mais il avait fait une étrange association de mots : *baptême* avait suscité en lui l'image de *bateau*, plus spécialement des bateaux négriers. Il avait pensé qu'il fallait refuser ce voyage coûte que coûte. La cuisante traversée. Le lavage brutal de la mémoire. Le blanchiment à l'eau salée. Tout acte d'insoumission aux sévices, et c'était la noyade. Comme le repentir, le baptême servait à laver, laver. Mais qui laverait l'âme des négriers pour les esclaves jetés par-dessus bord? Il s'était dit aussi qu'il devait rester libre de choisir. Il n'avait ni bougé, ni sourcillé, ni fait son mea-culpa. Quant au curé

Delpoux, il n'avait été ni déçu, ni découragé, ni peiné. À ses yeux, les plus belles nourritures célestes se nommaient conversion des païens, baptême, repentance. Donc, il saurait attendre le moment pour ramener la brebis dans le troupeau de Dieu, lequel est d'une bonté éternelle. D'une patience infinie. D'un amour total. Sur les trois têtes promises au bourreau, le prêtre escomptait en convaincre au moins deux, sinon il y aurait de quoi perdre son latin, avait-il pensé alors. Puis il avait baisé la croix suspendue à son cou. Il savait que, durant la minute qui précède l'instant de vérité, l'impie bat sa coulpe. Il attendrait que l'âme se cabre face à la mort avant de proposer à nouveau ses bons offices. « L'homme propose, Dieu dispose », avait-il dit, avant que la porte ne se referme.

Dans son cachot, Sitarane patientait aussi.

À travers les barreaux, il épiait un bout de ciel qui, si lointain avec des étoiles, lui parut plus profond qu'un précipice.

Assis sur son grabat, il s'efforça d'apaiser le souffle qui remontait dans sa poitrine, l'oppressait. Il s'allongea, les mains sous la tête. Combien de fois, dans la grotte, seul ou avec ses acolytes, n'avait-il pas éprouvé cette sensation de réclusion dans le silence, ce délire qui l'incitait à imaginer des meurtres quand la crise d'irascibilité atteignait son paroxysme. Une irascibilité qui évoluait vers la haine si on le contredisait par mégarde.

Et Zabèl payait pour tout le monde.

Sous le joug de la peur qui la minait, Zabèl avait abdiqué très tôt : ne pas se séparer de son tortionnaire pour être sa complice, une receleuse fiable, une femme en forme d'épouvantail. Il y avait trop de fantômes contre lesquels elle devait lutter, trop de pleurs, de regrets. « C'est

Sitarane le coupable », avait-elle dit lors de leur confrontation. Pas elle qui l'avait accueilli dans sa case, et lorsqu'il rentrait le poinçon fiché dans la ceinture, tétant la bouteille de rhum ou la fiole de sirop-le-mort, elle craignait qu'il ne lui fallût ramper une vie tout entière. Elle le connaissait, cet homme. Elle l'avait vu, au milieu de la nuit, discuter avec les esprits des morts. Elle l'avait vu prier Balouga, prier et aiguiser son couteau à la meule, mais elle faisait semblant de ne rien voir, de ne rien entendre, de ne rien comprendre, à cause de la lame. Ce n'était pas non plus une conversation pour elle, mais pour les assassins qui régnaient sur la Chattoire depuis un an, venus de tous horizons, des braillards, des revanchards, des exclus, peu importe, c'étaient des hommes qui gagnaient leur pain malhonnêtement.

Elle avait dit ce qui était connu de tous.

Le souvenir de Zabèl l'accusant des pires méfaits ébranla puis détruisit la confiance de Sitarane qui sentit faiblir sa morgue. Sa cruauté ne le soutenait plus avec la même ardeur, comme au début. C'était ce qui le déprimait à présent que toute chance de sortir la tête de l'eau s'était éclipsée, il se bouchait les oreilles pour ne plus entendre cris, plaintes, jurons, comme si la trahison ne s'assoupissait pas en prison. Il y faisait très chaud. La sueur suintait des pores de sa peau, et les gouttes adhéraient aux poils de ses bras. Il n'en revenait pas de sa mauvaise fortune, ah, la vie, quelle mère maquerelle, s'exclama-t-il.

Il se redressa et reprit la litanie du curé Delpoux : Je me repens, tu te repens, il se... Et si je me pendais? Il lui semblait que ce cachot était l'un des rares endroits où on ne pouvait échapper à la mort. Il y respirait un air vicié, les ombres rapprochaient les murs chaque fois que son regard faisait le tour de la pièce. Il scruta le plafond, puis le ciel, avec une sorte d'effroi. Ses traits se durcirent; ses poings se serrèrent. Qu'est-ce que tu fous ici? se questionna-t-il. Avec tout ce qui se manigance contre toi, t'en as plus pour longtemps. Les magistrats veulent ta tête, et ils l'auront. Le prêtre veut ton âme, et il l'aura. À moins que ce ne soit le diable, mais qu'est-ce que ça changera pour toi, c'est du pareil au même. La terre veut ta carcasse, elle l'aura; tu ne seras plus que poussière. Mais toi, qu'est-ce que tu veux? Depuis que Zabèl t'a trahi, il n'y a plus de lumière ici. Tant que tu ne seras pas en compagnie des vers, elle te vendra au juge, au bourreau, au plus offrant. Il y avait de quoi se taper la tête contre le mur. Sitarane allait passer à l'acte lorsqu'il rattrapa son idée : tu te repens, et je me pends.

Soudain un cri de bête.

Qui égorge-t-on? se demanda-t-il. Si on laissait ces fripouilles s'entr'égorger, quelqu'un ne viendrait-il pas l'étrangler dans son lit? Il avait ouï dire que les gardiens montaient des coups tordus pour se distraire, la nuit. Vrai ou faux? Il se montra acerbe avec lui-même en se rappelant que, le jour de son incarcération, ces mêmes gardiens lui avaient dit que son cas était si désespéré qu'il parviendrait à se débrouiller tout seul, sûrement.

Une lueur de défi dans les yeux, il s'empara de la toile de jute qui lui servait de couverture et la déchira, puis il noua les morceaux, grimpa sur le tabouret pour attacher un bout de la corde improvisée à l'un des barreaux. Il fit un nœud coulant à l'autre bout et y passa la tête. On eût dit un fauve pris dans les rets, qui ne se débattait plus puisqu'il s'était résigné à mourir. Que le chasseur vienne lui assener le coup de grâce. Mais n'était-il pas à la fois le chasseur et la proie? Scène désopilante avec un côté bouffon. Ayant compris qu'il était plus facile de tuer que de se pendre, Sitarane lança des regards torves aux démons qu'il entendait ricaner dans l'ombre : « Simicoundza ! Simicourba ! Fais-nous voir à quoi tu ressembles ! Ce n'est pas beau, tout ça. Ce n'est pas toi, non plus. Tu te souviens de celui qui t'a causé de gros soucis chez Roussel ? On t'a grandement aidé, ce soir-là, car on ne meurt qu'à son heure. Et quand ton heure sonnera, n'aie crainte, un vent de réprobation générale t'emportera jusqu'à nous. »

Du bout des pieds, il poussa le tabouret et se retrouva suspendu dans le vide. Là, tout s'accéléra. Il s'enferra lui-même dans ses explications, se démena tel un possédé sous l'eau sainte, rompit des liens avec la mort, tomba le long du mur, et, un morceau de corde autour du cou, se ratatina sur sa couardise, les genoux au menton, avec une sensation d'hébétude. La tête penchée sur le côté, la bouche entrouverte et tordue, les yeux aux globes jaunâtres striés de veinules sanglantes, il était hideux, d'une hideur risible, avec les mouches qui se posaient sur ses lèvres pour explorer la salissure de ses gencives. Il haletait, bavait, et l'air qui entrait et sortait de ses poumons signait sa stupeur d'être passé si près du néant (il en frissonnait malgré lui), et il n'était pas surprenant que cette épreuve lui eût redonné goût à la vie. La langue pâteuse, le pantalon mouillé collé aux cuisses, il grinça des dents comme il avait coutume de le faire.

Maintenant il aimerait connaître non pas la fin de son histoire (il la connaissait déjà), mais de leur histoire à tous. Il en voulait à Zabèl, à Fontaine, à Saint-Ange qui tâchait de tirer son épingle du jeu alors qu'il dégageait une odeur de pourriture depuis cette nuit où, allongé sur le cadavre de la dame Robert, il s'était accouplé avec la Mort, à son insu. C'était sa faute s'il moisissait dans ce trou, et les étoiles ne scintillaient plus, comme perdues.

Plus tard, dans la nuit, les deux gardes-chiourme s'arrêtèrent devant sa cellule et haussèrent les sourcils. « Il s'est raté, le Nègre! s'exclama le premier avec une pointe d'ironie dans la voix. — Quelle importance! dit le second. C'est reculer pour mieux sauter. Le couperet, ça ne pardonne pas...» Et ils poursuivirent leur ronde, les mains derrière le dos.

Sitarane eut son expérience de la mort qui ne voulut pas de lui (du moins pour l'instant), ou alors c'est lui qui ne voulut pas d'elle, ne sut pas apprécier à sa juste valeur cette intimité qui se mesure à l'étendue de son imaginaire, s'en détournant au dernier moment avec un sentiment de répulsion inexplicable de la part d'un assassin qui savait si bien jouer du poinçon. Cet échec contribuerait à aggraver considérablement son cas lors du procès à venir. Sa tentative de suicide en effet serait perçue par les magistrats, jurés, avocats, comme un aveu franc, une pleutrerie. Il venait d'effectuer un bond vers la mort qui, ne se laissant jamais dépasser par les événements, le pistait pour saper son moral, affouiller ses capacités en endurance, casser sa volonté. Il n'y aurait plus de folie simulée, plus de garde-fous ni de simulacre d'autopunition grotesque.

Il pourrait encore maudire.

Et souffrir.

Ce que je peux ajouter dans le seul souci de mener ce récit à terme, sans rien en rajouter, car le spectacle d'une décollation est toujours horrible, c'est que Sitarane verrait la mort s'élancer vers lui, le renifler, le serrer de près, posséder son corps, asservir son esprit, des fois où il aurait envie de la repousser, de la répudier, de la conjurer de toutes ses forces en état d'alerte, mais dans cet affrontement qui aurait le dernier mot? Peut-être qu'à cet instant-là, par la grâce d'un Dieu bon et miséricordieux, par une curiosité inattendue, il percevrait tout ce qu'il y avait de dangereux en lui. Pour lui et les autres. Peut-être qu'à cet instant-là, dans son tête-à-tête avec la mort, au cœur de la solitude de la bête traquée, acculée, piégée, prendrait-il conscience que l'île tout entière désirait se débarrasser rapidement de lui, et que juste après qu'on l'aurait enterré, les petites gens réclameraient à cor et à cri son retour de la géhenne. Juste après, on viendrait prier, fumer, boire sur la tombe de celui qui n'aurait plus rien de commun, immortel, invisible désormais sans qu'il ait besoin d'élixir, présent partout, parce qu'il serait devenu le noyau de toute vérité, aux limites les plus reculées de l'irréel, trait d'union indispensable entre les morts et les vivants. « Mourir c'est vivre ! » se plaisait à dire le curé Delpoux aux inculpés, et il ne croyait pas si bien dire.

15

Une ou plusieurs têtes?

Le train de nuit accélérait l'allure, et les battements du cœur s'accéléraient autant. Soudain Sitarane sursauta dans son sommeil agité, grommela des « Va-t'en! Va-t'en! ». Et puis ces murmures, c'était étonnant ce qu'ils disaient les deux gendarmes, que les hommes de troupe s'étaient rassemblés autour de la veuve. Comment ça? La guillotine est-elle du voyage? pensa Sitarane. Et il y aurait foule sur la place de la prison car l'information avait circulé par des voies détournées, disant que ce serait sans rédemption pour lui. Il percevait cette parole comme un sifflement aigu à son oreille. On pouvait tout entendre dans le sifflement de ce train têtu qui, sûr de sa vitesse et de sa mission, s'employait à respecter l'horaire. Dans les notes stridentes, on pouvait entendre de la joie, de la peine, de la peur. C'était un train discipliné qui, en bête bondissante dont un coup de fouet décuple la force, n'avait rien perdu de sa fougue et glissait sur les rails humides de rosée. Ce n'était pas le moment de dérailler, de se renverser sur le flanc à la lisière des bois, avec dans ses compartiments une guillotine, et surtout deux condamnés à mort qui ne devaient s'enfuir sous aucun prétexte. Ce train, qui avait décidé de ne faire preuve d'aucune magnanimité (à l'exemple du tribunal et du président de la République), annonçait son arrivée en gare pour qu'on garantisse les passages à niveau, ôte les barrières — et le doute dans l'esprit des gens.

Après dix-huit mois d'attente, une attente qui parut très longue aux honnêtes gens, le procès des onze inculpés débuta le 2 juillet 1910 devant la cour d'assises de Saint-Pierre, présidée par le magistrat Auber. Les assesseurs étaient Clayssen, Motais et Hucher, tandis que le ministère public avait choisi le magistrat Lassocki pour veiller à l'application des lois et des peines.

Il plaiderait sur du velours, évidemment.

Des milliers de créoles catholiques bien-pensants, qui se confessaient et communiaient à la messe du dimanche, jugeaient ce procès plus qu'inutile, indécent. C'était une perte de temps incalculable. Qu'on confie au bourreau la besogne de nettoyer le pays de cette vermine, et que les têtes pleuvent. Il se mettrait à l'œuvre aux aurores, et au lever du soleil le croque-mort conduirait tout ce joli monde au cimetière, dans une charrette qui bringuebalerait sur les pavés. À minuit, le diable et ses serviteurs viendraient ramasser les âmes damnées aux alentours de la fosse. Si les médecins légistes souhaitaient étudier le cerveau détraqué de ces criminels, qu'ils le fassent donc. On craignait que la procédure à la mode française, interminable et coûteuse, ne débouche sur des vices de forme, et que l'impasse gagne du terrain. On fulminait contre les avocats de la défense, contre un mois de juillet pluvieux et froid, contre le brouillard qui descendait des hautes terres pour envahir le port, effaçant les horizons, embrumant les esprits, au point que les fidèles pratiquants disaient que le malin ferait irruption dans les débats pour corrompre les jurés, alors ils récitaient des Je vous salue Marie à longueur de journée. Ils priaient Dieu le Père. Puis ils allaient supplier ce brave curé Delpoux de brûler de l'encens à l'intérieur du tribunal, de verser une quantité d'eau bénite dans le box des accusés, d'épingler des branches de rameau sous le drapeau accroché au mur, derrière le fauteuil du président de la cour.

Ce qui fut fait un matin, avec la complicité du greffier qui pensait que le curé Delpoux avait eu tort de dire que s'il y avait faute, s'il y avait expiation, il y avait aussi rachat. Ils continuèrent à manifester leur doute quant au bon déroulement du procès et, si les magistrats, par leur immobilisme ou leur poltronnerie ou leur hypocrisie, décidaient de ne pas immoler les coupables, eux, ils ne vivraient plus que pour faire justice des vampires, menacèrent-ils, en proie à une irritation aussi contagieuse que la joie ou la peur. La joie de voir mourir pour exorciser la peur de se faire trucider durant la nuit. C'était d'une faiblesse morale infantile, quoique compréhensible dans le contexte de ce début de siècle ruisselant de larmes et embrasé par des forces indomptables, destructrices ; et il n'était pas rare de voir les bigotes se tordre les mains à force d'implorer le ciel.

En vérité, ce ne fut que vain remue-ménage aux abords du port, de l'église, de la prison, du tribunal, dans la mesure où le procès allait tenir toutes ses promesses, même si les accusés commencèrent par revenir sur leurs aveux, et déclarèrent que leurs « réponses spontanées » leur avaient été dictées par les gendarmes. Néanmoins, un tas de détails, d'un intérêt suprême (détails déjà mentionnés), ne pouvaient être connus des instructeurs, par exemple toutes les précisions reçues lors de la reconstitution des crimes. Mais comment établir une opinion au milieu d'un lacis de demi-aveux, tout ce bric-à-brac de réponses formulées du bout des lèvres de crainte de briser la conspiration du silence ?

Dès les premiers jours du procès, les inculpés ne se privèrent pas d'élever le ton ; les voix vibrèrent de défi.

L'un était passionné, l'autre vengeur.

Qui avait tué? violé? menti? trahi?

Changement d'attitude radical de la part de Sitarane, de Fontaine, de Saint-Ange qui s'accusèrent mutuellement, ils prétendirent tour à tour n'avoir été que témoin. Il fallut donc aux juges et aux jurés de la persévérance pour obtenir la véracité d'un témoignage, rétablir les faits et aboutir à une argumentation étayée, interrogatoire après interrogatoire.

« Ce sont tous des monstres! » hurlait la salle.

Des monstres qui encadraient « un démon nommé Sitarane » (*dixit* Aldo Leclerc). Une fois de plus, l'Africain fut dépeint tel un envoyé du diable sur terre car seuls les démons, selon le journaliste expert en exorcisme, possèdent l'ubiquité du crépuscule et le don de l'invisibilité.

C'était époustouflant, avaient remarqué les jurés, ce pouvoir que Sitarane exerçait sur les autres prévenus qui n'osaient pas le regarder tandis que lui, frappant ses dents de devant avec la pointe de sa langue, il exprimait son scepticisme et sa désapprobation avec des tss... tss... qui agaçaient le prétoire ; tandis que lui, se redressant, épiait la foule par-dessus son épaule avec sang-froid, plein de rancœur, le regard impassible et sombre ; tandis que lui, se débattant toujours avec ce qui était bien et recommandable, la chemise tachée de sueur sous les bras, insultait le tribunal en créole, sans comptabiliser les anicroches imputables à ses accès de mauvaise humeur. Avec un rien d'insolence, il maugréait : « Il y en a encore pour longtemps à dire l'un par-ci, l'autre par-là, sans savoir ce que l'un ou l'autre a dit ou n'a pas dit, ni ce que l'un ou l'autre a fait ou n'a pas fait. C'est ça la justice? » Sa voix résonnait entre les murs peints en blanc, comme si dans son Mozambique natal, durant son adolescence, il avait appris à maîtriser l'éloquence d'un tribun sans apprendre à lire, ou alors un griot sans âge l'avait habilement initié à l'art de la parole — un art honorable qu'il pratiquait, hélas, pour se fâcher avec la salle et exacerber la susceptibilité de la cour. « Qu'on arrête tout ça, se plaisait-il à crier de temps à autre, rageur. Qu'on me laisse partir d'ici ! »

Il faisait mine de vouloir déserter les lieux, sous l'œil des gendarmes en faction devant la porte de sortie, et à chacun de ses remuements un frisson d'horreur planait au-dessus de l'auditoire.

« Sitarane, calmez-vous ! clamait maître Sanglier, son avocat (peut-être avait-il un pressentiment !), vous n'êtes pas ici dans un cirque. Et n'oubliez pas que vous jouez votre tête, pas la mienne.

— Qui a permis à qui de jouer avec ma tête ? »

Sa voix puissante interrogeait « qui, mais qui donc ? » comme si on n'avait aucun reproche à lui adresser. Alors son avocat le fixait pour lui faire comprendre qu'il était seul responsable de son malheur.

Le calme revenu, le tribunal s'empressait de privilégier la logique des faits afin d'élever un rempart contre les « esprits diaboliques ».

Après huit jours de débats houleux, orageux, entrecoupés d'une succession de contretemps sur le plan juridique (inévitable bataille procédurale qu'on ne rapportera pas ici vu leur aspect répétitif, presque incantatoire, et le pédantisme du jargon ennuyeux des avocats), le magistrat Lassocki, impeccable dans sa toge et son rôle, se lança dans un foudroyant réquisitoire contre les inculpés, il plaida la cause de la raison et du bon sens, souligna les mille et une nuances de la haine. Son jugement était d'une aigreur à rendre odieux les prévenus qui, soudainement piqués par les traits de la satire (ils avaient un amour-propre), se regardèrent l'un, l'autre, désappointés. Le magistrat Lassocki ne se contenta pas de jouer sur du velours. Il joua également sur les mots, des mots à double sens, tout en observant leur impact sur les jurés. « Ce dossier est plein comme un œuf, s'exclama-t-il avec emphase. Tranchons ! » Ce verbe, dont il n'ignorait pas l'étymologie latine (couper en trois), expédiait tous les hommes au cimetière. Nous le disons bien : tous. Personne ne l'interrompit au milieu de sa tirade. De toute façon, il n'aurait pas accepté qu'on fît une entorse au règlement !

Le discours était dur à l'extrême, et la porte de sortie étroite. Elle s'était même refermée en claquant. Dans la lumière d'un jour maussade, et les restes d'un soleil éteint par des nuages de pluie (en plein hiver tropical), l'avenir paraissait incertain, l'espoir moribond sous les coups de boutoir réitérés, et les victimes, insistait le magistrat, les victimes voulaient goûter une paix juste. Il se leva ; il se dirigea vers les accusés ; il leur fit face avec un sourire pincé sur les lèvres ; il les dévisagea l'un après l'autre, lui, le porte-parole de la vengeance, et sa robe exagérait son côté austère, hautain. Ensuite il reprit : « Tranchons ! » On crut entendre un chœur répondre au célébrant. Ce fut comme si la pièce avait été jouée en un acte, éprouvante à souhait, on pouvait maintenant tirer les rideaux, réprimer ses sanglots, enterrer ses dernières illusions ou laisser exploser sa joie, dès lors que des vies basculeraient bientôt dans l'irrémédiable.

Le verdict du jury, bien sûr, n'accorda aucune circonstance atténuante aux cinq complices qui n'avaient ni tué ni participé aux actes délictueux, pas plus qu'il ne déchargea

Zabèl et sa fille Lisette des accusations (dix années d'emprisonnement, nonobstant les promesses du juge Hucher), pas plus qu'il ne libéra l'adolescent. Huit peines capitales : tranchons!

La sentence fut si implacable que le ministère public, consulté discrètement sur cette décision, jugea que certaines peines devaient être reportées. Il fallait qu'il les eût contestées celles-ci, le magistrat Lassocki, car son réquisitoire avait influencé la résolution des jurés. Mais c'était bien trop tard. On ne l'écouta pas. C'eût été se déjuger. Qui d'autre que lui aurait pu intervenir? La presse. Tout en se félicitant à l'unanimité de l'inclémence du jury, elle précisa dans l'édition du matin que trois têtes auraient suffi. Un brin téméraire, le journaliste Aldo Leclerc écrivit dans son journal *La Patrie créole* qu'une seule aurait satisfait la vox populi à condition que ce fût celle de Sitarane le Mozambicain, « car voici venu le temps de décapiter ce fauve, ce diable à sept cornes plein de perversité ». On vous le dit : on manqua totalement de retenue de part et d'autre.

L'humain s'était endormi au fil des séances.

Qui pour donner de la voix? Les avocats des meurtriers, par exemple. Malheureusement ils n'auraient pas souhaité un jugement différent, puisque celui-ci, dans son abrupte sévérité, révélait les failles du système, les écarts de langage (qui souvent décident du sort de la vie), le mépris des règles, un noircissement immodéré des coupables, tout cela avait fait trembler les murs du tribunal : tranchons. À présent ils fourbissaient leurs arguments (plus ou moins fallacieux, selon leurs confrères) pour s'engouffrer dans la brèche, la creuser, et utiliser toutes les voies de recours. L'arrêt avait été rendu, c'était le travail de la cour. À eux d'effectuer le leur, dans un procès peu ordinaire. À eux de gagner la bataille du temps, de prouver que ce qu'il y a du dangereux dans l'homme est la chose la mieux partagée au monde. Ils prétendirent même (ça se discute) qu'il y avait du dangereux autant dans le scélérat que dans les juges, lesquels en avaient fait l'éclatante démonstration de leur propre chef, sans qu'on exige rien d'eux, sûrs de la lecture de la loi placée sous la plus haute autorité juridique.

Si la procédure était annulée, les avocats auraient à plaider à nouveau pour que la voix de la défense touche le cœur des jurés qui, plutôt que de s'en remettre à la loi du talion, considéreraient les accusés comme leurs semblables. Comme faisant partie d'une société aux multiples visages. Peut-être se diraient-ils alors, avec une lucidité de l'esprit, mais non sans effroi : ce Sitarane, ça pourrait être l'un d'entre nous, au fond. Personne ne serait ni surpris ni scandalisé si demain tout était à refaire, si le procès était cassé, contrairement à ce qu'avaient imaginé les magistrats Lassocki et Hucher à leur sortie du tribunal. Ça ne leur plairait absolument pas de savoir que, après avoir dépensé tant d'énergie à instruire cette « affaire monstre », le rideau n'avait été baissé que le temps d'une trêve. Que, c'était vrai pour des tas de gens, excepté pour eux, rien n'était fini ; on n'en était même qu'au prélude des hostilités et des joutes oratoires.

Le 15 septembre de l'an 1910, un arrêt de la Cour de cassation annula la procédure suivie par le tribunal de Saint-Pierre, et renvoya le procès criminel devant la cour d'assises de Saint-Denis, soucieux de la sérénité de la justice. Comme à la veille d'un ouragan, un silence abrutissant tomba sur l'île, sur la fierté des magistrats ; un air benêt, ils restaient là à jouer les grands incompris maintenant que tout était à recommencer, depuis A jusqu'à Z.

En revanche, ce premier franc succès incita les inculpés à riposter, à réfuter des objections et, en toute ingénuité, ils s'enhardirent jusqu'à attribuer ce revirement de situation inespéré aux sortilèges de Saint-Ange, leur bon ange gardien. « Vive Saint-Ange ! » s'écria Sitarane, lequel était dans un état euphorique, comme si un vent de liberté avait soufflé dans son cachot. Quelle chance d'avoir à leurs côtés un sorcier-tisaneur qui jetait de la poudre aux yeux ! De la poudre à endormir les esprits avec efficacité, pendant qu'on répétait la deuxième partie de la pièce dans les coulisses. Ainsi donc, à l'heure où le crépuscule chassait le jour, la cloche de l'église ne sonnait plus le glas qui viendrait surprendre les assassins au matin. Ils étaient persuadés que leurs avocats, guidés par le dieu des ancêtres, les aideraient à inventer un autre avenir pour eux que le baiser du couperet. Ils prononçaient des mots inaudibles, gonflaient la poitrine pour exhiber leur bravoure, plaisantaient à voix haute avec les gardiens qui les regardaient comme des morts en sursis parce que selon les prédictions de la demoiselle Ernestine Généreuse, la voyante extralucide qui ne se trompait jamais, tout était écrit dans le Livre des Astres. Oui, tout cela était écrit, sans rature ni fioriture.

16

La dette

7 décembre de l'an 1910 : ouverture du second procès au palais de justice de Saint-Denis. Le matin, des gens déferlèrent dans la rue du Conseil (aujourd'hui la rue Juliette-Dodu) et le cortège des accusés fut attaqué à coups de pierres. Les gendarmes à cheval, deux caracolant en tête, deux derrière, s'efforcèrent aussitôt de dégager le trottoir, de maintenir un espace de sécurité autour des gendarmes et des agents qui escortaient les prisonniers enchaînés deux par deux, en l'absence de voiture cellulaire. Pour rythmer la marche, les exaltés fredonnaient : « La tête sous la guillotine ; sonnez les matines ! » Et des lazzis fusaient à l'adresse du service d'ordre : « Détachez-les, ils n'iront pas loin ! » Quant à Sitarane, il injuriait ceux qui faisaient signe de lui trancher le cou et grondait en créole : « Libérez-moi, et je tue encore quelques-uns ! » Une attitude belliqueuse qui jurait avec le profil bas adopté par ses comparses, le chapeau enfoncé jusqu'aux yeux, tandis que les deux femmes et le garçonnet épiaient les badauds à travers leurs larmes. On cherchait à les intimider, à les effaroucher, à les terroriser de mille façons : sifflets, quolibets, jets de pierres, gestes obscènes, moues désapprobatrices, pantomimes ; on fronçait le nez et tirait la langue à leur passage.

On était adroit de ses mains, et les galets rataient rarement leur cible. Énervés, les chevaux hennissaient et semaient des excréments sur la chaussée. Rires. Ricanements. Railleries de la foule.

C'était une foule dense comme une armée en marche, avec des odeurs de complot et des désirs de meurtre, crâneuse, si difficile à rassasier. On sentait son cœur battre, s'enfler, s'exciter. N'était-elle pas capable du pire en certains cas, jusqu'à prendre des décisions les plus stupides, par exemple lyncher Sitarane au coin de la rue dans une liesse à raviver la colère? Puis lyncher Fontaine. Puis lyncher Saint-Ange. Laver cette terre du sang versé avec ignominie. Dans un ronflement pareil au ronflement de la mer qui s'accompagne de vent, pluie, orage, la foule hurlait à tue-tête que l'avenir n'était plus entre les mains des procureurs qui remettaient en cause leur propre verdict, pas fichus d'agir de concert pour que l'île puisse vivre hors de cette boue humaine, enfin.

La foule était le tribunal souverain du peuple, le plus à appréhender, car généralement plutôt expéditif en procédure. Furieusement jacasseuse, vindicative et grouillante, elle s'entassait peu à peu à l'entrée du tribunal pour impressionner les juges et peser sur la délibération du jury, comme ce fut le cas à Saint-Pierre. Elle grossissait d'un cri à l'autre, le tohu-bohu aussi, tel un crescendo de tambours. Surenchère d'intimidation, de la frénésie. Les gendarmes pointaient leur bâton vers les individus les plus surexcités, protégeant les accusés avec un « je vous dis de reculer, bon sang, mais reculez donc, qu'on vous dit! ». Ils déployaient leur force pour ne pas avoir à s'en servir, et la langue française jetée du haut d'un cheval rétif, prêt à ruer en vache, en imposait à tous.

Dès le premier jour, le président Gauthier (magistrat expérimenté, pointilleux, qui avait le sens de la formule) ouvrit le procès en disant que les lois n'étaient ni bonnes ni mauvaises en soi, elles le devenaient par la manière dont on les appliquait. Il avait sa méthode : non seulement écarter les formalités qui n'étaient pas obligatoires mais s'assurer que la cour gagne la bataille *pour* la vérité ; respecter la forme (la loi) et le fond (les faits, rien que les faits), n'encourager personne à vouloir gagner la bataille *contre* la vérité, ne tolérer aucune dérive, ne recevoir jamais une chose pour vraie qu'on ne la connût être telle. En excellent juriste, il rappela deux autres points essentiels : un, il fallait fixer l'état de la question pour que le peuple l'eût toujours sous les yeux ; deux, l'extrême sévérité des peines convenait mieux au gouvernement despotique, dont le principe est la terreur et la vengeance, qu'à la République qui a pour ressort l'honneur et la vertu. Pour répondre à la foule, car il eût été scandaleux de la priver d'un spectacle attendu depuis des mois, il termina son discours d'ouverture par la maxime qui dit que la loi est dure mais c'est la loi. C'était un lettré comme on n'en rencontre plus aujourd'hui. C'était une tête bien faite, le président de la cour, un franc-maçon de la première heure qui savait que la mise en scène d'un tel procès s'apparentait à celle d'une pièce de théâtre digne de Sophocle ou d'Euripide, dès qu'il s'agissait de parler d'alliance avec le diable, de pacte de sang, de sortilège. Son comportement dénotait un savoir-faire plus libre, une intégrité morale, une démarche plus humaine mesurée au compas, car souvent les rouages de la machine judiciaire se bloquaient.

Mais on ne sait pas pourquoi le sentiment d'apaisement qu'on ressentit ce matin-là s'évapora si vite. On n'en tira pas profit. Le procès s'engagea d'emblée sur une pente raide, de celle qui vous entraîne vers la chute à cause de vous, ou malgré vous, avec une rapidité déconcertante ; de celle qui incline la vie vers le bas, vers le dialogue de sourds, vers le mal, vers la mort qui guette dans les coulisses ; de celle qui, ravinée par la pluie et creusée par la foudre, est truffée de feintes en tous genres ; de celle qui se prête à dresser une embuscade pour surprendre Sitarane, Fontaine, Saint-Ange, parce qu'ils correspondaient à l'image du meurtrier habitué à suivre son penchant naturel, à s'introduire la nuit dans des cases isolées, et le poinçon frappe sans crier gare.

Sans la moindre intention de se repentir d'avoir commis des crimes, et la foule ne se lassant pas de les vilipender, ils attendaient avec circonspection un jugement plus clément ; heure après heure, ils défendaient leur cause avec l'énergie de ceux qui vont bientôt mourir, et vomissaient parfois des paroles d'une insolence rare. Résolus à contredire la cour, ils ne se souvenaient plus de rien, amnésiques, niant tout en bloc, réitérant leurs propos : la bastonnade les avait contraints à reconnaître tout ce qu'on voulait qu'ils reconnaissent, mot pour mot, sans ôter une virgule, et ils auraient reconnu avoir trucidé père, mère, frères, sœurs, cousins, pour que cessent les coups. À les écouter, on dirait aujourd'hui brutalités policières, violation des droits de la défense et de la présomption d'innocence, même si une bordée de jurements venait régulièrement saluer les enquêteurs, le commissaire de police, et la nuée de témoins (d'incorrigibles menteurs payés par le procureur) avaient droit aux mêmes égards. C'était une façon peu banale de se renvoyer la balle, et surtout de déclarer la guerre à la cour médusée.

En fin d'après-midi, à l'extinction des lumières, une ombre tombait sur le tribunal cloîtré dans sa solitude.

De temps à autre, un vol de moineaux poussait sa clameur.

Le président Gauthier refermait la salle où il se réunissait avec les juges, et il se disait qu'il ne pouvait pas suivre les prévenus dans cette voie. Ce serait cacher la vérité au fond d'un puits, volontairement ou non, comme si une volonté maligne dirigeait les débats, comme si la justice, avec ses imperfections et ses hésitations, ses punitions et ses gratifications, était étouffée sous un fouillis de textes de loi et d'incidents de procédure; une justice détournée à force d'arguties et de paradoxes vers un dédale où la vérité et le mensonge se plaisaient en bonne compagnie. Que faire? On était en France quand même. Tous ces notables qui assistaient au procès pour la majesté du lieu, mais aussi pour l'assurance d'appartenir à un monde civilisé avec ses codes, ses mœurs, sa police, sa hiérarchie, son histoire. Dans l'espace hautement symbolique du tribunal, les croyances magico-sorcières ne pouvaient qu'inspirer l'aversion, se disait-il encore.

Oui, peut-être.

Aldo Leclerc écrivit dans son journal : « Le quatrième jour, la cour se retrouva plongée dans une culture autre que la culture française, dans un univers différent, violent, insoumis. » Le président Gauthier, ce jour-là, pressentit que ce procès exceptionnel serait émaillé d'incidents. Il se dit alors que la société coloniale, pour ne pas sombrer dans le chaos, devait résister à l'ignorance, au retour à la loi de la jungle, au choc de symboles incompatibles. Son analyse de la situation n'était pas plus pertinente, mais il s'était juré de critiquer sérieusement, plus tard, un système politique porteur de frustration et de haine, et de proposer que le français soit un outil d'expression pour tous, gommant « toute distinction de l'appartenance culturelle ou de la langue maternelle initiale ».

Lorsque le commissaire de police vint à la barre, prêta

serment, présenta Sitarane sous les traits d'une hyène sanguinaire, ce dernier explosa en imprécations. Après s'être
mis hors la loi, il était hors de lui de rage. Incapable de
contrôler ses nerfs, il faisait de grands moulinets des deux
bras pour parer les coups. Son être n'était plus que dérègle-
ment et révolte. Il lançait les pires insultes en direction des
avocats et des juges, tandis que toute la salle retenait son
souffle et savourait le spectacle. « Qu'on lâche le fauve! »
braillait-on ici et là, par bravade. Le fauve se mit à vociférer
des blasphèmes, puis à demander au diable son secours, et
à Saint-Ange l'intervention des esprits placés sous sa souveraineté. La hargne de Sitarane croissait, se densifiait, on le
voyait s'y abîmer chaque seconde un peu plus, s'y enliser,
si bien que son avocat, maître Sanglier (trapu, robuste, vif
comme l'animal), dut intervenir maintes fois pour le calmer.
Non qu'il lui donnât tort sur le fond. Son métier lui avait
appris depuis longtemps déjà que la barbarie fait partie de
la vie, mais il avait marqué des points avec l'arrêt annulant
la première procédure (une parodie de procès!), et il tenait
à garder cet avantage pour sauvegarder la vie d'un client
imprévisible et excentrique qui ne l'aidait pas dans sa
tâche. C'était ce message que Sitarane s'entêtait à envoyer
à la cour : il feignait d'ignorer ou ignorait qu'il n'y avait
point de salut hors du tribunal, le dernier endroit où chercher la rédemption de ses forfaits dans la fuite. En tout
temps, la fuite de l'accusé devant ses responsabilités le
conduit dans le mur.
     C'était une tentative de survie périlleuse.
     Il aurait fallu plutôt apporter sa lumière au jury qui cou-
rait après la vérité jusqu'à essoufflement, ce même jury qui
depuis deux jours n'entendait plus que les plaintes des victimes parce qu'une femme enceinte, tapie dans l'ombre,

priait dans une salle archicomble où l'air se raréfiait comme en altitude, et on avait le sentiment que tout le tribunal priait avec elle, convaincu qu'on pouvait conjurer le sort en récitant des Notre-Père.

« Délivrez-nous du mal, ainsi soit-il. »

En dépit de la sincérité de son engagement, maître Sanglier fut atterré par les cris d'un client si bilieux, et la perspective d'avoir à modifier son plan d'attaque, à changer subitement son fusil d'épaule, le consternait. Du coup, la vérité lui apparaissant comme la grande inconnue de ce procès, il aurait à répondre à cette question contradictoire : cet homme ne devait-il pas disparaître pour que la société respire la paix ? L'entêtement était dans la nature de Sitarane qu'on avait vu se ruer sur la maison de Charles Roussel, alors que Saint-Ange lui avait conseillé de ne rien tenter cette nuit-là, mais il y allait de son orgueil de tueur-suceur-de-sang qui désirait prouver à tous que l'esprit des ancêtres lui obéissait, et qu'il pouvait traiter d'égal à égal avec le sorcier-guérisseur. On l'avait vu également se retirer dans la grotte, et s'épuiser à creuser la terre un poinçon à la main, mais à mesure qu'il creusait l'ombre entrait dans sa vie.

Son inclination à vitupérer le témoignage des uns et des autres lui avait valu une première condamnation à mort. Qu'importe ! D'ores et déjà, il était un Sitarane pour la région du sud, et il ne tarderait pas à le devenir pour tout le pays. Les remontrances du président de la cour, il s'asseyait dessus. Les haut-le-cœur du jury, il s'asseyait dessus. Les sarcasmes de la foule, il s'asseyait dessus. De plus, il dédaignait les recommandations de son avocat, se gaussait des coaccusés qui ne faisaient plus de l'esbroufe mais pliaient l'échine.

Après que le médecin légiste eut fait son rapport à la

barre — un rapport un peu compliqué —, Sitarane le menaça : « Toi, tu crèveras comme un cochon ! » Sans doute était-il encore debout, le couteau à la main, dans la chambre d'Hervé Deltel, inconscient de sa destinée. Il voulait un crime, là, au cœur même du tribunal, sous le regard ébahi de la foule.

Lorsque Zabèl vint confier à la cour ce qu'elle savait, Sitarane la foudroya de ses yeux aux globes jaunâtres, puis il gronda que c'étaient des *mensongeries* pour amadouer les jurés : « Tu me vends, pesta-t-il. C'est toi le diable. Groonrrrooooo, la saleté ! je m'occuperai de toi... » Bien qu'il fût prié de se taire, il ne se tut pas. Ni ne coopéra au bon déroulement du procès. Ni ne s'apaisa. Il s'emberlificota dans des contradictions confuses, comme s'il avait hâte de rejoindre le clan des morts-vivants, et le président Gauthier dut accepter ce que les juges appellent dans leur jargon des cadavres de vérité.

Saint-Ange Gardien, lui, avait deviné depuis longtemps qu'à l'heure du jugement, la foudre frapperait Sitarane. Lui, il devait afficher son meilleur visage, bien se comporter envers les jurés, passer au large du procès pour ne pas être harponné tel un requin blanc, et suivre les conseils de son avocat, maître Choppy qui, avant l'ouverture du procès, l'avait adjuré d'éviter toute humeur querelleuse, toute altercation, toute chicane, il escomptait une diversion qui, comme ces arbres servant de paratonnerres, détournerait l'attention des juges.

Avec aisance et humilité, le sorcier s'était prêté au jeu ; mieux, chaque soir il faisait danser un baba-sec imaginaire pour que Sitarane attire le feu du ciel comme l'aimant attire le fer — enfin, voyons, le tribunal le détestait, et la vindicte populaire ne ferait qu'une bouchée de lui.

Que ce fût dans la rue ou au palais de justice, le visage de Saint-Ange était serein. Ébaubi de le voir si maître de ses nerfs, si confiant, son avocat sortit une réplique à la Pascal, disant à l'un de ses confrères avoir remarqué un étrange phénomène qui le subjuguait depuis peu : plus Saint-Ange faisait l'ange, plus Sitarane faisait la bête. Il exhorta son client à garder cette attitude de caméléon, car il était d'usage à l'époque (ça l'est encore de nos jours!) d'être récompensé pour ses façons de grand repenti. Saint-Ange, qui avait la plasticité d'un esprit inventif, se conforma à ce rituel juridique.

En revanche, la peur tenaillait Fontaine. Plus perméable aux rodomontades de la salle, il s'évertuait à imiter Saint-Ange sans vraiment y parvenir. Qui fait trop l'ange... Parfois il fermait les yeux. Parfois il ne voulait plus rien entendre ni rien répondre à la cour, comme si le vent, qui se glissait jusqu'à lui chaque fois qu'on ouvrait la porte du tribunal, lui apportait les menaces de la rue, lui certifiant qu'il n'en réchapperait pas. L'image de cet appareil réglé au-dessus de sa tête (« Vingt dieux, lui répétait constamment maître Le Vigoureux, oubliez ça! ») obnubilait sa pensée, l'affligeait, le terrorisait. On eût dit qu'il n'y avait plus de vie dans son sang qui se figeait, ni de suite dans l'embrouillement de ses idées, ni de conviction dans sa manière d'agir. Ça se retournait contre lui, qui avait d'abord affirmé que le vilebrequin n'était pas le sien, puis que c'était le sien mais qu'il l'avait prêté à Sitarane; il ne se souvenait plus s'il avait percé un, deux ou trois trous; s'il avait bu, mangé, fumé. D'un côté, un système de défense qui se lézardait à cause d'une mémoire fragmentaire; de l'autre, une propension à se murer dans son silence qui avait l'art d'horripiler la cour. Il s'agenouillait de lui-même devant la lame, tandis que maître Le Vigoureux ne décolérait pas, indiquant que si ça continuait ainsi il se retirerait de l'affaire, il abandonnerait le sort du menuisier entre les mains d'un avocat commis d'office dont le pouvoir de persuasion serait à la hauteur de son inexpérience. D'un tempérament fougueux, il malmenait son client. Lui enfonçait dans le crâne que rien n'était perdu ni gagné tant qu'il n'avait pas plaidé coupable ou non coupable ; que si l'un jouait sa vie, l'autre jouait sa carrière, les ténors du barreau observant tout, analysant tout, décortiquant tout, comme s'ils veillaient sur la scrupuleuse honnêteté du Conseil supérieur de la magistrature. Malgré lui, l'idée qu'il aurait à accompagner un homme désemparé, à cinq heures du matin, au pied de l'échafaud, ne le quittait plus. Que lui dirait-il en guise d'adieux ? Finalement, en homme qui avait foi en l'homme parce qu'il appartenait à une auguste famille de robins, il resta dans le procès.

Après des rebondissements, le verdict fut rendu dans la soirée du 13 décembre 1910 : la peine capitale pour Sitarane, Fontaine, Saint-Ange ; les travaux forcés à perpétuité pour les cinq associés ; l'acquittement pour Zabèl, Lisette, l'adolescent. Le juge Hucher, qui aspirait à poursuivre ses idéaux (Patrie, Travail, Famille), hocha la tête en signe de satisfaction. Il put se dire pourquoi il exerçait ce métier et s'acharnait à le faire dans cette lointaine colonie, la droiture étant la plus radicale des réponses à la barbarie ; de plus, il estimait que la loi n'avait pas tant besoin de prouver sa force que ses facultés à veiller à la rectitude du jugement, et à l'avenir, après avoir donné de nouvelles mœurs au peuple, elle s'attacherait moins à punir les iniquités qu'à les prévenir.

Dans la foulée, les trois condamnés à mort intentèrent un

nouveau pourvoi en cassation mais le parquet de Saint-Denis, qui ne souhaitait pas se dépenser en pure perte, expédia le dossier à Paris par le courrier maritime du 1er janvier 1911. La Cour de cassation rejeta le pourvoi. Le 18 juin 1911, le ministre des Colonies, par une lettre officielle, informait le gouverneur de l'île que le président de la République avait fait usage de son droit de grâce en commuant une seule condamnation à mort en peine de travaux forcés à perpétuité.

C'était incompréhensible pour le tribunal.

Au sein de la population, on retint son souffle.

Ce jour-là, avant même que maître Choppy ne vînt lui apprendre la nouvelle, Saint-Ange avait compris que le soleil brillait pour lui et, dans l'état d'exaltation où il se trouvait, il remercia le ciel d'avoir répandu sur lui une lumière qui le reliait à la vie pour de nombreuses années encore; une lumière qui l'arrachait de la grotte enténébrée de Sitarane parce que le baba-sec, pour montrer par quelle qualité propre et personnelle son maître se distinguait des deux autres assassins, avait soufflé son nom aux oreilles des grands de ce monde, dont le président de la République en personne. Entre les murs recouverts de dessins indécents et de malpropretés, mais éclairés d'une lueur blanche, il avait su que le plus haut personnage de l'État s'était intéressé à son cas.

Son nom était écrit sur la lettre.

Il s'était libéré de la grotte, définitivement.

À présent que la grâce présidentielle illuminait sa vie, une certitude s'était installée dans sa cellule, une sorte de pied de nez à la fatalité. Et des rires, des bravos, des applaudissements. On chuchotait partout que les grands de ce monde finissent toujours par s'entendre entre eux, et

Saint-Ange était un grand, un très grand sorcier connu au-delà des océans.

De l'histoire de Saint-Ange, je voudrais dire davantage. Comment il se retrouverait plus tard en terre étrangère, sous un ciel inconnu, loin des rires et des compliments qui, circulant d'une cellule à l'autre, retentirent aux oreilles de Fontaine le Menuisier. « Ça y est. C'est foutu pour moi ! » déduisit-il. Soudain il eut besoin de quelqu'un, d'un prêtre, de Lisette, pour que sa raison ne chavire pas. C'était le plus coupable à son avis qui avait été gracié, et maintenant les heures allaient se succéder de plus en plus vite. Dans le couloir, deux gardes-chiourme attendaient ; ils parlaient entre eux à voix basse, l'œil goguenard ; ils attendraient là à épier les gestes de Fontaine au cas où il tenterait de se suicider. Mais celui-ci était occupé à répéter le doux prénom de Lisette, inlassablement. Pensait-elle à lui ? Comment le savoir ? Dès qu'il fermait les paupières, il lui semblait voir des prisonniers rangés sur une file, hébétés, face à la guillotine qui les lorgnait du coin de l'œil, et il était parmi ceux-là, l'index tendu vers le ciel ; aux alentours, des âmes errantes recherchaient la compagnie de recrues toutes fraîches qui ne savaient pas où élire domicile, des âmes orphelines en quelque sorte.

Fontaine se reprit à remuer les sempiternelles images qui le harcelaient depuis le premier procès, ce qu'il avait fait et dit, ce qu'il entrevoyait du matin au soir, la lame qui le cherchait puisqu'il ne comptait plus pour personne. Lui-même n'avait plus l'air d'exister à travers le voile de ses larmes et, lorsqu'il regardait au fond de lui, c'était pour découvrir une tête sans corps qui pleurait comme il n'avait jamais pleuré de son vivant. Sa tête, hideuse. Il suivait l'écoulement de son sang dans la cour de la prison où moineaux et pigeons se battaient. Un froissement de plumes. Querelles saignantes. Un raffut à éveiller de tristes souvenirs. Il sentait sous lui la désagrégation de son corps qui ne lui obéissait plus, parce qu'on avait combiné de lui offrir une mort certaine. Il marchait déjà vers elle et ne pourrait pas l'esquiver. Voilà pourquoi il ne voulait plus se lever, le soleil lui distillant une lumière parasite. Dans deux jours, le couperet. « Pas un de plus ! » lui avait murmuré maître Le Vigoureux lors d'une brève visite.

Son avocat savait ce qu'il disait : le trou noir. Sauf que c'était la première fois, et il ignorait comment dire ça autrement, et comment partir.

« Il y aura Sitarane et toi ! » avait-il ajouté, avant de s'en aller — mais Fontaine était trop prostré pour réagir.

Au premier éclat de rire, Sitarane sut qu'il n'aurait plus le temps de faire ceci ou cela, d'envisager un nouveau départ, d'enfanter d'autres rêves, il se disait qu'il n'irait plus nulle part, persuadé que sa vie s'arrêterait à la frontière du couperet et de la tombe. Il s'y plairait à discuter avec les vers. Il s'y creuserait un réseau de galeries et on n'entendrait plus parler de lui. Promis. Il aurait assez à faire de creuser de ses mains, heureux qu'on lui alloue le droit à l'oubli. Et qu'on lui concède surtout cette aspiration à n'être qu'un mort pareil aux autres morts, lequel puiserait dans l'apaisement de sa conscience le repos éternel, car mourir c'est payer sa dette. Sans doute aurait-il ainsi le sentiment de ne pas avoir tout perdu en perdant la vie. Mais si la nuit on venait au cimetière pour s'agenouiller devant le pouvoir qu'il serait censé détenir, et réveiller continuellement son âme à coups de malédictions proférées en son nom, il connaîtrait une seconde vie pire. Son avocat lui avait dit dans deux jours. Deux jours qui ne pesaient rien dans l'existence d'un homme. Mais à qui la faute? Aveuglée par la poudre jaune, la justice avait été incapable de discerner le vrai du faux, et Saint-Ange avait eu droit à un traitement de faveur une fois de plus. Ça va être ma fête, se dit Sitarane. Et puis non, il ne voulait plus mourir. Ce fut à ce moment-là qu'il commença à penser qu'il y aurait quelqu'un, forcément, pour tout arrêter, même si maître Sanglier lui avait conseillé de se tenir prêt. Il avait utilisé cette expression par euphémisme, pour dire à son malheureux client qu'il lui restait une poussière d'heures à vivre. Pas une heure de plus. Pas un mot de plus. Pas une explication sur le fait qu'on avait gracié untel et non untel, parce qu'il était écrit que Sitarane devait vite entrer dans l'au-delà pour que sur sa tombe, à minuit, l'on y sème des maléfices. Et combien de temps cela durerait-il? Longtemps, avait dit la voyante, des siècles.

17

Ombre-glouglou

À quel moment de sa vie l'homme sait-il jusqu'où vont ses limites ? Sans doute en a-t-il une vague idée à l'heure où il vit avec l'angoisse de ne plus être dans tout ce qu'il voit, de ne plus voir ce qui l'entoure avec le même regard qu'hier, à cause des larmes. Même si ce n'est qu'illusion, cette approche de la réalité lui permet de croire qu'il participe encore à une conscience humaine, mais il sent qu'il est limité dans son corps, ses actes, ses pensées. À la façon de Cioran, on peut dire que seul le désastre dévoile la petitesse de l'individuation. Le désastre, c'est marcher vers *sa* mort, et non plus vers *la* mort, lorsque, déshérités parmi les plus déshérités, Sitarane et Fontaine seraient contraints à passer la tête dans la lunette. On ne pouvait pas multiplier les pourvois en cassation, et puis aux abords de la prison, rue du Conseil, il fallait contenter la curiosité des gens qui étalaient leur impatience, exprimaient leur rage, prodiguaient leur antipathie, affirmaient que tout le pays ne reprendrait une vie normale que si... À l'intérieur de la prison, on commençait à s'organiser selon un ordre précis, avec l'exigence du travail fignolé. Le rituel de la décollation y régnait avec une pointilleuse méticulosité. Fixer l'horaire et les arrêts du train, regrouper les pièces de l'échafaud, prévenir le bourreau et ses aides, alerter le curé de la paroisse, inviter les avocats et les journalistes, n'oublier aucun nom sur la liste des personnalités locales. Plus la mort programmée travaille à la dilatation du temps, plus la vie se réduit à peu de choses, jusqu'à disparaître telle une plume de duvet. Pffuuiiittt! Un ébrouement d'ailes, et plus rien, si ce n'est un monde supraterrestre bien improbable.

Lorsqu'ils furent informés du lieu et de l'heure, Sitarane et Fontaine firent un nouveau pas vers le désastre. Ils entrèrent dans un temps qui leur parut une éternité tandis que la mort se précipitait au-devant d'eux. Telle est la contradiction en pareil cas — une source d'anxiété. Alors le cœur cogne, veut jaillir de la poitrine. L'insomnie leur brûlait les yeux et leurs lèvres frémissaient d'indignation. Ils attendaient au bord de la vie, ou bien à deux pas de la tombe, que choisir puisqu'ils avaient tout perdu, même un air de dignité. La peur les tétanisait; la honte les accablait. Des cris montaient du fond de leur gorge, mais ils ne les entendaient pas ou ne voulaient pas les entendre, ils écoutaient la douce petite voix qui leur murmurait qu'un grain de sable suffisait parfois à bloquer la machine. À quoi, dans la rue, un chœur répliquait : *rien n'arrêtera la lame*; personne ne ramassera votre âme; elle est vouée à la flamme. Plus moyen de se cacher, ni de se masquer, ni de se débiner. Ils marcheraient vers l'éclipse, moitié homme, moitié bête, moitié démon, hurlait-on, les mains en porte-voix. Et qu'ils portent sur leur dos la croix de l'infamie, jusqu'à épuisement!

Quand, les épaules droites et la mine réjouie, le gardien-chef était venu les prévenir qu'ils prendraient le train le soir même, ils avaient pensé à la magie du grain de sable, non à la parabole qui invite à séparer le bon grain de l'ivraie, une parole édifiante selon le curé Delpoux. En fixant le mur sale, percé de trous qu'on n'avait pas rebouchés avec du ciment ou du plâtre, Sitarane avait commencé à réciter ses

litanies « il y aura toujours quelqu'un ». Des trous à coups
de couteau ou de poinçon. Des trous à coups de désespoir
ou de folie. Des trous pour signaler, simplement, qu'aucun
réclusionnaire n'avait encore réussi à renverser les Tables
de la Loi ni à vaincre la dureté de la pierre. Il avait l'amère
impression qu'émanait de son cachot une espèce de colère
et de résignation mêlées, une atmosphère démoralisante
qu'il n'avait pas ressentie à l'intérieur de la grotte. Ici, il
devait tuer le temps avant que le temps ne le tue. Il devait
s'octroyer de nouvelles raisons d'espérer, de remplir la nuit
de grains de sable pour que le train déraille, et qu'une voix
lui chuchote : « On retourne à la grotte », et lui de répondre :
« C'est pas trop tôt. J'ai cru vraiment que j'allais y passer... »
     Il savait qu'à la brune il se dirigerait vers un point de
non-retour. Puisque pas un homme ou une femme n'avait
protesté contre le fait que le président de la République
pouvait gracier une vie plutôt qu'une autre, sans qu'il eût
à se justifier. Les gens continuaient à crier leur haine, à lui
faire entendre un autre son de cloche (celle qui sonne le
glas), ils l'enfermaient dans un monde de bruits qui lui inter-
disaient de penser à autre chose qu'à sa mort.
     Il s'irrita.
     Il brailla plus fort qu'eux.
     Il avait le teint cireux à force de s'époumoner, de hurler
qu'un guerrier du Mozambique, brave, rancunier, toujours
prêt à se défendre, n'avait pas sa langue dans sa poche.
Ce guerrier était un Sitarane de légende qui parlait aux
esprits à l'affût derrière les croix du cimetière.
     Il était surtout un meurtrier.
     Les « à mort ! à mort ! » s'engouffraient entre les murs ;
d'une cellule à l'autre, des voix reprenaient en chœur ce
même refrain puis elles s'évanouissaient quelque part dans

l'arrière-cour, au-dessus des fils barbelés du ciel. Un timide rayon de soleil lui rappelait qu'il n'était plus temps de compter les points mais les heures, car on avait déclenché le compte à rebours. La phrase « on retourne à la grotte » se mit à siffler à son oreille, mais quelle bizarrerie, plus elle gagnait en intensité, plus cette vérité lui martelait la cervelle : il ne retournerait plus jamais à la grotte dont l'entrée avait été obstruée de blocs de pierre.

C'était terminé pour Sitarane.

On allait pouvoir écrire sa légende, enfin.

Une seule journée à se préparer à mourir, toute une vie gâchée. Et d'autres vies mutilées avec un poinçon. Sitarane s'enlisa dans une solitude muette. Il n'avait plus rien d'autre à opposer à la souveraineté de la justice que le désir de vivre. C'était fini, pourtant. Le droit de mourir en prison lui avait été refusé, comme à Fontaine. Si t'étais un Saint-Ange, se disait-il à lui-même avec acrimonie, t'aurais pu être gracié. Vaine querelle avec soi : la guillotine s'obstinait à vouloir le rencontrer. Las de jouer au lion en cage, il se rassit sur son grabat, alluma une cigarette, fuma dans le temps qui l'asphyxiait. Doucement, il sombra dans une torpeur inquiète. Qu'y a-t-il là-haut ? se demanda-t-il alors. Il y a le ciel, oui, mais après ? Quelqu'un peut-il me dire ce qu'il y a derrière ?... Il plissa les yeux à cause de la fumée, ou parce qu'il venait d'avoir la certitude qu'il n'était pas un Saint-Ange et ne le serait jamais. Ce qu'il voyait, c'était l'enfer. L'enfer derrière le ciel. Debout au milieu des flammes, le diable le regardait. Il jeta le mégot dans l'angle de la pièce, puis passa les mains sur son front comme pour effacer ses pensées. Il n'y a rien, se dit-il. Je suis dans un mauvais rêve. Je me réveille ; tout s'éclaire. Sitarane sut qu'il ne rêvait pas quand Fontaine se mit à gueuler. S'il avait crié, lui, son cri n'eût pas été différent. Ici, on entendait des cris tout le temps. La nuit, la prison criait. Le jour, la prison criait. Les gardiens tapaient sur le fer des portes pour que cesse le vacarme. Mais cela recommençait cinq minutes après. Sitarane pensa que l'enfer c'était comme en prison. Et même pire. C'était plein à craquer. Plein à crever. On n'en finissait pas de crever. Et tu ne peux pas te faire la belle, se dit-il encore, car le diable te rattrape toujours.

La journée du 20 juin 1911 s'écoula ainsi, rythmée par les cris, les soliloques, les bouts de cigarette, la ronde des gardiens, le déjeuner englouti sans appétit. Sitarane s'asseyait, se levait, cherchait un nouvel endroit où s'asseoir — sa vie partait en fumée, filait entre ses doigts. Et des cris, des mégots, des pas qui scandaient que c'était sans issue pour lui et Fontaine.

Il suffit d'avoir expérimenté une fois qu'on peut faire un cauchemar en plein jour pour s'interroger sur la peur. Pourquoi je tremble ? Je ne vois plus le ciel qui n'a plus de couleur. Tout est d'un gris métallique. Tout paraît détruit à travers une vision réduite. Le soleil a explosé. Il a l'apparence de l'homme qui meurt abandonné dans un caniveau.

Puis le crépuscule vint les surprendre.

Et ils tremblaient toujours.

18 h 45. Encadrés par des agents de police, Sitarane et Fontaine descendirent la rue du Conseil, puis ils empruntèrent la rue La Bourdonnais, emboîtant le pas aux hommes qui leur frayaient un chemin parmi la foule. Autour d'eux, on chantonnait : « La tête va tomber, c'est grâce à Hucher. » À la gare, tout se passa sans heurt. Embarquement. Attente. Coup de sifflet. Départ. Placés sous la surveillance de deux gendarmes, ils étaient assis côte à côte, menottés, dans le train qui roulait maintenant dans la nuit. Même train. Même

direction. Même destin. Même existence ébranlée par des meurtres.

Et surtout, un jour de moins.

C'était un aller simple, évidemment.

Bientôt une nuit de moins. Bientôt plus qu'une poignée d'heures à vivre. Bientôt le lever du jour. Bientôt le néant. Le regard dans la pénombre, cette pensée tenait Sitarane et Fontaine en éveil : C'est fini, c'est ça ? tandis que le vent pénétrait par la vitre mi-ouverte et les secouait de longs frissons. Eh non, ce n'était pas le vent qui les faisait frissonner, mais la mort tout au bout du voyage. La mort qui, comme le balancier d'une horloge, imposait son tempo à la vie, travaillait contre eux, enchaînés l'un à l'autre. Le cœur soumis à des tambourinements incontrôlés, ils se sentaient vulnérables. Ils s'efforçaient de coordonner leurs idées, ressentant au fond de leur chair les secousses du train, lesquelles semblaient mimer la fuite chaotique du temps à la lumière des étoiles qui hésitaient à éclairer la scène tout à fait surréaliste, ouverte vers l'abdication.

Et en toute lucidité, bien sûr.

Plus que quelques heures à respirer, à soupirer, à se demander s'il ferait beau demain, au lever du soleil. Mais se lèverait-il ? Serait-il fidèle au rendez-vous un peu plus tôt ou un peu plus tard ? Un jour sans soleil pour Sitarane et Fontaine. La peur les muselait. Ayant pris conscience que les événements commençaient à les presser de toutes parts, ils ne desserraient plus les dents. Les voilà englués dans un mutisme qui les recouvrait d'un sombre voile, avec l'impression de traverser un tunnel exigu pour revisiter le passé (à moins d'un miracle qui prendrait la forme d'un grain de sable, qu'avaient-ils à espérer de l'avenir ?), pour revoir les images de l'enfance, réentendre la voix de la mère, accueillir les regrets avec la franchise dont le cœur avait besoin. Les voici arrivés à l'avant-dernier acte. Ils regardaient vers la mer où les fanaux des pêcheurs ressemblaient à des étoiles tombées du ciel. Leur étoile s'éteindrait bientôt, ils y pensaient. Deux étoiles filantes. Il n'y aurait pas d'embellie pour se remettre sur les rails, ils s'attendaient à l'exécution du verdict, même si, entre deux rêvasseries, Sitarane se disait encore qu'il y aurait quelqu'un. Mais pourquoi arrêter ce train? Pour sauver qui? Un Sitarane? Il n'y avait pas de raison qu'on le sauve, et qu'on tue une légende naissante. Il ne fallait plus y songer. Vivre? On ne lui laisserait plus ce bonheur, cette chance. Son avocat, maître Sanglier, lui avait dit que la loi ne revenait pas en arrière, « sinon elle ne serait plus la loi, la même pour tous »; sauf que Saint-Ange avait bénéficié de la grâce présidentielle, et c'était toujours la loi.

Tout se passerait comme prévu, sans accroc.

Sitarane et Fontaine avaient plongé dans un trou noir qui leur donnait accès à l'invisible. Ils regardaient mais ne voyaient rien. Ils avaient la tête sur les épaules, mais plus d'espoir. Personne n'avait cru bon de les aviser, quelle ironie du sort, que ce train transportait la troupe, cinquante soldats d'infanterie de marine (qui aideraient les vingt-cinq gendarmes du Sud à assurer le service d'ordre devant la prison), le bourreau et ses aides, la guillotine.

En revanche, le gardien-chef les avait prévenus qu'à leur descente du train on les conduirait aussitôt en cellule où ils attendraient séparément la minute de vérité. L'un ne pourrait pas consoler l'autre. « Mais un verre de rhum, ça requinque son homme », avait-il ajouté, l'humeur caustique. Ils auraient droit à une cigarette. Ce serait tout, car dégobiller au pied de l'échafaud déplairait à la foule. Au cas où ils auraient la bouche sèche, qu'ils avalent lentement leur salive avant d'avaler leur acte de naissance. Ils auraient droit aussi à la messe et au baptême, mais à aucune compassion de la part du juge, du prêtre, du bourreau, du ciel. Inutile de supplier, de chialer, de traîner les pieds. Et il ferait un temps de chien dans le sud du pays, un sale temps à crever de je ne sais quoi.

Afin d'éviter l'afflux de spectateurs sur la place de la prison, la police n'avait donné que peu d'informations quant à la date de la double exécution capitale, mais des bruits avaient couru, disant que ce n'était pas tous les jours qu'on pouvait assister à la mort de fanatiques dont l'existence se démontrait comme une obligation d'obédience au diable. Ce serait un moment unique dans l'histoire de l'île, comme une éclipse du Soleil. Une éclipse de la vie. Rien qu'à regarder chuter ces têtes, ce serait un soulagement pour tous. Une libération. Où avait-on vu pareil spectacle? Nulle part. Le bourreau accomplirait l'exploit d'expédier ces deux-là en enfer à quelques minutes d'intervalle.

Et selon la formule du juge Hucher, la justice n'aurait rien à se faire pardonner, quoi qu'il advienne.

Plus que deux heures à vivre.

Dans ce train cruel, Sitarane et Fontaine fronçaient les sourcils, ils protestaient moralement. Ils avaient commencé à expier leurs crimes avant même de descendre la marche. Aucune lumière ne brillait plus dans leurs yeux. Ils se taisaient alors qu'ils n'avaient plus de raison de se taire. Les mots ne venaient pas épauler leur sourde protestation. Ils se voyaient piteux, tondus, nauséeux, la chemise ouverte qui tombait sur le pantalon défraîchi mais propre, effarés devant le couperet et la foule présente sur la scène du drame.

Sitarane fixait ses mains aux ongles cassés, des mains habiles à manier le poinçon. Il avait abandonné ses litanies. Maintenant il savait qu'il n'y aurait pas quelqu'un pour faire dérailler le train. Attente douloureuse et obsédante qui conférait à la mort une présence intolérable, une force dirigée contre lui. C'était lui la proie, la bête isolée, muselée. Tout d'un coup, il se sentit abattu. C'était une torture morale, avec la sensation d'être attaché au wagon d'un train fantôme qui l'emmenait à l'abattoir sur ordre d'un tribunal incompétent et aveugle. Il lui semblait que les roues d'acier passaient sur son corps, écrasaient sa chair, réfrénaient en lui toute velléité de croire. Jamais on n'avait osé s'attaquer à lui au point de vouloir le détruire. Légalement. Publiquement. Sauvagement. Dans un ultime effort, il tâcha de remettre à flot sa raison, de se souvenir du temps où il galopait la nuit comme une bête à cornes, avec détermination, étant ici au moment où il le voulait, puis là-bas, à déjouer les plans des gendarmes. Un parcours sans faute ou presque. Il se disait qu'il avait eu son heure de gloire. C'était une réussite ces incendies tout de même, ces égorgements, ces gueuletons à la lueur d'une bougie. C'était une réussite cette grotte aux mille trésors, et personne n'aurait plus une vie comme celle-là — écrite à minuit avec le sang des autres.

Moins de deux heures.

« À quoi tu penses ? » questionna Fontaine, l'œil terne.

Depuis un moment déjà, il avait le sentiment que les parois des compartiments du train se resserraient pour l'étouffer et, pour mieux respirer, il avait évoqué les jours ensoleillés avec Lisette, une gentille femme qui aurait aimé lui donner des enfants. Il ne s'était jamais disputé avec elle, même les soirs où Saint-Ange Gardien, des sucreries dans la main et l'eau à la bouche, disait devant tout le monde que la jeune Lisette, mignonne comme tout, le mettait en appétit, d'ailleurs il salivait devant ses hanches et ses seins libres sous la chemisette transparente ; et il la dévorerait bien toute crue.

« À quoi tu penses ? » reprit Fontaine, alors que Sitarane, visiblement, ne désirait qu'une chose : qu'on le laisse en paix. Il n'exigeait plus rien de personne. Il voulait profiter, une petite heure encore, de la liberté de se ressouvenir des exploits d'un guerrier du Mozambique.

« Tu me demandes ça, à moi ? fit Sitarane en observant son compagnon d'un air étonné. Et toi, à quoi tu penses ?

— Je pense que s'il y a une vie après la mort, et il y en a une d'après le curé, je ne la veux pas pour moi.

— Pourquoi ?

— Parce que rien ne changera. Que ce soit ici ou ailleurs, il y aura le diable et le bon Dieu, des riches, des pauvres, des juges, des cadavres. Non, je veux mourir une bonne fois pour toutes.

— Moi aussi. Mais on ne décide pas. C'est ça qui me rend dingue. Ça fait un bail que je ne décide plus de rien. Pas même de ne plus être vivant après la mort. Et tout ça me dégoûte !

— Qu'est-ce que tu peux faire pour nous ?

— Rien, je te dis. Et ça me rend encore plus dingue.

— Saint-Ange n'a pas tenu sa parole.

— Ouais. Et toi, tu n'as pas tenu ta langue quand il le fallait. On ne plaisante pas avec un pacte de sang. C'est comme un clou qu'on t'enfonce dans le crâne : si tu l'enlèves, t'es mort. »

Avec une peine réelle, Fontaine ne démentit pas. Il redressa les épaules comme s'il avait senti le souffle du fer sur sa nuque. Il réentendait les fanfaronnades de la foule dans la rue du Conseil, les jacassements, et découvrait des visages inconnus, connus, la vision de la mort surgissant à l'heure dite. Et puis, des trains roulaient dans sa tête, ils se croisaient à toute vitesse et faisaient naître en lui un vent de panique qui ravageait son cerveau, éloignait le souvenir de Lisette, sa voix, son rire, ses clignements d'yeux, ses caresses, sa tendresse. Quel gâchis ! Il se débattit pour ne pas la voir disparaître, la bouche emplie de sucreries et le corsage déboutonné, signe que Saint-Ange avait gagné son pari en embobelinant les juges, les avocats, les jurés, le chef de l'État, la mort elle-même pour lui voler l'amour de Lisette. Rien ne lui parlait plus d'elle. Rien ne la ferait plus revenir vers lui qui souffrait terriblement de l'absence d'elle. L'absence tombe comme la nuit. C'est une encre noire. L'absence c'est le cri que personne n'entend, et ça vous étouffe comme rien ne peut vous étouffer, le silence de l'autre.

« Tu ne m'en veux pas, hein ? chuchota Fontaine. Ni maintenant, ni après, ni jamais. Tu me le promets ?

— Écoute ! je ne peux rien te promettre.

— Pourquoi ?

— Ça ne dépend pas de moi ce qui viendra après. Il y a des esprits au-dessus de nous, avec leur tribunal.

— C'est foutu, alors ? »

Ne pas insister : se taire.

Noyant les formes à l'emporte-pièce, la nuit régnait sur l'île et enveloppait les deux hommes dans une bure d'insécurité. Ils s'observèrent dans l'ombre, l'un aussi éperdu de tristesse que l'autre, ils se sentaient comme de trop dans ce train qui se hâtait dans le fracas des roues (selon les jurés, ils étaient de trop dans la société), et à mesure que s'épuisaient les minutes, de temps à autre ils passaient le bout des doigts sur leur nuque. Ça a l'air ridicule, mais c'est rassurant, comme de se tâter après une chute, et de s'apercevoir tout content qu'on ne s'est pas fracturé un bras ou une jambe. Donc, recollant les morceaux, récitant leur histoire pour eux-mêmes, demandant son appui au dieu des ancêtres, ils livreraient des assauts sans répit, après quoi, las et résignés, au petit matin... Au matin, malgré eux, ils avanceraient au milieu d'une foule silencieuse. Ils auraient peur de marcher dans ce silence, alors ils feraient une station, deux, trois, le temps de s'habituer à l'idée que la veuve avait été dressée pour eux, qu'elle les attendait, sûre d'elle, même si ses lèvres n'avaient pas trempé dans du sang depuis des années — elle, la froide gardienne préposée au repos de ceux qui venaient s'allonger à ses pieds à leur corps défendant, désarmés. Elle, l'éclair qui tracerait une flèche de feu et de mépris au-dessus de la tête de Sitarane et de Fontaine, afin qu'ils ressentent dans leur chair la morsure de la défaite. Elle, ce spectre qui les jugerait du haut de sa grandeur. Elle, le monstre tomber-lever dont la mâchoire décapiterait un éléphant. S'approcher d'elle le pas léger, la pointe du pied posée sur l'inavouable (un lieu où se perdre) pour ne pas éveiller sa colère.

Obéissant au signal d'un cheminot qui, debout sur le quai, agitait un fanal, le train entra en gare de Saint-Pierre. Il ralentit son allure, toussota, puis s'arrêta en face de la rue Cayenne sous l'œil des policiers aux aguets dans les nids d'ombre. Les condamnés furent dirigés vers la prison sous bonne escorte, et placés en cellule. Les gendarmes barraient le passage de chaque côté de la porte d'entrée, ils isolaient un espace au centre duquel la guillotine profilerait bientôt son imposante silhouette sous la clarté lunaire. Une foule compacte, grouillante, remuante, s'était massée derrière le cordon de troupes. Les arbres qui, de loin, dominaient la place, portaient des grappes de curieux qui désiraient tout voir, et, perchés sur la plus haute branche, ils avaient l'air d'être là pour une fête. Et vous savez quoi? Dans le mur du cimetière, une grande brèche servirait à évacuer les corps mutilés car la scène pourrait être traumatisante.

L'adjoint Choppy, le délégué du maire, se promenait dans l'allée principale, les mains dans le dos. De temps en temps, il épiait le ciel, les arbres, et les hommes accrochés aux branches. Qu'on soit un athée ou un croyant, se disait-il, dans un tel moment on recherche une sorte de réconfort; on aimerait savoir s'il existe en soi, dans ce corps que la vie ne cesse de châtier, un esprit épuré et subtil qui retourne à Dieu. Que se rappelle-t-on une fois qu'on est redevenu poussière? Qu'est-ce qui relie la vie d'en bas au monde d'en haut qu'on nomme enfer, purgatoire ou paradis? Si le mourant ferme les yeux, le ressuscité les rouvre-t-il? Aucune réponse sérieuse, finit-il par admettre. Que des hypothèses. Sans plus. Ce qui est sûr, c'est qu'on a rarement l'envie de mourir. La mort est comme au premier jour : féroce; la décollation : barbare. Il y a la perte de l'humain dans l'exécution d'un criminel qui n'est regretté par personne.

Le juge Hucher reconnut l'adjoint au maire, il vint donc à sa rencontre, le salua et lui demanda s'il resterait pour l'exécution. Il répondit oui, mais qu'il détournerait la tête au dernier instant, ou se cacherait derrière son chapeau. Ils eurent une discussion anodine jusqu'à l'arrivée d'une pluie fine qui les surprit et les obligea à s'abriter dans le greffe de la prison où ils croisèrent le procureur de la République, le président du tribunal, les magistrats, les avocats, les personnalités du monde politique, les notables qui, le parapluie à la main, se plaignaient du mauvais temps. Le curé Delpoux, suivi de l'abbé Bourges, son vicaire, claironna que Sitarane et Fontaine, le cœur chagrin, craignant la mort et la damnation éternelle, avaient réclamé une messe qui allait être dite. Puis il ajouta que c'était une première victoire sur Satan, le tentateur. L'Esprit saint, descendu sur les apôtres, gagnait du terrain, et la souffrance elle-même avait désormais un sens dans cette forêt d'épreuves sur terre parce que le sentiment que nul n'était plus juste que Dieu grandissait dans les cœurs. C'était la bonne nouvelle du jour.

On acquiesça d'un signe de tête, poliment.

Ils se retrouvèrent tous dans la petite chapelle où une table tenait lieu d'autel, où la lumière dispensait une espérance tremblotante à Emmanuel Fontaine qui ne savait pas comment combattre sa peur de mourir dans une demi-heure à peine. Ce n'était pas un cauchemar mais la réalité, la plus insupportable des réalités dans laquelle il s'empêtrait comme un poisson dans les filets, et il manquait d'air sous les regards posés sur lui. On aurait dit que chaque paire d'yeux lui injectait une dose infinitésimale de venin qui lui interdisait de fuir ou d'étrangler quelqu'un, la dose appropriée pour qu'il pût marcher vers la dislocation de son corps en présence de témoins assermentés. On aurait dit qu'il n'avait plus rien d'humain, le sceau d'une loi antédiluvienne, mais pas encore démodée, gravé sur son front ridé. On aurait dit qu'il avait contracté une maladie incurable et, décrépit avant l'âge, cette espèce de loque n'en pouvait plus, à tel point qu'il s'efforçait de garder les paupières ouvertes, au bord de l'effondrement.

Plus le temps passait, plus il tremblait.

Ce ne sont là que des parcelles de vérité. On ne peut

pas tout raconter par le menu au risque d'offrir un tissu de banalités aux lecteurs avertis des choses de l'âme, ces formulations qui miment les soubresauts du cœur, mais, franchement, faut-il aller au-delà de ces mots et parcourir les méandres de la pensée d'un individu qui fit de sa vie un désastre? Il y eut, on s'en souvient, le menuisier affable, serviable, talentueux, mais influençable; il y eut l'amoureux, l'amant fidèle de Lisette; il y eut l'homme au vilebrequin qui trouait les portes, puis la mèche cassait en butant contre le fer; il y eut le peureux, le délateur qui aujourd'hui se raccrochait à la robe du prêtre, à la croix, à la vie. Chaque parole faisait de lui ce qu'elle voulait, il sursautait de frayeur; chaque silence le désarçonnait. Dysfonctionnement de la bouche pâteuse, de la langue chargée, des muscles tétanisés, des nerfs à fleur de peau, de la colonne vertébrale brisée, du cerveau désorganisé, et l'ombre de la guillotine en était la cause.

Ce fut à ce moment-là que Sitarane, le front humide de sueur, se pencha en avant pour recevoir le baptême *in articulo mortis*. On eût dit qu'il recherchait un lieu où s'enterrer, un bosquet, une case en ruine, une caverne, mais la police surveillait chaque centimètre autour de lui. L'espace des champs, des forêts, des sortilèges n'existait plus. Il s'était trop engagé pour reculer, et sa liberté finissait là où commençait le rituel du baptême.

Puis il se mit à marmonner des bouts de phrase dans sa langue natale. On n'en comprenait pas le sens. Pour les uns, il parlait de son pays, de sa mère, de la grotte (il n'eut pas le temps de creuser un tunnel jusqu'à la mer); pour les autres, il parlait d'un bateau, d'un vol d'oiseaux ou de sauterelles, de Zabèl (l'insultait-il?), de Saint-Ange Gardien (le maudissait-il?); pour d'autres encore, il parlait des dames

Férons, de Deltel, des époux Robert (leur demandait-il pardon?), et il souhaitait qu'on le laissât vivre. Soudain il se braqua, s'emporta, fixa les gens avec malveillance; les gendarmes le ceinturèrent.

Lorsque Sitarane parvint à s'apaiser, il s'aperçut qu'il n'y avait devant lui rien de ce qu'il avait imaginé et il cessa ses incantations. Jamais il n'avait vu un matin si gris, de la grisaille du volcan avant une nouvelle éruption. Jamais il n'avait vu un jour si ennemi de sa vie. Le gardien-chef de la prison ne s'était pas trompé, la veille, en lui confiant qu'il ferait un temps de chien dans le Sud, un sale temps où tout lui paraîtrait dur et malsain pour sa santé; un matin où il aurait peur de subir une éclipse totale. Comment aurait-il pu se défendre dès lors que les choses, non distanciées, l'atteignaient de plein fouet? Le rictus ironique s'envola de ses lèvres lorsqu'on éteignit les bougies posées sur la table, tout à coup sa vie était comme éteinte, les gens le regardaient comme on regarde un mort, indifférents aux tressaillements de ses narines.

Il s'étonna d'entendre une voix ordonner, sans crainte de gêner ou de choquer quiconque : « Qu'on les prépare! »

Dans une pièce contiguë, on procéda à la toilette de Fontaine qui, mouton de sa nature, se laissa tondre. Ce fut ensuite au tour de Sitarane qui crâna, plaisanta avec le bourreau qu'il avait connu en prison. Puis il siffla deux verres de rhum, réclama du pain, du vin, du sucre. Il vaticina, reprit ses incantations, prédit la destruction de l'île par l'eau et le feu, demanda à voir le commissaire de police. On lui apprit que celui-ci était mort le mois dernier. Dans un rire exagéré, il répondit : « Tout à l'heure, je le verrai; on causera de tout ça... »

À cinq heures du matin, le temps s'obscurcit.

Bouffées de pluie, en rafales intermittentes.

C'était ici, l'île sans soleil. L'île où tout serait prompt, propre, précis. Un vide séparerait l'homme de la vie lorsque, accompagné d'un cri peut-être, le bruit de la lame ferait le tour de la ville.

Un silence suffocant pesait sur la foule qui avait compris que, dans l'ombre où se tapissait une peur de Dieu ou du diable, l'un des deux prisonniers s'apprêtait à entrer en scène. Les regards étaient tournés vers la porte qui s'ouvrit doucement. Un crucifix à la main, flanqué de son vicaire, le curé Delpoux encourageait de ses pieuses exhortations un Sitarane ému comme au soir de son premier forfait chez les dames Férons. En effet, il avait sollicité une faveur : montrer le chemin à Fontaine car voir l'éclair s'abattre sur le cou d'un pleurnichard ce serait comme crever dix fois le même jour, avait-il avoué à son avocat, puis au prêtre qui avait souscrit à son vœu. Il leva la tête, et ce qu'il vit au sommet de l'échafaud le décontenança. Il se revit au tribunal à écouter l'arrêt du président de la cour : Condamné à mort ! Ce jour-là, il avait entendu « damné » dans « condamné ». Soudain le souvenir de ce mot le paralysa. Il acceptait de perdre la vie, mais pas son âme s'il devenait un zombi privé du repos de la tombe, sachant que les invocations des vivants, superstitieux en tout, l'importuneraient pendant des siècles. Et il eut un regret, celui de n'avoir pas eu le temps de tuer plus de gens.

On le poussa vers l'échafaud, rudement.

Avec une force de volonté à nier le néant sous ses pieds, Sitarane résista, rua, se cabra à l'idée de céder du terrain à la mort. Mourir est le sort réservé à tous. On s'y prépare en pensant vivre vieux, très vieux. Être décapité, toutefois, c'est hors du commun. On me traite moins qu'un chien, semblait-il dire à la foule. Non. Pas aujourd'hui. Pas tout de suite. Pas pour de vrai. Mais si, voyons. On ne tergiversait plus. Que le spectacle commence !

Sitarane n'avait jamais pris quelqu'un en pitié, ni homme, ni femme, ni bête, et aujourd'hui seulement, pendant qu'on le liait et le bridait de courroies sur la bascule, il paraissait ressentir, renseigné par les tressautements d'une fin d'existence, ce que s'anéantir veut dire. Il entonna dans le dialecte de son pays, avec des intonations rauques, son chant de mort. Lorsqu'on le bascula, il s'écria. « Mais qu'est-ce que tu fais ? Arrête ! Je vais tout expliquer au juge... » Le poids de ses crimes l'oppressait tant qu'il ne pouvait plus contenir le bruit de son haleine. C'est alors qu'il eut l'impression de pénétrer dans l'une des histoires que sa mère lui racontait autrefois, il se voit quitter le village où la vie est tranquille, il marche vers l'arbre à palabres, écoute la parole du griot, puis s'en va un peu plus loin, jusqu'à la forêt, à l'endroit où l'on prie le dieu des ancêtres. Brusquement, un vent violent tord les branches, déracine les arbres, dévaste tout autour de lui. Il se met à courir. Il court et tombe aux pieds des chasseurs qui, armés de fusils, se disputent une proie. Cette proie, c'est un homme. C'est lui, Sitarane. Il allait mourir, mourant déjà devant la mort qui s'impatientait ; le voilà soumis à la cruelle loi par laquelle la société survit depuis l'aube de l'humanité.

Au commandement « Portez armes ! », il proféra des insultes, puis il menaça de se venger soixante-dix-sept fois.

Le bourreau, un nommé M... (il demeure anonyme par tradition), fit jouer une ferraille huilée. Le couperet partit ; le matin taché d'éclaboussures fit s'évanouir un homme qui dégringola de son arbre.

Dans la foule, une femme s'exclama : « Oh, mon Dieu ! »

On débarrassa la dépouille de ses courroies. On plaça les morceaux dans une caisse de son qui disparut par la brèche pratiquée dans le mur du cimetière. Pendant que le bourreau réarmait son instrument, personne n'osait croire que Sitarane fût décapité : « Il est mort ? Bien mort ? » De nouveau, la lame se détachait entre les montants. Une pâleur avait envahi les traits de Fontaine qui suait l'épouvante. Il regardait la foule sans la voir, comme s'il pleuvait en lui. Les larmes faisaient écran entre lui et ceux qui le fixaient durement. Il sentit ses forces et son courage faiblir ; il s'affola ; il chercha une main secourable, quelque chose qui viendrait s'interposer entre la mort et lui, affligé à ce point qu'il ne pouvait plus marcher, ni respirer, ses vêtements mouillés lui collaient au corps. Sentiment de la nudité de l'âme face au tourment de la chair outragée.

« Non, pas maintenant, supplia-t-il. Il faut que je me confesse...

— C'est déjà fait, répliqua le curé Delpoux.

— Oui, mais je n'ai pas tout dit.

— Dieu entendra la suite, n'ayez crainte !

— Juste un mot... »

Le débat était clos.

On traîna Fontaine au supplice.

Agité de sanglots, il fumait sa cigarette en songeant à Lisette qu'il n'avait pas revue depuis l'annonce du verdict. Lorsque le mégot glissa de ses doigts, il adjura la foule de lui pardonner. Puis, à plusieurs reprises, il embrassa le crucifix que le curé Delpoux approcha de ses lèvres.

Le commandement « Portez armes ! » l'arracha à sa rigidité cadavérique pour le transformer en mouton enragé, mais sa révolte ne surprit pas le bourreau qui le lia sur la bascule. Il se débattit encore ; le corps se renversa en avant, et un deuxième spectateur dégringola de son arbre.

L'adjoint Choppy, qui avait détourné la tête pour ne pas satisfaire cette curiosité douloureuse que l'homme a de la mort, et de ce qu'elle peut lui apprendre sur sa destinée, se signa. Comme nombre de magistrats et de personnalités, il aurait aimé ne pas être là. Car une fois qu'on a regardé la mort de cette façon, et qu'elle vous a regardé, votre regard est habité d'une ombre qui ne s'effacera pas de sitôt. Regarder la mort ainsi, c'est comme regarder le soleil en face et ressentir l'effet d'un courant appliqué sur vos pupilles. Il avait vu, pour la première fois, le matin d'un condamné à mort. Il ne l'oublierait jamais. Qu'est-ce que la vie, la souffrance, la mort? s'interrogea-t-il. Comme si ces trois étapes, liées par une énergie invisible, résumaient l'existence humaine, la totalité de l'œuvre perpétuelle de Dieu, la plus belle qui soit connue au monde.

Pour décrire la stupeur, l'apaisement aussi, il faudrait des hurlements de bêtes, des halètements, des silences, des poings serrés, des ombres sur le visage, un autre regard surtout posé sur la solitude de l'île.

Le vent éparpilla les nuages; le ciel laissa entrevoir une trêve, tandis que des pelletées de terre recouvraient les cercueils.

L'adjoint Choppy se souvint d'Ernestine Généreuse qui lui avait confié que Sitarane, disposant d'une force surnaturelle chez les morts, se métamorphoserait en rapace, vipère, limace, glouglou, et qu'il deviendrait une « mort-ombre » pour punir ses ennemis. D'un côté, il y aurait ceux qui useraient de tabous pour être dans les bonnes grâces de l'Ombre; de l'autre, ceux qui manipuleraient des talismans pour se protéger d'Elle, et les femmes vivraient dans la peur d'être fécondées par cet esprit maléfique qui frapperait comme il avait frappé de son vivant. On ne parlerait plus que du châtiment de l'Ombre car, quelque lien qui eût pu unir Sitarane à l'humain, il l'avait rompu pour toujours. Le regard dans le lointain, la voyante avait ajouté que ces doubles qui revenaient chez les vivants c'est l'*Eidôlon* grec, le *Ka* égyptien, le *Genius* romain, le *Rephaim* hébreu, le *Fravashi* perse, et bientôt le *Zavan* créole. Zavan : on sentirait sa présence ; on l'entendrait ; on le connaîtrait selon une expérience diurne et nocturne ; on verrait son souffle, son reflet, son pénis. Lorsque le vivant dormirait, le Zavan viendrait lui annoncer sa mort ou celle d'un proche avant de le tenter, de le torturer mentalement, de lui apporter le mal sur un plateau... Se dirigeant à pied vers la mairie, l'adjoint ne put s'empêcher de passer la main sur son visage pour chasser cette prédiction. Pendant ce temps, devant la prison, le bourreau et ses aides nettoyaient la funeste lame à jets d'eau, et le curé Delpoux priait pour que, enfouie sous la poussière du temps, la guillotine ne voyageât plus jamais dans un train de nuit.

Comme source maléfique

Sitarane fut décapité moitié pour l'atrocité de ses actes, moitié pour ces clichés qu'on reçoit comme des uppercuts, ces poncifs avec lesquels on ne transige pas, notamment celui de la bête qui tue et boit le sang de ses proies. La plume trempée dans du venin, un poétereau le compara à un « requin monstrueux dont les vastes entrailles à plus d'un être humain servirent de tombeau », il ouvrait ses mâchoires et chaque dent était un poinçon. On criait. On priait. On entendait le glouglou d'un corps qui se vide de son sang.

On se souvient aussi que le magistrat Lassocki, lors du premier procès, avait déclaré que c'était un jeu d'enfant pour le Mozambicain « de sortir du criminel pour entrer dans le démon », et le journaliste Aldo Leclerc avait renchéri sur ce qu'il avait entendu en écrivant que « ce surcroît de bestialité que confèrent la naissance et l'enfance dans une sauvage patrie en était la principale cause ». Bestialité : échafaud.

Démon : enfer.

C'est le genre de raccourci qu'on actionne dans son cerveau chaque fois qu'on a décidé de ne pas se montrer magnanime.

Quand j'y repense... Cette misère, ces crimes, ces cadavres. Je m'interroge : en admettant que Fontaine eût mérité de subir le même sort que Sitarane pour complicité de meurtre, pourquoi Saint-Ange fut-il gracié par le président de la République? À moins d'accréditer la thèse d'un arrangement, aucune autre explication n'est crédible. Dans un rapport classé « secret-défense », rendu public récemment, il est mentionné que le sorcier-guérisseur, un soir, après le second jugement, reçut en prison la visite d'un émissaire, en présence de son avocat, maître Choppy, car la poudre jaune intéressait des militaires convaincus de vivre un temps de fin de paix à l'heure où le bruit de bottes des troupes résonnait en Europe. Il y eut même une deuxième, puis une troisième visite. Les négociations sur la composition de la poudre soporifique ayant abouti au bénéfice de l'armée, l'émissaire plaida pour Saint-Ange auprès des notables du pays.

Je me questionne : N'ai-je pas eu sous les yeux un faux rapport? Je ne le pense pas. Bien que les militaires soient passés maîtres dans l'art de pondre un faux qui a l'air vrai, et un vrai qui a l'air faux.

Janvier 1911. Du jour au lendemain, Saint-Ange eut le statut d'un prisonnier à part qu'il était prudent de ménager pour différentes raisons. Il n'avait plus droit aux entraves et, grâce aux plantes qu'on lui apportait une fois par semaine, il se déplaçait d'une cellule à l'autre pour guérir les plaies, soigner toutes sortes de maladies innommables, garantir le gardien-chef et tous les gardiens contre le mauvais sort. Dès la nuit tombée, une bougie éclairait son cachot, c'est dire combien la maison d'arrêt de Saint-Denis avait besoin, pour dormir en paix, de la lumière de celui qui occupait une place enviable dans le milieu carcéral et dans l'estime de tous. En un battement des cils, il s'était refait une virginité. Et l'innocence perdue de l'ange, il l'avait retrouvée. Il se préparait à repartir sur le chemin de l'honnêteté, et pensait même ne pas avoir à finir ses jours en prison. Il en rêvait le jour, la nuit. Il en parlait autour de lui, et on l'accompagnait dans son rêve. Quand on le croisait dans la cour intérieure où il allait pour soigner sa popularité, on lui disait, en faisant des courbettes, que sa place n'était pas en taule.

C'était un diplomate qui distribuait des sourires aux gens, flatté qu'on l'admirât avec une pointe d'envie au coin des lèvres. On connaissait son côté macabre, mais on ne le réprouvait pas. On lui avait tout pardonné. Aussi rêvait-il d'être libéré pour bonne conduite, loin de s'imaginer qu'il aurait à endurer une incroyable et dernière épreuve. Quand il s'agissait de lui tout était démesuré, à la dimension des ambitions d'un guérisseur qui respectait plus les morts que les vivants, qui n'avait souci que de son avenir, un roi de pique entre les doigts pour que le destin ne vienne pas déranger ses nouveaux plans.

Il rêvait encore de devenir un détenu modèle lorsqu'un matin d'octobre 1911 l'énigmatique émissaire, flanqué du gardien-chef, lui rendit visite, et cette phrase le ramena à plus de modestie :

« Vous partez pour Cayenne ! »

Le ton sec et le visage sévère auraient dû l'avertir que l'homme ne plaisantait pas. Ce n'était pas son genre. Se levant du lit, Saint-Ange chercha une explication du côté du gardien-chef mais ne l'obtint pas.

« Chemin Cayenne, à Saint-Pierre ? s'informa-t-il, incrédule, car il se sentait bien à Saint-Denis où il essayait d'être utile.

— Non. La prison de Cayenne.

— C'est où ?

— En Guyane.

— C'est en France ?

— Presque.

— J'ai été gracié et...

— Et vous ne serez pas exécuté au cours du voyage, vous avez ma parole.

— Mais alors, pourquoi m'expédier on ne sait où ?

— La semaine dernière, la police a découvert deux cadavres qui ne portaient aucune trace de coups, juste un filet de sang qui coulait des narines. Aujourd'hui, on croit que non seulement la poudre jaune endort mais elle tue aussi. À qui avez-vous confié la formule ?

— À personne. Une fois, je l'ai préparée devant Sitarane. Mais que savait-il des plantes ? Rien. Et puis il est mort...

— Pas si mort que ça.

— Qu'est-ce que ça veut dire ?

— Il y a un lien entre les cadavres et lui : le premier, c'est le journaliste Aldo Leclerc qui l'a dépeint sous les traits d'une bête sanguinaire ; le second, c'est le médecin qui l'a traité de monstre. La prochaine victime, c'est probablement vous. Il vous trouvera et, s'il réussit son coup, l'île vivra de nouveau dans la peur que tout recommence. Superstition ? Peut-être. Mais nous ne prendrons aucun risque, car on ne rigole pas avec Sitarane. »

Saint-Ange eut l'air contrarié. Bien qu'il n'eût pas prévu ce retournement de situation, il devait se ressaisir.

« C'est moi le sorcier ! lança-t-il.

— Oui, mais c'est Sitarane le mort-vivant. »

Interloqué par la repartie, Saint-Ange Gardien, qui croyait au pouvoir des revenants, épia l'étrange émissaire et, à court d'arguments, incapable de s'éclaircir les idées, il courba le front de dépit.

« Vous monterez dans le train de 18 heures, ce soir. Un bateau vous attend au port de la Pointe des Galets. D'ici là, les gardiens veilleront à ce que vous ne parliez à quiconque. Le voyage sera long, et malgré les mesures qu'on a prises pour assurer votre sécurité, un accident est...

— J'ai compris.

— C'est ce qu'il y a de mieux pour vous, croyez-moi ! »

Hors ses quelques vêtements, une paire de chaussures, un chapeau, Saint-Ange ne possédait plus rien. Il s'étendit sur son lit, les mains sous la tête, mais il ne put reprendre le fil du rêve brisé. Il fixa le plafond, écouta tous les bruits. Sa destinée lui échappait mais pas la vie. N'était-ce pas le plus important ? Il n'avait pas renoncé au pouvoir invisible et, tant qu'il maîtriserait la science dans les choses des au-delà, il s'en tirerait toujours, se disait-il. Le sorcier savait que tout individu est soumis quelquefois à des courants contraires contre lesquels il est superflu de lutter, il ne s'éreinterait donc pas à s'opposer à ces forces, il marche-rait le long de la vie et son pas le guiderait entre les lacs et les leurres, ce serait sa satisfaction. Que ce fût en Guyane ou ailleurs, il saurait délimiter son territoire et se protéger contre les vivants et les morts. S'il s'accommodait de cette idée, l'esprit de Sitarane ne viendrait pas le persécuter jusque là-bas, de toute manière l'île lui offrait un terrain de chasse inespéré ; déjà, il sortait de terre et s'amusait à se faire passer pour un dangereux mort-vivant auprès de mil-liers de gens qui, de toutes conditions sociales, se proster-naient au pied de sa croix.

Intelligent, capable de voir qu'on l'épargnait une deuxiè-me fois, Saint-Ange se sentait plutôt béni des dieux dans son affliction. La vie avait vomi Sitarane, mais pas lui ; les vers avaient dévoré Sitarane, mais pas lui ; le diable avait accueilli Sitarane les bras ouverts, mais pas lui. De plus, il avait sauvegardé son aptitude à se remettre en cause, à imaginer le voyage avec la naïveté des enfants, des jours et des nuits à naviguer plus loin que l'île. Il répondit également à sa nature en convoquant des légions d'âmes errantes, il les pria de veiller à ce qu'il atteigne sain et sauf le rivage d'un lointain pays dont il ignorait l'existence, ce matin encore. Les yeux fermés, il eut cette illumination : Cayenne était le port où débarquaient les plus grands sorciers du monde, et on l'y attendait. Sa respiration se fit plus légère, comme si une chose aussi épouvantable que l'exil pouvait s'envisager, obsédé par la nécessité de survivre.

Ce qu'il savait déjà — ce qu'il entrevoyait —, c'est que la traversée c'était la vie. C'était ça qu'il devait retenir.

C'était ça le plus rassurant.

Il savait. Un point, c'est tout.

En quête d'une nouvelle raison de vivre, Saint-Ange roulerait sa bosse sous des ciels inconnus, d'un bateau à l'autre, d'un port à l'autre, d'un océan à l'autre, il se faufilerait entre les écueils, escaladerait des vagues hautes comme des montagnes, écoperait sans relâche, ramerait dur, et, la nuit venue, la lune, toute ronde et belle, éclairerait son chemin. Il lèverait la tête pour savourer sa clarté hypnotique, son silence. Même s'il eut l'intuition d'un pays d'où l'on ne revient jamais, un pays où on s'éloigne de tout, il se disait : Si je me tiens à carreau, ça se passera bien pour moi. Il se retournerait. Il regarderait derrière lui. Il y aurait le ciel, la mer, et quoi d'autre ? Il se mettrait à marcher vers la forêt, à courir, à danser avec le baba-sec dans une immense clairière.

Il se disait aussi qu'un sorcier seul, c'était déprimant. Il fallait du mystère autour de lui, des gens crédules, de fausses croyances, des histoires à dormir debout, des âmes errantes, des choses comme l'invisibilité ou la puissance de la poudre jaune, ou celle d'un sirop de cadavre.

Le matin se précipita vers l'après-midi, lequel plongea dans le crépuscule, et à dix-huit heures, escorté de policiers, Saint-Ange quitta la prison et monta dans le train de nuit. Il voyagea incognito jusqu'au port de la Pointe des Galets où il embarqua sur un vieux bateau, voguant sur la route de l'expiation. De La Réunion à Marseille, de Marseille à l'île de Ré, son périple le conduisit en Guyane française. Enchaîné à vie au bagne de Cayenne dès novembre 1911, il tâchait de se prémunir contre la tuberculose, la dysenterie, le paludisme, la délation, les coups de barre de fer. Nourriture désastreuse. Discipline de fer. Enfer. Ce ne fut qu'en 1923, grâce au témoignage d'Albert Londres, que le public découvrit l'univers pénitentiaire de Cayenne. Aux yeux du journaliste, le bagne n'était pas une machine à châtiment définie, réglée, invariable. C'était une usine à malheur qui travaillait sans plan ni matrice ni espoir. Inutile de chercher le gabarit qui servait à façonner les forçats : il n'existait pas. L'usine les broyait, c'est tout, et les morceaux allaient où ils pouvaient. Le grand reporter croisa-t-il Saint-Ange dans les couloirs de la mort? Quoi qu'il en soit, il ne le fit pas entrer dans sa galerie de portraits. Ce qu'il vit, c'était le grouillement de la population carcérale.

Dans cette jungle, les bagnards ressemblaient à des bêtes en cage. Avaient-ils une chance d'en réchapper? S'il y en eut une, Saint-Ange l'avait gardée sous son matelas infesté de bestioles puisqu'une bronchite bénigne l'emporta un 20 avril 1937. Vingt-six ans! Quel exploit quand on sait que l'espérance de vie au bagne était de trois à cinq ans pour les réclusionnaires.

La morale de cette histoire? Celle-ci : ayant sauvé sa vie, Saint-Ange était un mortel parmi les mortels. On l'avait craint; on ne le craignait plus. On parlait de lui comme d'un baba-sec qui, suspendu à la branche d'un arbre, habillé de la moisissure du temps, n'était plus magique. Par contre, Sitarane fut rapidement hissé sur un pavois, élevé au rang des dieux immortels parce qu'il avait porté sa vie en offrande au couperet à l'aube. Attelé à la mort par la cour d'assises, ressuscité par la cour des Miracles, il était stupéfiant de voir comment toute une population pouvait l'aimer, avec quelle sincérité, quel enthousiasme. Vivant, on avait conçu de l'inimitié pour lui. Mort, la légende avait accaparé son personnage, son pouvoir, son image. Sa tombe était un refuge pour ceux qui se décourageaient, souffraient, rêvaient de je-ne-sais-quoi qui fût hors de leur portée mais qu'ils pouvaient obtenir par l'intermédiaire de l'âme mauvaise de Sitarane, laquelle, disait-on en mettant la main devant la bouche, avait été immergée dans la lave en fusion avant de retourner au cimetière de Saint-Pierre afin de satisfaire son monde. On parlait de lui comme d'un glaive. Un glaive planté dans le cœur mou de la société coloniale. Lui-même n'aurait jamais pu se figurer qu'on écrirait un jour son histoire, une histoire pétrie et repétrie par la parole de ces gens qui allaient prier ou maudire devant sa croix. En fait, ils refusaient l'idée qu'il soit mort parmi les morts. « On n'aurait pas dû le décapiter ! — Mais si, si. Qu'est-ce qu'on ferait sans lui ? » On appuyait sur le glaive. On l'enfonçait chaque jour un peu plus dans la chair vive d'une île possédée. Envoûtement. Ensorcellement. On n'avait pas fini d'écrire une histoire déraisonnable qu'une autre démarrait aussitôt, car l'esprit de Sitarane s'évertuait à honorer la menace jetée au pied de l'échafaud, celle de se venger soixante-dix-sept fois.

Disparues, les certitudes. Si bien que l'infatigable curé Delpoux n'avait jamais épinglé autant d'images pieuses à la porte des maisons, ni recherché autant la vérité dans la Bible. Après son départ, on aspergeait les murs et les meubles d'eau bénite ; on brûlait de l'encens ; on se consolait les uns, les autres ; on serrait contre soi la promesse du brave curé : « Je reviendrai ! » Entre deux prières, on se disait que dans le cimetière de Saint-Pierre on ne renonçait à rien. On ne reculait devant rien. Si une main détruisait la croix de Sitarane, le jour ; une autre la remplaçait, la nuit. Sa croix, c'était le glaive. Certaines personnes trouvaient un réconfort dans la liturgie ; d'autres, dans la sorcellerie. On était au début de l'histoire. Aux premiers balbutiements. Aux premiers mots. À la première page de la légende de Sitarane qui régnait sur le peuple des morts-vivants, renouvelant le mystère de la vie après la mort ou le sens secret de la mort après la vie. Et comme l'avait prophétisé la demoiselle Ernestine Généreuse, on connut Sitarane sous le nom du Zavan dont l'ombre nuisible planait dans la mémoire collective parce qu'il était devenu (avec le temps qui avait pris à son compte le procès de réhabilitation du criminel auprès des gens du peuple) ce revenant qui communiquait avec les forces des ténèbres et recevait tout ce qu'il désirait de Balouga.

Génie malfaisant, ses adeptes se prosternaient la nuit sur sa tombe rehaussée de fleurs, de bougies, de bandeaux rouges. De petits verres de rhum et des cigarettes trônaient sur la margelle. Dans une bouteille, un liquide noirâtre et visqueux dégageait une odeur écœurante. Du sirop de cadavre ? Par centaines, les disciples prétendaient ressentir la présence de Sitarane dans le cimetière marin, et tirer une émotion de leurs échanges avec lui qui, à la croisée des routes, à minuit, agissait pour eux comme source maléfique. Le maléfique exprime les possibilités incalculables du désespoir sous forme d'hallucinations auxquelles on finit par s'habituer. Le maléfique c'est être de l'autre côté de la vie, de l'amour. C'est être orphelin de joie et de tendresse. C'est ne plus rien savoir de l'humain, du rire. C'est être resté prisonnier de la haine, de sa souffrance.

À genoux sur sa tombe, disaient-ils, ils allaient à la rencontre de quelqu'un ou plutôt de quelque chose qui avait pris forme au fil des ans, à présent que Sitarane côtoyait les démons du bas monde. Ils se plaisaient en sa compagnie, un intercesseur sérieux entre eux et le dieu des ancêtres. Personne ne pourrait plus accomplir ce qu'il avait accompli, aussi éprouvaient-ils pour lui une admiration craintive, si heureux qu'ils aient un lieu où lui vouer un culte ; si heureux de ces rendez-vous avec lui, quelle que soit l'heure.

Ils avaient gommé ses crimes pour ne plus le voir que comme un phare (un fantôme de phare) dans leur vie semblable à de frêles esquifs pris dans le tangage social. Par-dessus tout, il leur était possible désormais de commettre des actes qu'ils n'auraient pas pu commettre sans son soutien, des actes qui, tout de même, occasionnaient le mal, mais qu'importe, maintenant ils vivaient sans se plaindre, invoquaient librement le Zavan, envoûtaient en son nom les nuits de pleine lune. Il n'y avait rien d'extravagant dans tout cela, sauf que ce monde irréel venait compenser les misères du monde réel ; d'accord, mais s'arracher du quotidien pour embrasser quel avenir ? Toute la question était là, bouleversante. Après des années à heurter à la porte des sorciers, la lumière ne parvenait plus à percer le brouillard. Et plus l'ombre s'épaississait, plus on persévérait à jeter des sorts sous l'œil envieux des néophytes dont le zèle ne faiblissait pas.

De temps à autre, au bord de la plage de Saint-Pierre,

on découvrait un cadavre qui ne portait pas trace de blessures. Juste un filet de sang qui suintait des narines.
« Hémorragie interne causée par une substance inconnue »,
notait le médecin légiste. « Pas de suspect. Affaire classée
jusqu'à nouvel ordre », déclaraient les policiers d'une voix
bizarre. Ils parlaient de ces macchabées comme s'ils en
avaient peur. Une peur qui polluait les rêves.

Le Zavan avait-il pris possession de l'île ?

Malaise physique et métaphysique.

Un trop-plein de rancune difficile à refouler du champ de
sa conscience. Donc, elle s'y installait en maître, ordonnait,
opprimait, surveillait les faits et gestes, persuadée qu'on lui
obéirait un jour ou l'autre, quelle importance, la durée
d'une vie est suffisamment longue pour qu'elle patiente et
s'octroie le luxe de se faire oublier. Le moment venu, elle
sonnait la charge jusqu'à ce qu'on expire. « Car celui qui
ne connaît pas la tentation est-il digne de vivre ? disait
le curé Delpoux. Il est des tentations ici-bas ; il est des tentations quelque part, là où vont les âmes qui n'ont pu
s'amender et, abandonnées dans le cratère aux exhalai-
sons sulfureuses, elles hantent le sommeil des vivants, et leur
mentent... » Harcèlement. Obsession. Dépression. D'aucuns
se laissaient prendre aux tentations et, humiliés par la vie,
ballottés entre Dieu et diable, ils dérivaient.

Si jamais l'intelligence succombait à la crainte, au doute,
au désarroi, la raison s'effritait aisément, et les idées,
comme des retraites, finissaient toutes en débâcle. On se
questionnait, plutôt inquiet : Qu'est-ce que c'est que cette
sorte de naufrage dans la folie ? Comment expliquer ce
temps infini à errer dans les ténèbres, à tâter l'invisible pour
s'éloigner du gouffre ? La tentation. Avec quel empressement on s'inféode à sa tyrannie, puis on lui tend les bras

comme s'il s'agissait d'une vieille connaissance. Une odeur familière ou une impression de déjà-vu suffit à réveiller des rêves démentiels. On veut dépasser ses limites. Et lorsqu'on prend conscience que l'ennemie est dans la place, c'est trop tard, la fatalité sourit, sachant qu'on ne retrouvera plus d'instinct la lumière. Cependant, ne pas retrouver la lumière ne signifie pas qu'elle ait disparu. La lumière ne disparaît pas mais voyage loin dans le temps, elle poursuit sa course dans le ciel, puis revient, reprend en main le monde, ces hommes et femmes que la haine a démolis, de pathétiques pantins à remettre sur les rails, et le train de la vie redémarre.

Sainte-Marie (La Réunion)
Janvier 2012

DANS LA MÊME COLLECTION

Humus
Les chiens ne font pas des chats
Anticorps

Edem KODJO
Lettre ouverte à l'Afrique cinquantenaire

Koffi KWAHULÉ
Babyface
Monsieur Ki   Rhapsodie parisienne à sourire pour caresser le temps

Henri LOPES
Ma grand-mère bantoue et mes ancêtres les Gaulois
Une enfant de Poto-Poto

Antoine MATHA
Épitaphe

Justine MINTSA
Histoire d'Awu

Boniface MONGO-MBOUSSA
Désir d'Afrique
L'indocilité   Supplément au Désir d'Afrique

Scholastique MUKASONGA
Inyenzi ou les Cafards
La femme aux pieds nus
L'Iguifou   Nouvelles rwandaises
Notre-Dame du Nil

Tidiane N'DIAYE
Les Falachas, Nègres errants du peuple juif
Le génocide voilé
Par-delà les ténèbres blanches

Donato NDONGO
Les ténèbres de ta mémoire

Mamadou Mahmoud N'DONGO
La géométrie des variables

Mood Indigo
Remington

Patrice NGANANG
L'invention du beau regard

Jean-François SAMLONG
Une guillotine dans un train de nuit

Arnold SÈNOU
Ainsi va l'hattéria

Amal SEWTOHUL
Histoire d'Ashok et d'autres personnages de moindre importance
Les voyages et aventures de Sanjay, explorateur mauricien des Anciens Mondes
Made in Mauritius

Sami TCHAK
Place des Fêtes
Hermina
La fête des masques

Amos TUTUOLA
L'ivrogne dans la brousse

Abdourahman A. WABERI
Rift Routes Rails
Transit

Composition CMB Graphic.
Achevé d'imprimer
sur Roto-Page
par l'Imprimerie Floch
à Mayenne, le 3 septembre 2012.
Dépôt légal : septembre 2012.
Numéro d'imprimeur : 82963.
ISBN 978-2-07-013866-1 / Imprimé en France.

245360